attise-moi

J. KENNER

AUTEURE DE BEST-SELLERS CLASSÉS AU NEW YORK TIMES

Mon Ange Déchu

Mon Doux Péché

Ma Cruelle Rédemption

———

Te désirer

T'enflammer

T'envoûter

———

En mille éclats

En mémoire de nous

En demi-teinte

———

Droit au cœur - Mister Janvier

Vague à l'âme - Mister Février

Raison d'être - Mister Mars

Coup de sang - Mister Avril

État d'âme - Mister Mai

Droit au but - Mister Juin

Au beau fixe - Mister Juillet

Diable au corps - Mister Août

Cri du cœur - Mister Septembre

Corps à corps - Mister Octobre

État d'esprit - Mister Novembre

Force d'âme... - Mister Décembre

———

Nos adorables mensonges

Nos drôles de jeux

Nos belles erreurs

attise-moi

J. KENNER

AUTEURE DE BEST-SELLERS CLASSÉS AU NEW YORK TIMES

Traduit de l'anglais par Laure Valentin

De l'auteure de best-sellers aux classements du New York Times et USA Today, découvrez une nouvelle histoire de la série Le Monde de Stark (Jamie et Ryan)

Jamie Archer, journaliste spécialisée dans le divertissement, savait que ce ne serait pas facile quand son mari Ryan Hunter, chef de Stark Sécurité, a été envoyé à Londres pour une mission à long terme. La distance est difficile à supporter, mais Jamie fait confiance à l'amour intense et passionné qui a toujours brûlé entre eux. Du moins, jusqu'à ce qu'une femme mystérieuse issue du passé de Ryan débarque sur le pas de sa porte, menaçant par sa seule présence de détruire tout ce qui est cher au cœur de Jamie.

Ryan ne s'attendait pas à revoir un jour Felicia Randall, la femme avec qui il partage un sombre passé et un secret dangereux, la seule femme qu'il ait véritablement laissé tomber.

Désespérée et en fuite, Felicia est venue le supplier de l'aider. Mais Ryan a conscience qu'il n'a pas le choix s'il veut guérir de vieilles blessures. Il sait aussi que la mission mettra en danger la vie de la femme qu'il aime et douloureusement à l'épreuve l'amour profond qui les unit tous les deux.

Original publié en anglais en 2020 par Evil Eye Concepts, Incorporated sous le titre *Tease Me* par J. Kenner

Traduction française publiée par Martini & Olive, LLC
Traduit de l'anglais par Laure Valentin pour Valentin Translation
Conception graphique de la couverture par Michele Catalano, Catalano Creative
Image de la couverture par DepositPhotos.com artem_furman & billion digital

Première édition française June 2021
Attise-moi copyright 2020, 2021 Julie Kenner

ISBN: Digital: 978-1-953572-30-1
ISBN: Print: 978-1-953572-31-8

V-2021-5-21P

LE MONDE DE STARK
(JAMIE ET RYAN)

Apprivoise-moi

Tente-moi

Attise-moi

PROLOGUE

Ryan Hunter regarda la jeune femme qu'on l'avait engagé pour protéger. Elle faisait tourner distraitement la bague en or à son doigt. Il doutait qu'elle soit consciente de son geste. Non, elle était trop absorbée par le paysage qui défilait de l'autre côté de la vitre du train. Le sable au clair de lune. Les montagnes escarpées au-delà. Et le danger qui rôdait dans les ombres projetées par la lune.

— Felicia.

Elle sursauta, puis se tourna vers lui, ses yeux bruns gonflés, injectés de sang. Un sourire contrit se dessina sur ses lèvres alors qu'elle écartait de son visage une mèche de cheveux aussi noirs que la nuit, la boucle foncée contrastant avec sa peau pâle, encore plus maintenant que tout son maquillage s'était estompé après leur évasion.

Elle avait le regard dans le vague et il s'imagina qu'elle voyait les bâtiments détruits par la bombe. Les corps éparpillés dans les rues. Ils étaient peut-être à des kilomètres maintenant, mais il était certain qu'elle pouvait encore les voir. Dieu sait que lui les voyait encore.

Avec un soupir, elle se tourna vers la vitre.

— Ça a l'air si paisible, dit-elle, son léger accent britannique presque irréel au regard de la dure réalité qui les entourait. J'ai du mal à me rendre compte que c'est un coup d'État. Un véritable coup d'État. Et que nous sommes en plein milieu.

Elle se mordit la lèvre inférieure, puis baissa le store devant la vitre, coupant la vue.

Pendant un moment, elle resta simplement assise là, à regarder le panneau sombre. Puis elle se tourna vers lui et ses yeux inexpressifs rencontrèrent les siens alors qu'elle demandait, très simplement :

— Allons-nous nous en sortir vivants ?

Elle avait l'air sereine. Comme si les coups d'État militaires et les évasions nocturnes étaient la routine pour elle. Seuls les trémolos de sa voix trahissaient sa terreur.

Il lui prit les mains en envisageant de lui servir toutes les platitudes qu'elle voulait sans doute entendre. Bien sûr, ils allaient s'en sortir. Bien sûr, tout serait parfait. Voilà pourquoi son père avait engagé une entreprise de sécurité. Voilà pourquoi la boîte avait envoyé Ryan. Voilà pourquoi ils agissaient dans l'ombre, furtivement.

Mais il ne dit rien de tout cela. Elle méritait la vérité. Plus encore, elle était assez intelligente pour déjà la connaître.

— Nous allons essayer.

Pendant un moment, elle se blottit contre lui, comme s'il avait vraiment le pouvoir d'assurer sa sécurité. Puis elle dégagea ses mains, croisa les bras sur sa poitrine et glissa les doigts sous ses aisselles, serrant son buste pour se rassurer. Ses frêles épaules se soulevaient et retombaient. Enfin, elle acquiesça lentement, comme si elle absorbait ses paroles.

— Je m'en veux d'être aussi stupide.

— Tu n'es pas stupide.

Elle pencha la tête, tellement juvénile.

— J'ai suivi un homme que je connaissais à peine dans un pays instable du Moyen-Orient. Un pays qui n'existait peut-être même pas il y a un mois, et qui n'existera plus la semaine prochaine. Si tant est que ce soit encore un pays en ce moment, et pas seulement un trou béant dans le sol.

Ryan retint une grimace. Elle n'avait pas tort. Ils se trouvaient au cœur d'un territoire contesté, encore en paix quelques jours plus tôt, mais grouillant à présent d'activités militantes. Oui, tous les signes d'instabilité dans la région se faisaient sentir depuis le moment où Felicia avait quitté Londres. Un coup d'œil à un journal ou une simple recherche sur Internet lui aurait révélé la nature du conflit et le danger de voyager dans cette partie du globe. Peut-être serait-elle venue quand même, peut-être pas, mais en tout cas, elle n'aurait pas pu faire fi des indicateurs alarmants.

Pourtant, elle n'avait rien fait de tout cela. Elle avait rencontré un homme et elle était tombée amoureuse. Elle l'avait voulu, et Felicia Cartwright avait pour habitude d'obtenir tout ce qu'elle voulait.

Ainsi, quand Mikal Safar l'avait invitée à le rejoindre pour rencontrer sa famille riche et politiquement puissante, elle était partie sans hésitation. Jamais elle ne se serait attendue à ce que des dissidents se soulèvent. Et elle avait encore moins prévu qu'ils assassineraient Mikal et son père, provoquant ainsi une rébellion qui menacerait la vie de tous ceux qui étaient liés, de près ou de loin, au père de Mikal et aux autres chefs de gouvernement.

En toute honnêteté, après avoir lu le dossier de la mission, Ryan avait compris comment Felicia s'était retrouvée mêlée à ce chaos. Felicia avait grandi comme une princesse, non pas royale par le sang, mais par la fortune familiale, assise sur plusieurs générations. Sa mère était morte en couches et Randall Cartwright avait choyé sa petite fille, la couvrant d'amour, d'affection et d'autant de jouets et de luxe que le millionnaire londonien pouvait se le permettre. Ce qui, pour autant que Ryan puisse le dire, signifiait à peu près tout.

Felicia était une enfant gâtée, habituée à n'en faire qu'à sa tête et obstinée comme pas deux. Malgré tout, Ryan l'aimait bien. Cette fille avait du cran, c'était certain, et elle l'intriguait, composée d'arêtes tranchantes et de douceur naturelle. Comme de la barbe à papa enveloppée d'acier.

Comme pour prouver cette impression, elle pencha la tête en le regardant.

— Tu vois ? Tu sais que j'ai raison. Seulement, tu as peur d'admettre que je suis une idiote, parce que tu ne veux pas que papa refuse de payer.

Il ricana, amusé par ce commentaire critique envers elle-même.

— Ton père sait que tu n'es pas une idiote. Mais il sait aussi que tu es impulsive. Et parfois, ça ressemble à la même chose.

— Quoi qu'il en soit, ça revient au même. Je ne devrais pas être là. Je n'aurais pas dû suivre Mikal. Et le jour de sa disparition, j'aurais dû me ruer vers la frontière. Dieu merci, la vieille dame…

Elle s'interrompit, étouffant un sanglot. L'une des domestiques de la maison Safar l'avait prévenue. Si Mikal avait disparu, ce n'était pas parce qu'il avait essayé de s'échapper avant le coup d'État – sans l'emmener, comble de l'irrespect –, mais parce qu'il avait été capturé et décapité. Felicia était toujours sous le choc quand la servante lui avait conseillé de faire son possible pour s'enfuir avant d'être à son tour tuée par les rebelles, ou pire.

Ryan se pencha en avant et passa un doigt sous son menton pour incliner son visage vers lui. Il tenait à croiser ses yeux couleur chocolat.

— Tu as pris la décision impulsive de suivre un homme qui t'était cher, c'est vrai. Mais c'est une histoire vieille comme le monde. Ne te reproche pas d'avoir sous-estimé les risques. Ce n'est pas ton monde. Tu n'avais aucun point de référence. Et même si tu avais fait attention, même si tu savais que la zone était instable, tu as fait confiance à Mikal.

Elle renifla et acquiesça.

— Oui. Je sais que je n'aurais probablement pas dû, après tout, je le connaissais depuis trop peu de temps. Pourtant, je l'ai fait.

— Et d'après ce que je sais de lui, c'était un homme honnête. Regarde-moi, exigea-t-il lorsqu'elle baissa les yeux. Tu as eu le courage de faire confiance à cette femme, et tu as immédiatement demandé de l'aide. Tu n'as pas pleuré ni hésité. Malgré ton chagrin, tu as agi.

Elle leva les yeux au ciel.

— J'ai fait ce que je fais toujours. J'ai appelé mon père. Et il t'a appelé. Tu parles d'un courage !

— Ne dénigre pas ta réaction. Ça ne se résume pas à une question de coup de fil, et nous le savons tous les deux.

Les rebelles avaient coupé les réseaux cellulaires et elle avait dû se faufiler dans un immeuble de bureaux occupé pour trouver une ligne fixe. C'était cette initiative, preuve de ruse et de hardiesse, qui faisait dire à Ryan qu'elle pourrait affronter tout ce qui se dresserait en travers de leur chemin pendant cette évasion.

Malheureusement, pour survivre, il ne suffisait pas de ne pas fondre en larmes et de ne pas s'apitoyer sur son sort. Et en tant qu'invitée de Mikal, elle était sur le radar des dissidents. Voilà pourquoi cette mission d'exfiltration s'avérait particulièrement périlleuse.

Il prit une inspiration.

— Tu es intelligente. Tu es ingénieuse. Et tu as fait le bon choix. Ne minimise rien.

— Je suis désolée, tu sais.

— Pourquoi ?

Elle roula des yeux.

— Tout ça. C'est ma faute si tu es coincé dans ce merdier avec moi.

— Eh bien, c'est mon travail. On pourrait te lâcher la bride, un peu, qu'est-ce que tu en penses ?

Son sourire était hésitant, mais elle hocha la tête. Elle avait une légère couverture, qu'elle remonta sur son chemisier blanc taché.

— Essaye de dormir, dit-il. Nous en avons besoin, tous les deux, et tant que le train roule, nous sommes en sécurité.

— D'accord, dit-elle, ses paupières lourdes tombant déjà.

Quelques instants plus tard, sa respiration devint régulière et il sut qu'elle avait sombré en dépit de ses craintes. Pas étonnant. Ils étaient en fuite depuis trois jours, cherchant désespérément à atteindre le fleuve – et la frontière qui suivait le tracé de ces eaux profondes et tumultueuses.

Tout ce qu'ils avaient à faire, c'était de franchir le pont, et après le point de contrôle, ils seraient libres de rentrer chez eux.

Le point de contrôle.

Ce serait la partie délicate. Mais il espérait que tout se déroulerait sans encombre. Il devait y arriver, car il n'avait personne à qui faire appel pour le remplacer. Pas maintenant. Il était seul jusqu'à ce qu'il franchisse cette frontière. Pas d'alliés, pas de ressources. Mais une fois le point de contrôle traversé, il serait en mesure de demander de l'aide par radio. Il y aurait alors le transport aérien, des renforts.

Il aurait les moyens de la ramener chez elle en sécurité.

Trois cent cinquante kilomètres.

Ils avaient déjà tant parcouru. Certes, il pourrait l'emmener beaucoup plus loin.

Il se pencha en arrière, ferma les yeux et laissa les vibrations graves du train contre son dos le calmer.

———

— Que se passe-t-il ? demanda-t-elle.

— On ralentit. Je ne sais pas pourquoi.

Sa voix tendue semblait en rythme avec le tchac-tchac-tchac du train, un rappel cuisant que même s'ils se déplaçaient, leur destination restait incertaine.

Il s'était réveillé avant Felicia, dès que le rythme des roues sur les rails avait ralenti. Il s'était assis tranquillement, observant le paysage morne, de plus en plus sombre à mesure que la lune se couchait derrière les montagnes au loin. Il reporta son attention sur elle et sourit dans l'espoir de la tranquilliser. Il lui prit la main, son pouce effleurant la bague en or à son doigt.

— Ça va aller. Je prendrai soin de toi.

Même dans la pénombre, il pouvait voir son cou et ses joues s'empourprer. Elle pinça les lèvres, puis acquiesça.

— Ryan, dit-elle avant de s'éclaircir la voix. Tu penses que c'est nous ? Ils savent que nous sommes à bord ?

— Je ne sais pas. J'espère que non. Nous approchons sans doute du fleuve.

Dans ce cas, la vitesse réduite était cohérente. Sinon... eh bien, cela pouvait être synonyme de danger.

Il jeta à nouveau un coup d'œil par la vitre, mais il ne pouvait pas voir assez loin. Enfin, la voie ferrée décrivit un virage et sa respiration se fit plus légère, le soulagement déferlant en lui comme l'eau du courant droit devant.

— C'est le fleuve. J'aperçois le pont.

Un sourire éclaira son visage, effaçant temporairement les lignes soucieuses désormais familières qui ne disparaissaient jamais, même quand elle dormait.

— Alors, nous sommes toujours en sécurité. Et c'est presque fini.

— Presque, confirma-t-il. Mais pas encore.

Il se pencha en avant, prenant ses mains dans les siennes.

— Il ne faut pas tout gâcher maintenant. Dis-moi. Dis-moi ce que tu leur diras quand nous atteindrons le point de contrôle.

Elle redressa les épaules.

— Je m'appelle Felicia Cartwright Hunter. Je travaille pour mon père et je suis venue ici pour discuter d'une entreprise commune avec Mikal Safar. Il y avait des rumeurs selon lesquelles nous étions impliqués, mais c'était ridicule.

Elle renifla impérieusement, avec un dédain manifeste.

— Je n'éprouve aucun intérêt pour le climat politique ici, et

certainement pas pour Monsieur Safar. Sinon, pourquoi aurais-je
amené mon fiancé ? D'ailleurs, nous nous sommes mariés sur un
coup de tête, charmés par le cadre côtier.

Elle se pencha en arrière, relâchant ses mains pour le dévisager.

— C'était bien ?

— Parfait.

Il espérait seulement que ça fonctionnerait. Les étrangers qui
entraient dans le pays à des fins récréatives étaient, pour la
plupart, autorisés en toute sécurité à traverser le poste de contrôle.
La question serait de savoir si leur mariage serait crédible. Voilà
pourquoi Ryan, qui n'aurait jamais cru se marier un jour, était
désormais l'époux légal d'une femme qu'il connaissait à peine.
Une femme dont il divorcerait à l'amiable une fois de retour à
Londres.

Il la dévisagea, souriant malgré les circonstances. Elle était jolie
et terrifiée. Le soir de leur mariage, ils avaient partagé une chambre
et un lit. À la fois parce qu'il ne voulait pas la laisser seule, mais
aussi parce qu'ils devaient entretenir l'illusion. Les espions étaient
partout, et Felicia était clairement sous surveillance.

Elle était terrorisée et triste, ce soir-là, et il l'avait serrée dans ses
bras, l'apaisant et lui promettant de faire son possible pour l'exfil-
trer en toute sécurité. Mais ce n'était pas le genre de réconfort
qu'elle souhaitait, dont elle avait besoin. Elle s'était recroquevillée
contre lui, ses courbes aussi alléchantes que la chaleur de son corps
sous la fine nuisette qu'elle portait au lit. Elle lui avait pris la main,
puis l'avait pressée au bas de son ventre. Elle n'avait rien dit d'autre
que : *s'il te plaît*.

Il n'en fallait pas plus. Il n'avait pas de petite amie, personne
qu'il voyait régulièrement. Mais ce n'était pas un moine. Loin de là.
Il avait pris ce qu'elle lui offrait, lui rendant autant qu'il le pouvait. Il
voulait qu'elle se sente en sécurité – et même, qu'elle *ressente* tout
court. Ils avaient peur, tous les deux. Ils étaient incertains. Mais au
moins, au lit, ils pouvaient oublier.

Cela avait commencé lentement, doucement, mais à la fin, ses ongles lui labouraient le dos et il l'étreignait avec force alors que l'orgasme la traversait.

Après quoi, elle s'était pelotonnée contre lui, l'avait remercié de l'avoir épousée, de la protéger, et même de l'avoir baisée.

Elle s'était endormie ensuite, et il était resté allongé là pendant au moins une heure, les yeux baissés sur la femme qui, pour le moment, était la sienne. Oui, il prendrait soin d'elle comme il se devait. Il avait prêté serment et il prenait ce vœu au sérieux, autant que son serment professionnel. Il la protégerait par sa vie s'il le fallait. Et il ferait le nécessaire pour la faire sortir en toute sécurité de cette zone déchirée par la guerre.

— Est-ce que ça marchera ? demandait-elle maintenant.

Ses yeux étaient grands ouverts, très sérieux.

— Vont-ils nous croire ? Il y avait des photos de moi et de Mikal...

— Je ne sais pas, dit-il en toute sincérité. Mais c'est la meilleure chance que nous ayons.

Ses lèvres frémirent aux commissures et elle cligna des paupières, une larme roulant sur sa joue.

— Je vais bien. C'est promis. Seulement, j'ai peur. Et... enfin, quoi qu'il arrive, au moins je pourrai toujours dire que mon premier mari était un sacré bel homme.

— Et moi, que ma première femme était la plus courageuse que je... putain !

Son juron fut étouffé par le cri de Felicia alors qu'une lumière orange surréaliste emplissait le wagon, accompagnée par la détonation déchirante d'une bombe explosant à proximité.

Ryan se leva, puis tendit la main vers Felicia, pour être brusquement ramené sur son siège lorsque le train eut un soubresaut, accélérant brutalement.

— Nous allons *vers* la bombe ?

La peur entrelaçait sa voix, ses yeux reflétant sa terreur.

— Nous sommes presque au pont, dit-il d'une voix tendue.

Il avait tressailli sous l'éclat aveuglant, mais quand il ouvrit les yeux, une lumière persistait encore et il constata qu'ils étaient plus proches du pont qu'il ne l'avait imaginé. Il y avait encore une chance. En supposant qu'ils n'aient pas été pris d'assaut, en supposant que l'explosion ne soit pas une tentative de les faire dérailler – une tentative qui avait échoué.

— L'équipage veut passer la frontière autant que nous. Ils vont essayer le pont.

— Et risquer de nous faire tuer.

Il secoua la tête.

— S'ils ne sont pas montés à bord de force, nous pourrions y arriver.

— Vraiment ?

— Je n'en sais rien. Mais le train ne s'est pas complètement arrêté. J'ose espérer que personne ne nous a pris d'assaut.

Cette éventualité prometteuse fut balayée – au premier sens du terme – par des tirs d'armes automatiques qui criblèrent le plafond. Ryan la projeta au sol, recouvrant son corps avec le sien. Il n'était pas armé, après avoir été fouillé trois fois avant de monter à bord du train. Emporter une arme incognito n'était pas une option. Sur le moment, il avait regretté de ne pas avoir d'alternative. Il le regrettait encore plus, maintenant, alors qu'une douzaine d'hommes en tenue de combat se ruaient vers eux.

— Dégage, lança le plus costaud du groupe, dans un anglais fortement accentué.

Ryan changea de position et leva les mains, révélant sa propre alliance en or.

— S'il vous plaît, ne faites pas de mal à ma femme. Nous sommes de jeunes mariés. Nous sommes venus ici en vacances ainsi que pour affaires. Nous essayons de rentrer chez nous.

L'homme brandit son fusil, puis le pointa directement sur le torse de Ryan.

— Dégage, répéta-t-il. Ou ton sang tachera la femme avant qu'on la tue, elle aussi.

Un sourire vicieux apparut sur son visage.

— Mais d'abord, nous allons en profiter, non ?

Ryan entendit le gémissement de Felicia. Il ne lui fallut pas longtemps pour calculer ses chances. Tout bien considéré, il en avait exactement zéro. Privé de choix, il hocha la tête, espérant que leur chef serait plus raisonnable.

On les emmena dans le wagon suivant, Felicia en tête, les jambes tremblantes. C'était un wagon de marchandises, dont les portes coulissantes étaient déjà ouvertes. La nuit se profilait au-delà du wagon et le fleuve serpentait en contrebas, sombre et menaçant, trop lointain pour que Ryan soit certain d'en réchapper.

Felicia s'arrêta et sa main chercha la sienne. Il la prit, comprenant aussitôt ce qui l'avait arrêtée. Devant eux, il apercevait un groupe de passagers à travers les portes connectant leur wagon au suivant. Et chacun d'entre eux se tordait de douleur, criblé de balles tirées par des agresseurs invisibles. Ils s'étaient effondrés sur le plancher glacial du wagon de marchandises et agonisaient lentement.

— Mikal Safar, dit l'homme costaud derrière eux alors que Ryan s'approchait de Felicia, la vivacité de ses réflexes professionnels aux prises avec une terreur chaude presque liquide. Cette femme est la sienne, grogna l'homme. Et lui, c'est un moins que rien.

Le fusil du dissident s'enfonça dans le dos de Ryan, le rapprochant de Felicia.

— Nous allons sauter. Tiens-toi prête.

Le murmure de Ryan était à peine plus qu'un souffle et il espérait qu'elle avait entendu et compris.

Aussitôt, le canon de l'arme le frappa dans le dos, suffisamment fort pour écraser sa colonne vertébrale, alors que les autres hommes autour de lui riaient et chantaient.

— Et toi, sale porc, tu n'es rien d'autre qu'un sac de viande.

Ryan s'efforça de maîtriser ses tremblements, puis il rassembla ses forces. Cette fraction de seconde sembla durer plusieurs minutes. Il espérait qu'elle comprendrait le risque qu'il prenait, qu'elle savait que c'était le seul moyen. Ils ne survivraient probablement pas à la chute, mais au moins, ils auraient une chance. Au moins, ils choisiraient. S'ils restaient dans le wagon, ils seraient morts en quelques minutes aux mains de ces salauds. Probablement quelques secondes.

Il ne compta même pas jusqu'à trois. Il se jeta sur le côté, attrapant Felicia par le bras alors qu'il les précipitait tous les deux vers la porte ouverte. En même temps, il arracha son corps au canon de l'arme, ses muscles protestant douloureusement contre une manœuvre que même sa formation et ses heures en salle de sport n'auraient pas pu prévoir.

Il sentit la vague d'air frais sur son visage alors qu'ils approchaient de la porte, puis la douleur lancinante et la chaleur liquide du sang qui s'échappait de ses côtes. Il s'était suffisamment contorsionné pour sauver sa colonne vertébrale, mais pas pour échapper à la balle.

Si seulement ils pouvaient franchir cette porte de wagon...

Cette pensée toujours à l'esprit, il fut plaqué sur le plancher rigide et brûlant. Il tenait désespérément le bras de Felicia, mais une botte à pointe métallique le heurta violemment dans les côtes avant de s'écraser sur son poignet, le forçant à lâcher prise.

Elle était étendue à côté de lui, une bulle de sang sur les lèvres, ses mains pressées contre une plaie béante au ventre. Une autre vague de douleur le traversa. Pas physique, cette fois. La douleur de l'échec. La douleur de savoir qu'il avait failli à sa mission.

— Je suis désolée, murmura-t-elle, le mot craquelé et à peine audible faisant écho à ses pensées avec une clarté parfaite. Je n'aurais jamais dû... venir...

Il se débattit, s'efforçant de bouger, mais le monde s'assombrissait autour de lui, son bras hurlant sous la douleur de la lourde botte qui le clouait au sol. Et puis, ce fut son tour de crier, fou d'angoisse, alors que trois des hommes hissaient Felicia sur ses pieds. Elle perdait tant de sang qu'il savait qu'elle ne survivrait jamais à la blessure. À ce stade, pourtant, cela n'avait plus aucune importance.

Que ce soit à cause de la plaie ou du fleuve, il savait qu'elle était morte. Sa mission. Sa responsabilité.

Son épouse.

Alors que le nuage gris de l'inconscience l'enveloppait, il les vit pousser la jeune femme hors du train, la précipitant vers le torrent sombre et impitoyable.

CHAPITRE UN

De nombreuses années plus tard

— Ici Jamie Archer, dis-je après avoir tapoté l'écouteur pour connecter le téléphone, enfoui au fin fond de mon sac à main, de l'autre côté de la pièce.

— Ton nom professionnel ?

Même au téléphone, j'entends la surprise dans la voix de Nikki. Je comprends aussi pourquoi. Après tout, je lui ai dit ce que j'avais en tête ce soir, et le travail n'est clairement pas à l'ordre du jour.

— Ça veut dire que tu as laissé tomber ton plan ?

Je perçois une note d'espoir et je réprime un froncement de sourcils alors que j'enfile la robe rouge en soie que j'ai achetée pour cette soirée.

— Certainement pas. Ça signifie que Carson Donnelly et moi, on essaye de se joindre depuis un moment, et que je n'ai pas regardé le nom sur l'écran.

— Laisse-moi deviner. C'est quelqu'un de haut placé à Hollywood.

— Tu entends ce bruit sourd ? C'est moi qui me frappe la tête contre un mur. Honnêtement, Nik, continué-je par-dessus son rire, comme tu es amie avec certaines des plus grandes stars de Los Angeles – sans parler de la journaliste de divertissement la plus en vogue de la ville –, tu dois vraiment faire plus attention à ces choses-là.

En tant qu'épouse du milliardaire Damien Stark, Nikki côtoie le gratin d'absolument toutes les industries, y compris la mienne. Mais à l'exception des projets sur lesquels ses amis travaillent, sa connaissance d'Hollywood se limite à l'époque où Hitchcock faisait tourner Jimmy Stewart dans *Sueurs froides*.

C'est une lacune impardonnable chez ma meilleure amie, et pourtant j'ai appris à vivre avec.

— Pourquoi veux-tu que je prête attention à ça alors que la journaliste de divertissement la plus en vogue de la ville me dit tout ce que je dois savoir ? Comme, par exemple, qui est ce Carson Donnelly.

— Eh bien, mon innocente amie, ce n'est que le réalisateur le plus célèbre de la ville. Et je l'ai interviewé pour cette émission spéciale que je produis. Figure-toi qu'on s'est plutôt bien entendus, et qu'il envisage sérieusement de lancer une ancienne actrice devenue journaliste de divertissement – initiales JAH, pour info – dans son prochain film.

— Tu plaisantes !

— Absolument pas ! rétorqué-je avant de glousser.

En réalité, c'est un peu pathétique, car je ne suis pas du genre à glousser.

— J'adore mon boulot, mais le cinéma fait toujours partie de mes préférences. Et tu imagines l'accès que ça me donnerait pour plus d'interviews ?

— Comme si tu avais besoin d'un meilleur accès. Tu es déjà la journaliste de divertissement la plus en vogue de la ville, ce qui signifie que chaque acteur et réalisateur vient frapper à ta porte pour une interview.

— Je suis géniale, pas vrai ?

Je remonte la fermeture éclair de la robe et glisse mes pieds dans des sandales à talons de dix centimètres. Ensuite, je m'examine d'un œil critique dans le miroir en pied. Tout compte fait, je suis bien contente de ce que je vois.

Je me suis réveillée après une longue sieste il y a moins d'une heure, et le gonflement qui s'attardait sous mes yeux s'est enfin estompé. Maintenant, je suis fraîchement lavée, mes cheveux retombent en vagues brillantes et mon maquillage est tellement impeccable que je pourrais passer une audition pour une publicité Maybelline. Le plus important, compte tenu de mon plan pour la soirée, c'est que la robe souligne mes courbes de façon provocante, avec un décolleté assez profond pour assurer un accès facile à ma poitrine et une fente assez haute sur la cuisse pour permettre à toute personne assise à côté de moi d'explorer la partie sud de mon anatomie. En supposant, bien sûr, que je me laisse faire.

Je n'ai jamais pratiqué la fausse modestie, et alors que je virevolte devant le miroir pour m'inspecter sous tous les angles, je peux honnêtement dire que je suis torride. Tant mieux, car la chaleur, c'est exactement ce que je recherche. Je veux qu'il ait le souffle coupé. Je veux être comme un grand verre d'eau dont il a besoin, indispensable à sa survie.

Je frotte mes ongles sur ma poitrine et réalise que je souris. Étant donné que cette journée interminable a commencé sous une tonne d'inquiétudes et de doutes écrasants, je dirais que les événements ont pris une tournure plutôt formidable.

— Allô, Jamie. Ici la Terre.

— Oh ! Désolée.

Je fais la grimace en prenant conscience que mes pensées ont dérivé et que j'ai complètement zappé tout ce que Nikki disait.

— Qu'est-ce que tu as dit ?

— J'ai convenu que tu étais géniale. Et que dans les circonstances, Ryan te pardonnerait volontiers d'avoir passé sous silence son nom de famille. Même si Jamie Hunter, ça sonne plutôt bien.

— C'est en haut de ma liste, avoué-je.

— Mais je me fais du souci pour toi, James, reprend-elle aussitôt.

Le fait qu'elle utilise les surnoms que nous nous sommes donnés quand nous étions enfants souligne un peu plus son inquiétude.

— Tu es sûre que c'est le meilleur plan ? Tu dois admettre que ça va un peu trop loin, même pour toi. Ça pourrait se retourner contre toi, et pas qu'un peu.

— J'ai intérêt à en être sûre, étant donné que j'ai déjà tout mis en œuvre.

— Alors, tu comptes vraiment aller jusqu'au bout.

Ce n'est pas une question. Nikki me connaît mieux que quiconque. Et je suis sûre qu'elle voit bien que ma décision est prise.

— Oui.

Je respire, et ce faisant, je sens mes mamelons nus frotter contre la soie douce alors que ma poitrine monte et s'abaisse. Je pense à mon mari, qui m'a semblé étrangement distant la dernière fois que nous avons discuté.

Ryan Hunter est plus que mon mari. C'est ma vie. Mon âme sœur. Ma moitié. J'avais peut-être peur de la notion de mariage autrefois, mais je n'ai jamais eu peur d'être avec lui. Et je ne me gênerais pas pour refaire le portrait à quiconque essayerait de me l'arracher.

Tout ça pour dire que je ne peux pas imaginer ma vie sans lui. Plus que ça, je le *connais*. Quelque chose ne va pas. Et je suis morte de peur que cela ait un rapport avec moi.

— Jamie.

— Je dois faire bouger les choses.

J'ai pris cette décision après notre dernière conversation. Il était distrait, et pas comme d'habitude, quand il s'absorbe dans son travail. Non, il y avait autre chose. Quelque chose qui a fait basculer mon monde tout entier sur son axe. Quand il m'a dit qu'il avait vu quelqu'un qu'il avait connu autrefois… la tension dans sa voix m'a fait un drôle d'effet.

Je ne comprends pas, mais je sais que ça m'a fait peur. Et il en faut pour me faire redouter quoi que ce soit entre Ryan et moi.

À l'autre bout de la ligne, Nikki soupire.

— Si c'était Damien qui agissait bizarrement… commencé-je, laissant ma phrase en suspens pour lui permettre de saisir la balle au bond.

— Nous savons tous les deux quelle serait ma réponse, dit-elle. Bien sûr, je ferais tout mon possible pour comprendre ce qui se passe et y remédier. Seulement, je ne suis pas certaine que ce que tu as prévu soit… oh bon sang, James. Je te demande juste d'être réaliste. Tu es certaine de savoir ce que tu fais ? Je veux dire, il est à l'étranger pour le travail. Il est occupé. Alors, il me semble que…

— J'en suis sûre.

Je hoche la tête, comme pour conforter ma résolution. J'ai un plan, et mon plan est bon. Parce que parfois, on a besoin d'un coup de pouce.

Il y a une pause, pendant laquelle j'imagine ma meilleure amie parcourir tous les arguments possibles dans sa tête. Mais aucun ne doit être suffisamment convaincant, car elle dit :

— Bon, très bien. Appelle-moi demain. Au moins, envoie-moi un texto pour me dire que tout va bien.

— Ça ira. C'est juré.

— C'est vraiment le mieux que j'obtiendrai de toi ?

— Il faut croire.

J'imagine aisément son exaspération. Son joli visage à la beauté classique doit se plisser avec frustration et elle lève ses yeux bleu-vert au plafond.

— Bon, je te laisse.

— D'accord, au revoir ! Oh, j'ai oublié de te dire. Devine sur qui je suis tombée devant l'hôtel ?

— Là, techniquement, tu ne me dis rien, proteste Nikki.

— Quoi ?

— Tu as dit que tu avais oublié de me dire quelque chose. Pas que tu allais me le faire deviner. D'ailleurs, je sais déjà. Gabby Anderson. C'est ça ?

— Mais comment tu le sais ?

Gabby Anderson était venue à l'Université du Texas pour des recherches dans le cadre de sa thèse de doctorat. En rapport avec les livres médiévaux. Nikki et moi étions étudiantes de première année à l'époque, et Gabby vivait dans l'appartement au-dessus de la cage à lapins que nous partagions. On avait pris l'habitude de faire la lessive tard le soir, et au fil du temps, on en est venues à boire des verres et à discuter au bord de la piscine en attendant les cycles d'essorage. J'ai été déçue quand elle a déménagé, et même si je voulais vraiment rester en contact, ça ne s'est jamais produit.

— Elle m'a retrouvée, explique Nikki. Et elle a dit qu'elle espérait nous revoir toutes les deux quand elle sera de retour aux États-Unis. Elle est prof à l'UT maintenant, tu le savais ?

— L'Université du Texas *est* aux États-Unis, souligné-je.

— Très drôle. Je crois qu'elle est à Londres en congé sabbatique, ou quelque chose comme ça. Elle n'a pas été très claire. Quoi qu'il en soit, je lui ai dit que tu étais toi aussi en route pour Londres à ce moment-là, et elle était folle de joie.

— Alors, tu lui as donné mes informations de vol et tu lui as dit où je séjournais.

— Je n'aurais pas dû ?

— Tu plaisantes ? Non, j'ai toujours aimé Gabby. Mais si tu essayes de me déconcentrer pour me détourner du plan, ça n'a pas fonctionné.

Nikki se moque.

— Tu as prévu quelque chose avec elle ?

— Elle voulait aller boire un verre ce soir, mais j'ai mes propres projets, comme tu le sais, et l'après-midi, ce n'était pas possible, parce que j'avais besoin d'une sieste. Le décalage horaire ne me fait pas de cadeaux. Honnêtement, je pense qu'elle aurait eu bien besoin d'une sieste, elle aussi.

— Comment ça ?

— Ce doit être stressant d'enseigner, parce qu'elle était tendue. Je pense qu'elle a besoin de parler à quelqu'un, mais je ne pouvais pas laisser tomber le plan.

— Si, tu pouvais, grommelle Nikki, m'arrachant un grognement narquois.

— Le plan est parfait, rétorqué-je. Il est très bien. Nous avons déjà eu cette conversation, alors laisse tomber. Et Gabby a pris mon téléphone pour y mettre ses coordonnées. Je lui ai promis de lui envoyer un texto demain quand je serai dispo.

— Bon, dis-lui que je la salue.

— Ça marche. Allez, je raccroche maintenant. J'ai quelque part où aller et quelqu'un à me taper.

— James…

— Je t'aime, Nicholas, dis-je en employant moi aussi son surnom, la faisant rire aux éclats.

— Je t'aime aussi, répondit-elle avant de mettre fin à l'appel.

Pendant un moment, je reste là, à me demander si elle a raison. J'opte peut-être pour une approche complètement fausse. Mais je secoue la tête. Je connais mon mari. Je sais ce qui l'intrigue. Et ce qui le déconcentre. Je sais comment l'allumer et effacer tout le reste de son esprit.

Et je suis certaine que ce que j'ai prévu va fonctionner.

Plus que ça, ce sera très amusant.

———

— Est-ce que je te manque ?

Je croise les jambes en m'adossant sur le banc rembourré, la soie fraîche qui le recouvre offrant un contraste saisissant avec la chaleur de ma peau. Une chaleur qui n'a fait qu'augmenter quand j'ai su qu'il était à l'autre bout de cette ligne. Et qu'il pensait aussi à moi.

— Oh, chaton, comment peux-tu me demander ça ?

La voix de Ryan résonne dans ma tête à travers les petits écouteurs, basse et rauque. Je la ressens comme une caresse physique et je presse les cuisses pour réprimer une déferlante de désir.

— J'aimerais que tu me le dises, avoué-je. S'il te plaît, Hunter. Ça fait trop longtemps.

— C'est vrai.

Sa voix est emplie de désir et je ferme les yeux en l'imaginant. Ses cheveux châtains. Ses yeux bleu clair. Et ce corps sec et musclé qui s'adapte parfaitement à mes courbes.

— Mon Dieu, Jamie, dit-il d'une voix qui complète à merveille ma vision de lui. Tu me manques désespérément.

— C'est terrible de ma part, mais je suis contente de te l'entendre dire. La dernière fois qu'on a parlé, tu m'as semblé distrait, et comme tu m'as dit que tu avais revu quelqu'un de ton passé...

— Tiens, tiens, on dirait que ma femme est jalouse.

— Est-ce que ta femme a des raisons de l'être ?

Il y a une infime hésitation, et je jurerais que mon cœur rate un battement.

— Chaton, comment peux-tu suggérer une chose pareille ? Je suis ici pour travailler, tu le sais. Et ça me tue, crois-moi. Ce que tu entends dans ma voix, c'est l'épuisement. Pas l'infidélité.

Un pincement de culpabilité m'assaille et je rétropédale aussitôt.

— Je ne pensais pas...

L'instant d'après, je m'interromps. Parce que peut-être qu'au fond, je le pensais. Je connais Ryan et je lui fais confiance, mais il y a toujours une partie minuscule, négligeable et profondément enfouie, un soupçon de paranoïa qui m'empêche de croire qu'un homme comme Ryan puisse être passionnément amoureux d'une timbrée comme moi.

— C'est mal si je suis contente que tu sois épuisé ?

Il rit.

— Avec quelqu'un d'autre que toi, je pourrais être découragé.

Mais je connais bien ma femme. Et, chaton, tu me connais aussi. Tu n'étais pas vraiment jalouse, si ?

— Combien de temps dois-tu encore rester à Londres ? demandé-je, esquivant la question.

Il soupire.

— Difficile à dire. C'est un projet pharaonique. Mais on devrait pouvoir conclure cette semaine. Peut-être dans dix jours. On se démène pour y arriver, en tout cas.

— Ça me fait plaisir de l'entendre.

Mon mari, Ryan Hunter, est le chef de Stark Sécurité, l'une des plus récentes divisions de Stark International, avec pour mission d'apporter son aide en cas de besoin, quelle que soit l'ampleur de la tâche.

Mais ce n'est pas pour ça qu'il est à Londres.

Il est au Royaume-Uni parce qu'avant l'existence de Stark Sécurité, il était le chef de la sécurité de Stark International, un empire de plusieurs milliards de dollars. Techniquement, il occupe toujours ce poste. Ce qui signifie qu'à l'exception de Damien Stark lui-même, Ryan est le plus gros bonnet en ce qui concerne toutes les questions de sécurité de la multinationale.

Bien sûr, il n'est plus sur le terrain au quotidien. Stark Sécurité l'occupe bien trop pour cela. Actuellement, il ne s'implique personnellement que dans les cas d'extrême urgence. Il faut croire que les contrôles de sécurité ce mois-ci, à l'occasion de l'inauguration du tout nouvel hôtel Stark Century, à Londres, relèvent de cette catégorie. Sans parler d'une refonte de l'ensemble du système de sécurité aux bureaux londoniens de Stark International.

Avec Baxter Carlyle, son adjoint responsable de la sécurité dans tous les territoires anglophones de Stark International, il est à la tête d'une équipe temporaire basée à Londres pour trois semaines. Évidemment, pour cela, ils bénéficient tous les deux de tout le luxe imaginable. Suites élégantes. Vues incroyables. Excellent service d'étage. Un bar au rez-de-chaussée lambrissé de chêne avec un service d'exception, auquel ils ont un accès illimité.

Ils travaillent dur, certes, mais j'ai le sentiment que l'environnement luxueux n'est pas pour leur déplaire.

Quant à moi, je suis restée à Los Angeles. Le travail. Les responsabilités. Tous ces trucs d'adultes barbants. Au début, je me suis occupée. Et puis, la solitude s'est installée. Suivie du doute, qui s'est insinué après ces quelques coups de fil étranges avec Ryan.

Après quoi...

Eh bien, à un moment donné, il faut savoir passer à l'action.

J'ai donc pris mon téléphone, et le reste appartient à l'histoire. Le plus amusant, ce sera de voir où ça nous mène. Déjà, la voix de Hunter exerce sa magie sur moi, j'en ai des frissons sur la peau, sur les cuisses. Mes tétons sont aussi durs que des cailloux, et je sais qu'il n'en faudra pas beaucoup plus pour m'exciter pour de bon.

Parce que j'ai bien l'intention de monter en puissance...

Plus que cela, j'ai une idée précise de ce que je veux ensuite. Des fantasmes que je souhaite réaliser pendant que mon mari me chuchote des choses à l'oreille. Je m'humecte les lèvres et me lève du banc rembourré tout en continuant notre conversation, baissant la voix afin de transmettre toute la chaleur que je ressens.

— Tu me manques désespérément... Qu'entends-tu par *désespérément* ? Et s'il te plaît, sois très, très précis.

Son petit rire se réverbère dans tout mon corps, se propageant jusqu'à mon entrejambe.

— Attention, chaton. Je suis en public. Au bar de l'hôtel.

— Quelle coïncidence, dis-je en m'avançant sur le sol carrelé, croisant des hommes et des femmes tous habillés sur leur trente-et-un, prêts pour la soirée. Je suis aussi dans un hôtel.

— Tu ne travailles pas ?

J'entends la perplexité dans sa voix.

— Je croyais que tu travaillais au montage de tes vidéos cette semaine.

C'est une bonne question. Depuis un certain temps, je consacre des heures et des heures à filmer et produire une série d'interviews de célébrités, diffusées dans diverses émissions d'information et de divertissement sous l'égide de Hardline Entertainment, la société du magnat hollywoodien, Matthew Holt. C'est un secret de polichinelle qu'il possède un club libertin très sélect et il est connu dans la ville comme un homme à femmes, mais il a toujours été correct envers moi. En fait, il est tellement correct qu'il a co-produit une émission spéciale de deux heures qui s'est hissée sur le podium des trois meilleurs succès au box-office l'année dernière – dans laquelle j'interviewais audacieusement des acteurs et réalisateurs, pour une formule couronnée de succès.

C'était un excellent projet et non seulement Matthew s'est comporté en gentleman, mais il a même été très encourageant. Et il respecte absolument Ryan. Parfois, je me demande si sa réputation d'homme à femmes, surtout dans le contexte actuel de *me too*, n'est pas plutôt une sorte de façade fabriquée.

Cela dit, Ryan serait tout à fait capable de tuer un homme à mains nues, et c'est le meilleur ami de Damien Stark. Alors, peut-être que Holt tient juste à se montrer sous son meilleur jour avec moi.

De toute façon, ce boulot est formidable et je l'adore. Bien sûr, j'aimerais décrocher le rôle dont je parlais à Nikki, mais après avoir connu différents types d'emploi à Hollywood, j'ai finalement l'impression d'avoir trouvé ma vocation. Quoi qu'il arrive avec le projet Carson, ça me va. En quelque sorte, on peut dire que Holt est comme un « parrain la bonne fée » au physique de dieu grec.

Je reporte mon attention sur notre conversation téléphonique.

— Je t'ai dit qu'on avait terminé la première partie de la spéciale, dis-je pour lui expliquer pourquoi je ne suis pas dans une cabine de montage.

Certes, il y a encore beaucoup de travail à faire. Mais comme, techniquement, ce que je dis est vrai à cent pour cent, je n'ai pas à me sentir coupable de mentir à mon mari.

— Et voilà pourquoi, ajouté-je avec une intonation sensuelle, j'ai décidé d'aller dans un hôtel et de t'appeler.

— Jusqu'à présent, j'approuve ton plan.

— Vraiment ? Tant mieux. Mais il y a plus…

Je laisse mes paroles en suspens.

— Ah, oui ?

— Tu vois, le truc, c'est que je me sens particulièrement coquine ce soir.

— Comme c'est intéressant.

Il y a une note d'humour et une chaleur indéniable dans sa voix. Une chaleur qui ne laisse pas mes sens indifférents.

Je passe la langue sur mes lèvres, réprimant l'envie d'empoigner ma poitrine pour en caresser les mamelons sensibles. Je suis en public, après tout.

— Eh bien, je me demandais…

Je marque une pause en atteignant les piliers de marbre à l'entrée du bar lambrissé. Je m'y appuie tout en balayant les clients du regard, dont beaucoup me tournent le dos. Mon corps vibre de désir. J'ai envie de sentir des mains sur moi. Des lèvres. De la chaleur, de la *passion*.

En un mot, j'ai envie de Ryan. Mais pour l'heure, il n'est pas à mes côtés.

— En fait, il y a des gens très intéressants ici. De superbes femmes. Des hommes vraiment magnifiques.

Les hommes dans ce bar sont exactement le genre de délices que je me serais offerts sans compter dans ma période pré-Ryan, quand j'étais une authentique rebelle. Nikki appelait ça des encoches sur ma tête de lit, non sans une certaine inquiétude. Une inquiétude que j'ignorais royalement, à l'époque. Et, pour être honnête, que j'ignore tout autant ce soir.

— Tu m'intrigues.

Je devine la question de Ryan avant même qu'il la pose.

— À quel jeu est-ce qu'on joue, chaton ?

Je m'humecte les lèvres en songeant à l'écouteur et au minuscule micro, bien cachés sous mes cheveux.

— Et si j'en séduisais un ?

Je fais un pas dans la salle, et là, je le vois. Le seul homme qui fait de l'ombre à tous les autres clients. Il est assis au bar et me tourne le dos, de sorte que je ne puisse pas voir son visage. Mais sa posture témoigne de son assurance. Ses cheveux noirs coupés court sont épais. J'ai envie d'y passer les doigts, imaginant à quel point ils seraient doux sur ma peau. Je distingue seulement sa mâchoire sous un certain angle. Elle est carrée, avec un soupçon de barbe de fin de journée. Je ferme les yeux en imaginant cette sensation rugueuse à l'intérieur de mes cuisses et je gémis tout bas.

— C'est vraiment ce que tu veux ?

Sa voix est tendue, mais parfaitement claire.

— Ça ne te dérange pas ?

Je me mords la lèvre inférieure, surprise par la vitesse de mes battements de cœur. Je suis très nerveuse. Et je crains qu'il me dise non.

— Tu as toujours dit que tu aimais mon côté indomptable.

— Oui, répond-il. Alors, tu as choisi un homme ?

— Oui.

Je soupire avec soulagement et mes épaules se détendent. Jusque-là, je n'en avais pas pris conscience, mais je craignais qu'il me refuse mon fantasme ce soir.

— Alors, je pense que tu dois le faire, chaton.

Je referme les dents sur ma lèvre inférieure et la chaleur s'accumule entre mes cuisses quand je fais un pas vers l'homme assis au bar.

— Tu en es sûr ? demandé-je à mon mari.

— T'ai-je déjà refusé quoi que ce soit ?

— Jamais.

Je prends alors une inspiration excitée en m'approchant de l'homme au bar. Il se redresse sur son siège, comme s'il savait que j'étais là. Quand je me glisse sur le tabouret vide à côté de lui, il se tourne juste assez pour me faire face. Ses yeux sont aussi bleus que je les imaginais, et pendant un instant, il me regarde, tout simplement, enveloppant tout mon corps, le bleu glacial laissant une traînée de chaleur dans son sillage.

Je me racle la gorge.

— Ce siège n'est pas pris, je présume ?

Il esquisse un demi-sourire.

— Ça changerait quelque chose si je vous disais que c'est le cas ?

— Non. Vous m'offrez un verre ?

Une fraction de seconde. Puis une autre. Il est concentré sur mes lèvres, mais à présent, il lève la tête et pose sa main sur ma cuisse, juste au-dessus de mon genou. Ce contact m'envoie une décharge de désir et je dois réprimer un gémissement. Je suis déjà détrempée et excitée comme jamais. À ce moment précis, je me rends compte que j'ai absolument besoin de cette nuit. De cette aventure.

Ses yeux se fixent sur les miens.

— Et si je faisais monter une bouteille dans ma chambre ?

— Oh.

C'était plus rapide que prévu – j'aime le jeu de séduction –, mais je ne peux pas dire que je sois déçue. Déjà, j'imagine ses mains sur ma peau, ma robe en lambeaux sur le sol.

Pourtant, je ne veux pas paraître trop impatiente. Je vois son téléphone sur le bois verni, à côté d'un verre presque vide, l'écran face vers le bas.

— Vous étiez en communication ? demandé-je en attrapant son verre, avalant la dernière gorgée de scotch avec des restes de glaçons.

— Plus maintenant. J'ai comme l'impression que vous allez exiger toute mon attention.

Il range le téléphone dans la poche intérieure de son costume Brioni sur mesure, puis descend du tabouret et tend la main vers moi. Je quitte mon siège à mon tour et ma robe remonte, la fente dévoilant une bonne partie de ma cuisse. Et peut-être même un bref aperçu de mon string rouge.

Il fait signe au barman, puis pose la main au bas de mon dos, dénudé par la robe. J'étouffe un gémissement, instantanément inondée de chaleur. J'aimerais dire quelque chose dans le micro, chuchoter à Hunter que mon entrejambe palpite et que ma culotte est déjà trempée. Mais ce n'est pas possible, je risquerais de gâcher cet instant. Alors, je garde le silence, envahie par une vague brûlante, une ivresse de liberté.

Les ascenseurs sont de l'autre côté du vaste hall, et quand nous y arrivons, j'ai les jambes faibles. À en juger par son regard sur moi, je ne suis pas la seule à éprouver une envie folle. Il n'y a personne d'autre alentour. Quand les portes s'ouvrent, il entre et fait glisser la carte magnétique de sa chambre devant le panneau de commande, puis il m'attire brutalement à lui. Je tombe, ma poitrine pressée contre la sienne, ferme et musclée, alors que les portes coulissent. Il enfonce le bouton du trente-huitième étage.

— Vous devez avoir une belle vue, dis-je.

Sa bouche se crispe en un sourire tandis que ses yeux me toisent de haut en bas.

— En effet.

Il sort son téléphone de la poche de sa veste, effleure plusieurs fois l'écran, puis le range.

— Qu'êtes-vous...

Aussitôt, il pose un doigt contre mes lèvres.

— Oui. Ma chambre a une belle vue.

Il s'approche, puis passe la main derrière moi et retrousse ma robe, exposant mes fesses. Je prends une vive inspiration et, instinctivement, mes yeux s'envolent vers le petit globe de métal et de verre fixé dans le coin supérieur de l'ascenseur. *Une caméra de sécurité.*

— Mais... commencé-je.

— Non. Il n'y a pas de *mais*. On ne proteste pas. N'oubliez pas que c'est vous qui m'avez abordé.

Ses mains sont sur mes épaules et font lentement glisser les fines bretelles le long de mes bras.

— C'est ce que vous voulez...

Lorsqu'il s'arrête, le décolleté de ma robe couvre à peine mes mamelons.

— À moins que je me trompe ?

J'inspire, puis expire lentement. Je jette un coup d'œil à la caméra, mais je m'efforce de me raisonner. Tant pis, j'en ai trop envie.

— Dites-moi, insiste-t-il.

Ma bouche est sèche et ma peau picote, comme si je m'étais trop approchée d'un brasier.

— Non, dis-je enfin.

Il incline la tête sur le côté, puis arque un sourcil. Ses mains sur ma robe, cependant, ne bougent pas.

— Non à quoi ?

Je passe la langue sur mes lèvres.

— Vous ne vous trompez pas.

Il ne dit rien, se contente de reculer d'un pas, dégageant ma robe qui effleure alors mes hanches et termine sa chute sur le sol de l'ascenseur, me laissant nue à l'exception du string minuscule. Je laisse aussi tomber mon sac à main, puis j'inspire à nouveau. Mon cœur bat si fort qu'il l'entend certainement. Mais ce n'est pas de la peur. C'est une envie intense, irrépressible et insensée. Une passion aveugle qui me traverse, contractant douloureusement mes tétons et faisant palpiter mon sexe dans une supplication silencieuse et éperdue.

— Enlevez-le, ordonne-t-il.

Je fais ce qu'il me demande, laissant glisser mon string sur le sol, une main sur la rampe pour rester en équilibre le temps de reposer mon talon.

Il tend la main et je lui remets le petit bout de satin rouge. Il le porte à son visage et, sans me quitter des yeux, inspire profondément avant de glisser la culotte dans la poche de son pantalon. Puis il s'adosse contre la cloison et me regarde lentement, de haut en bas.

— Comme je le disais, la vue de ma chambre est belle. Mais là, c'est beaucoup mieux.

Il traverse la cabine, me rejoignant en une seule foulée. Son pouce effleure mon mamelon et je tremble, puis je halète lorsqu'il me repousse contre le mur. Une main sur ma nuque, il me maintient en place tandis que l'autre s'aventure entre mes jambes.

L'instant d'après, sa bouche se ferme sur la mienne, nos dents s'entrechoquent et nos langues se mêlent avec ardeur. Il est fougueux, exigeant, et je ferme les yeux en songeant à la passion de Hunter avec moi, quand nous sommes tous les deux à la maison. Plein de fougue et d'audace. Un homme qui prend ce qu'il veut tout en me donnant ce dont j'ai envie.

Je recule, saisie d'un tremblement satisfait. Comme à la maison, pensé-je. Et à la fois, si différent, si décadent.

— Tu es tellement torride, dit-il en interrompant le baiser.

Puis il s'écarte et je gémis en signe de protestation, pour ravaler mes objections lorsqu'il actionne le bouton d'arrêt d'urgence sur le panneau de commande.

Je m'attends à la sonnerie d'une alarme, mais il n'y a aucun bruit, à l'exception de ses paroles graves et déterminées.

— Je dois te prendre. Tout de suite.

Je me contente de hocher la tête. En lieu et place d'une alarme, le seul bruit qui retentit dans la cabine de l'ascenseur, c'est le grattement métallique de sa fermeture éclair. Son sexe est dur comme le roc, aussi parfait que dans mon imagination. Je sens mon corps se contracter au rythme du seul mot qui tourne en boucle dans ma tête : *oui, oui, oui !*

Il n'hésite pas. Il n'y a rien d'incertain ni de gauche chez cet homme. Au contraire, franchissant la distance qui nous sépare, il pose un doigt effronté sur ma vulve.

— Tu es mouillée, constate-t-il. Bon Dieu, détrempée, même.

— Je ne vois vraiment pas pourquoi, rétorqué-je.

Ou du moins, j'essaye. J'avale la moitié des mots alors qu'il enfonce deux doigts en moi.

— Encore, dis-je, mais il secoue la tête sans cesser de me toucher.

— Je...

Je ne termine pas ma phrase, car maintenant, ses mains sont sur ma taille et il me soulève, ses bras puissants me clouant contre le mur. Par réflexe, j'enroule mes jambes autour de lui, et alors que ses mains descendent pour m'agripper le bassin, sa verge d'acier se presse contre moi. Je gémis, impatiente de le sentir, mon corps éperdu de désir. J'ai envie de lui, besoin de lui.

Je me cambre, cherchant un contact plus intense et plus profond. Aussitôt, il avance les hanches et je me retrouve empalée. Il me remplit tout entière et je réprime un sanglot de plaisir inattendu. Une infime douleur me traverse, rapidement apaisée par le rythme familier d'une baise sauvage et rapide.

— C'est ça, dit-il en accélérant. Oh, mon Dieu, tu es tellement incroyable.

Mes paroles sont moins cohérentes, en comparaison. Mes omoplates sont contre le mur et je suis maintenue en place par sa main sur mes fesses et la rigidité de son membre. Son autre main ne m'offre aucun soutien. Au contraire. Ses doigts attisent mon clitoris, me manipulant avec une telle habileté que je suis sur le point de lui échapper, propulsée jusque dans l'espace.

— Allez, fait-il avec insistance. Regarde-moi, ma belle. Je veux voir ces beaux yeux. Je veux te voir quand tu exploseras. Allez, reprend-il, sa voix à l'état brut, à l'image de notre corps-à-corps. Jouis pour moi maintenant. Jouis avec moi maintenant.

Oh, mon Dieu, c'est exactement ce que je fais. Je sens la puissance de son orgasme, une explosion à l'intérieur de moi qui m'envoie par-dessus bord. Pas de culpabilité. Pas de honte. L'ascenseur, l'hôtel, le monde entier disparaissent dans une tempête de feu et de glace que je ne veux plus jamais quitter. Pendant ce qui me semble durer des heures, je tremble dans ses bras et il me serre fermement jusqu'à ce qu'enfin, au bout d'un moment, nous glissions au sol et nous nous pelotonnions, face à face.

— Bonsoir, chaton, dit Ryan.

— Salut, Hunter.

Je prends une grande inspiration, comblée, pendant que mon mari me caresse les cheveux.

— Tu m'as tellement manqué.

— Alors, tu es venue jusqu'à Londres ?

— Oui. J'ai pris mon téléphone sur un coup de tête pour réserver un vol.

J'empoigne son sexe avant d'ajouter :

— Je ne voulais plus me contenter de fantasmer.

Il ricane.

— Et pourtant, tu as tenu à continuer le fantasme.

— Oui. Je te remercie d'avoir joué le jeu. C'était délicieusement coquin.

Je soupire, satisfaite, puis je plisse les yeux quand une question me vient à l'esprit.

— Comment savais-tu que c'était moi ? Quand je suis arrivée derrière toi, au bar. Tu savais que j'étais là. Comment ?

— Tu as oublié pourquoi je suis à l'hôtel ? Je reçois les vidéos de sécurité de l'hôtel en temps réel sur mon téléphone. Je t'ai vue entrer.

— Oh.

Je passe la langue sur mes lèvres, séduite par l'idée qu'il ait continué malgré tout, même s'il m'avait vue.

— Je t'aime, lui dis-je.

— Tu sais à quel point ces mots sont magiques ? Je t'aime aussi, chaton.

Il incline la tête et prend mon menton entre son pouce et son index.

— Personne d'autre que moi, Jamie. Jamais.

— Jamais.

Je suis tout à fait d'accord.

— Tu es tout ce que je veux. Absolument tout. Sauf que...

Son front se plisse.

— Sauf que ?

Je réponds avec un sourire espiègle.

— Sauf qu'en ce moment, j'en veux plus. On peut aller dans ta chambre ?

Il sort son téléphone.

— Rhabille-toi, bébé, et je rallumerai les caméras et les contrôles de sécurité.

— Et ensuite ?

— Ensuite, je te déshabillerai à nouveau, je t'attacherai au lit et je passerai le reste de la nuit à baiser ma femme pleine de surprises. Si ça lui convient, naturellement.

— Naturellement, dis-je avec un immense sourire, m'empressant d'enfiler ma robe. C'est parfait.

CHAPITRE DEUX

Les mots de Ryan résonnent dans ma tête pendant tout le trajet
jusqu'à sa chambre. J'en ai les cuisses qui frémissent et l'entrejambe
en feu. L'appartement-terrasse occupe toute l'extrémité ouest du
couloir, et je jurerais que nous mettons une éternité à atteindre la
double porte en bois finement ouvragée, et encore plus longtemps
avant d'entrer à l'aide de sa clé magnétique.

Au moment où la porte se ferme derrière nous, mon corps
palpite. Bien sûr, il m'a déjà prise dans l'ascenseur, mais c'était
brutal et rapide, ça faisait partie d'un jeu. Maintenant, j'en veux
plus. Je veux toute la nuit, sans faire semblant.

En un mot ? Je veux Ryan. Je veux qu'il chasse mes appréhensions par la baise. Qu'il efface entièrement l'inquiétude qui m'a
poussée à le rejoindre à Londres. Je sais qu'il le fera. J'en suis
certaine. Je m'imagine déjà allongée nue et alanguie dans son lit, la
main de Ryan sur ma hanche, perdue dans une délicieuse béatitude
après l'amour, les yeux dans les yeux.

Pour le moment, cependant, nous sommes toujours debout
dans l'entrée carrelée. C'est un espace ouvert de type loft et je
repère une salle d'eau à gauche, avec un couloir qui s'étend sous un
escalier en colimaçon, vers des pièces non identifiées. Il y a une

kitchenette à droite. La cave de chambrage pour le vin diffuse une lueur bleue qui se marie à merveille avec la lumière bleu-vert tamisée que projette l'immense aquarium intégré.

L'aquarium est rempli de poissons exotiques bariolés. Même à cette distance, j'aperçois la chambre juste derrière. Je réprime un sourire en me demandant s'il y a une sorte de store de l'autre côté de l'aquarium, ou si les poissons – ainsi que tous les invités dans le salon – ont toujours une vue dégagée sur les manigances qui pourraient se tramer dans la chambre.

Il y a une énorme télévision à écran plat de l'autre côté de l'aquarium, et un superbe bar intégré qui, de là où je me trouve, me paraît exceptionnellement bien garni.

Ce mur jouxte la baie vitrée de l'appartement-terrasse, tout en verre, offrant une vue imprenable sur la ville, dont le célèbre London Eye, la grande roue. Du doigt, Ryan me fait signe de le suivre et je lui emboîte le pas. Les deux portes en verre coulissent. Le salon donne sur un balcon et nous sortons au grand air.

La nuit est agréablement fraîche sur ma peau surchauffée. Je m'approche de la balustrade moderne tout en verre, avec les lumières des toits et la majesté de Londres qui s'étend trente-huit étages plus bas. C'est tellement beau que ça me fait mal au cœur, et pourtant, ce n'est pas ce que je suis venue chercher. Et ce n'est certainement pas ce que je veux ressentir. Enfin, si, mais pas pour la beauté du paysage, les lumières ou le luxe.

Ce que je veux, c'est Ryan. J'ai envie qu'il me touche depuis que nous sommes descendus de l'ascenseur, et maintenant, ma peau est tellement à vif que je pourrais exploser au moindre contact, rien qu'avec la sensation de son doigt sur mon avant-bras.

Et pourtant, il ne me touche toujours pas. Cet homme, franchement !

Malgré ses paroles crues et enjôleuses, il ne m'a même pas embrassée, encore moins déshabillée. Et même si j'imagine aisément la sensation de ses mains sur ma peau nue, l'imagination est tout ce que je possède. Depuis que nous avons quitté l'ascenseur, du moins.

Je penche la tête avec une petite moue.

— Tu es un allumeur, Hunter.

— Peut-être.

Il s'approche de moi et passe une mèche de cheveux entre ses doigts, prenant soin de ne pas toucher ma peau. Pourtant, cette seule promesse de connexion suffit à me donner le frisson.

— À moins que j'attende la suite, chaton.

— La suite de...

Il m'arrête avec un doigt sur mes lèvres.

— Tu es ici. Et ça n'a aucun sens.

Je recule d'un pas.

— Tu es ici, *toi*. Alors, c'est logique.

Il répond avec un demi-sourire et je coche mentalement un point de plus dans la colonne Jamie de ma carte des scores.

— J'apprécie ta loyauté, dit-il. Et je l'ai clairement appréciée tout à l'heure. Mais ça ne répond pas à ma question.

— Hunter, je...

Il secoue la tête, me faisant taire une fois de plus.

— Ton boulot, Jamie. Tu veux me faire croire que tu as tout abandonné et accouru à Londres simplement parce que je te manque ? Ce n'est pas la première fois que je pars en voyage d'affaires.

— Jamais aussi longtemps.

Je lui tourne le dos pour me diriger vers le canapé moelleux situé sur le balcon.

— C'est vrai.

Sa voix me suit, mais il n'a toujours pas bougé.

— Je pense que nous avons trouvé des moyens créatifs de compenser le temps et la distance. D'après certaines de nos sessions sur Skype, laisse-moi te dire que tu aurais pu faire une formidable carrière de cam-girl.

Je le regarde par-dessus mon épaule.

— Tu étais déjà bien familier avec mes talents divers et variés.

— C'est vrai, dit-il avec un petit rire.

— Et ce n'est pas pareil.

Il perd aussitôt sa légèreté.

— Non, en effet, admet-il. Bébé, j'espère que tu sais qu'à aucun moment, le virtuel n'aura ma préférence. Mais ce n'était peut-être pas le bon moment.

— Pas le bon moment ?

Mon esprit s'oriente immédiatement vers la mystérieuse personne qu'il a rencontrée par hasard, et je me laisse tomber sur le coin du canapé, tirant un coussin contre moi pour le serrer très fort.

— Parce que ça ne te convient pas ? Enfin, tu passes déjà chaque minute de ton temps à travailler sur tes questions de sécurité.

Il vient s'asseoir sur un fauteuil en métal et en vinyle, visiblement une œuvre design. On dirait un véritable roi, avec un contrôle absolu de lui-même. Il ne relève pas mon sarcasme et mes accusations pas franchement subtiles. Ça ne m'étonne pas beaucoup. Parfois, je peux être une vraie garce. Je le sais bien. Mes amis le savent. Mon mari le sait certainement. Et il a appris à ne pas en tenir compte.

La plupart du temps, je suis d'accord avec ça. Mais en l'occurrence, ça me fait chier.

Il se penche en arrière.

— Tu m'as bien envoyé un texto, l'autre jour, pour me dire que tu n'en revenais pas que Holt fasse appel à des consultants et à des tests d'audimat avant l'émission spéciale pour faire les derniers ajustements en fonction ?

— Et alors ? répliqué-je avec nonchalance.

Une belle preuve de mon talent d'actrice.

Mon attitude blasée ne trompe pas Ryan, cependant.

— Tu t'es extasiée là-dessus, Jamie. Et tu n'es pas du genre à t'extasier, en temps normal. Tu m'as dit que tu étais folle de joie – oui, c'est le terme que tu as employé – de pouvoir t'installer derrière la vitre sans tain et regarder les consultants interviewer les membres des tests d'audimat. Tu t'en souviens ?

— Peut-être.

— Hmm. Je crois même que tes paroles exactes étaient *putain de génial*. Et puis, tu m'as dit que tu ne t'étais jamais rendu compte que le métier de producteur ressemblait à celui d'inspecteur de police, si ça permet de regarder secrètement un interrogatoire.

— Eh bien, si je l'ai dit, je devais être bourrée. Enfin, le côté inspecteur de police. Pas le *putain de génial*, parce que c'est bien vrai.

— Folle de joie, répète-t-il. Tu t'es bel et bien extasiée. Bon sang, j'ai souri pendant des jours en te sachant aussi fébrile. Et pourtant, maintenant, tu es ici.

— Oui. Je suis ici. Avec mon mari. Excuse-moi si ça te pose un problème.

Il ne mord pas à l'appât. Au lieu de quoi, il tend les jambes, parfaitement à l'aise.

— Ils ont pu reporter les interviews ?

Sa voix est délibérément désinvolte, et j'aurais bien aimé lui donner une réponse tout aussi désinvolte.

Évidemment, j'en suis incapable.

Je me racle la gorge.

— Pas exactement.

— Jamie. Dis-moi.

Si un jour nous avons des enfants, je demanderai à Ryan d'employer cette intonation chaque fois qu'ils deviendront incontrôlables, car Dieu sait que c'est efficace. Je prends une grande inspiration et serre un peu plus le coussin contre moi.

— J'ai demandé à Matthew de m'envoyer les interviews enregistrées par l'équipe. Nous aurons une conférence téléphonique pendant mon séjour ici.

Il passe les doigts dans ses cheveux, la mine perplexe.

— Chaton, je ne comprends pas. Tu voulais être là-bas. Tu tenais à être présente à chaque étape. Tu es sur un petit nuage depuis qu'on t'a donné cette opportunité. Une émission spéciale de deux heures sur des sujets passionnants ? Et Matthew Holt qui te soutient...

Il laisse la phrase en suspens, levant les mains au ciel comme s'il cherchait les mots appropriés.

Il quitte le fauteuil et me rejoint en deux longues enjambées. Il y a une table basse en métal et en verre devant le canapé, et il s'y assied, juste devant moi. Puis il me prend les mains. Mais ce n'est pas un geste sensuel. Non, je vois de l'inquiétude dans ses yeux.

— Tu te bats bec et ongles pour percer depuis ton arrivée à Los Angeles. Chaton, ma chérie, c'est ce que tu veux.

Je cligne des paupières et une seule larme m'échappe, coulant sur l'aile de mon nez.

— Mais ce n'est pas aussi important que toi à mes yeux.

Je pince les lèvres et regarde le sol, comme si cela pouvait retenir l'afflux de larmes qui se bousculent pour jaillir.

— Oh, Jamie.

Je perçois des regrets et du chagrin dans sa voix, et une vague de peur froide déferle en moi. Je dégage mes mains en secouant la tête.

— *Non.*

Cette fois, sa voix est sèche. Péremptoire. Puis il répète ce mot, aussi doux et tendre qu'un baiser.

— Non. Oh, chaton. Bon sang, je ne savais pas que tu étais aussi anxieuse. Je suis tellement, tellement désolé de t'avoir inquiétée. Mais bébé, enfin, tu le sais bien. Je suis là pour toi.

Il reprend mes mains dans les siennes.

— Je serai toujours là.

Les larmes ruissellent abondamment sur mes joues et j'aspire de grandes goulées d'air. Je me sens à la fois soulagée et idiote.

— Eh, là...

Il vient s'asseoir sur le canapé à côté de moi, puis m'attire à lui. J'enfouis mon visage contre son épaule, déversant en larmes et en sanglots la peur que je retenais.

— Je t'ai trouvé distrait, dis-je une fois que mes sanglots se sont apaisés. Et ça n'a fait qu'empirer quand tu m'as dit que tu avais rencontré quelqu'un que tu connaissais avant. Mon imagination a commencé à tourner, et... enfin, voilà, tu comprends.

— Apparemment, toi, tu ne comprends pas.

Sa voix est aussi douce que son geste. Il se lève, puis incline mon menton jusqu'à ce que je sois obligée de le regarder.

— C'est de la folie ici. On m'a chargé de superviser l'installation et le débogage d'un système de sécurité, sans compter la refonte complète d'un autre, qui protège une quantité importante d'informations confidentielles et sensibles. Tu le sais, n'est-ce pas ?

J'acquiesce. Décidément, je me trouve de plus en plus stupide avec mes besoins égoïstes.

Il prend mes mains et me hisse sur mes pieds.

— Mais ce n'est pas une excuse pour être distrait et désagréable quand je parle à ma femme, reprend-il.

— Non, c'est une très bonne excuse, lui dis-je. Pour être honnête, Nikki a essayé de me prévenir.

Il fronce les sourcils.

— De te prévenir ?

— Oui, que ta réaction à ma venue ne serait pas forcément toute guimauve et fleur bleue. À cause de tout le travail, je veux dire.

Il secoue la tête.

— Jamais de la vie. Je suis très heureux que tu sois venu et j'adore la façon dont tu l'as fait. C'est la meilleure séance de séduction à la fois conjugale et extra-conjugale !

À ces mots, nous éclatons de rire.

— Et surtout, je t'aime, Jamie Archer.

— Jamie Archer Hunter, rectifié-je.

— Je remercie Dieu tous les jours pour ça.

— Je t'aime aussi, murmuré-je. Tellement.

Il m'attire et m'embrasse. C'est suave et tendre, comme s'il faisait à nouveau le vœu de m'aimer à jamais.

Mais quand nous nous séparons, ce n'est pas la douceur que j'envisage.

— Tu sais ce qu'il y a d'autre que j'aimerais ?

— Connaissant ma femme, je peux le deviner. Mais si tu me le disais ?

— Ce que tu as promis tout à l'heure. Me déshabiller. M'attacher au lit. Me baiser à me faire perdre la raison. Là maintenant, ça me semblerait parfait.

— Vraiment ?

Je hoche la tête, et même si je ne suis pas timide à distance avec Ryan, je sens mes joues s'empourprer lorsqu'il me contourne lentement, comme une panthère traquant sa proie.

— Dis-moi pourquoi.

Je déglutis. C'est l'inconvénient d'être mariée à quelqu'un qui me comprend vraiment. L'inconvénient qu'il soit un Hunter, un chasseur. *Mon* chasseur. C'est l'homme qui m'a apprivoisée, après tout. L'homme qui connaît déjà la réponse. Il veut juste que je le dise à voix haute.

— Parce que je me sens toujours à vif, avoué-je. Parce que, même si je sais que ce n'est que pour le travail, je ne supporte pas d'être loin. Ça me rend folle. J'ai besoin de sentir notre connexion. J'ai besoin de toi en moi, Hunter. Je veux que tu me baises si fort que j'aurai l'impression que nous sommes une seule personne. Je veux qu'on se perde tellement l'un dans l'autre qu'il nous faudra nous battre pour revenir à la réalité.

Pendant un moment, il ne dit rien, et j'ai peur d'avoir poussé trop loin. Puis il ordonne :

— Enlève tes vêtements.

Il est derrière moi et je commence à me retourner.

— Non, dit-il. Fais ce que je te dis.

Je me mords la lèvre, mon pouls s'accélère.

— Tu as dit que tu allais me déshabiller.

Ses doigts glissent dans mes cheveux, puis il resserre sa poigne, tirant ma tête en arrière avec une telle force que c'en est presque douloureux.

— On proteste, chaton ?

Sa voix est grave et sexy. Autoritaire. Mon corps réagit immédiatement et je pousse un petit gémissement excité.

— Qu'est-ce que c'est ? Je ne t'ai pas entendue.

— Non.

Je dois faire un effort pour que le mot franchisse mes lèvres sèches. Je suis à nouveau déboussolée, mes tétons durcis et mon cœur endolori. Mon corps est l'esclave de cet homme, et j'adore ça.

— Non, quoi ?

— Non, monsieur. Je ne proteste pas.

Je jette un regard circulaire. Nous sommes plus hauts que tous les autres immeubles à proximité, et le monde est comme un film qui défilerait loin en dessous de nous. Il n'y a pas de balcons de ce côté de la tour, seulement trois sur le bâtiment dans son ensemble, et il y a quelque chose de merveilleusement émouvant à être nue sous le ciel nocturne, même si je suis si haut que je pourrais pratiquement toucher les étoiles.

— Ça ne fait pas si loin, n'est-ce pas ? demandé-je.

— Comment ça ?

— Quand tu me feras exploser. Quand tu me propulseras dans les étoiles comme chaque fois que nous faisons l'amour.

Je lève les yeux vers le ciel obscur.

— Ça ne fait pas un aller-retour si loin.

Il ricane.

— Ce n'est pas faux. Ce soir, je devrais peut-être t'emmener dans une autre galaxie.

— Oui, s'il te plaît.

— Mais seulement si tu fais ce que je dis.

Il s'approche de moi, puis recule et enfonce les mains dans les poches de son pantalon.

— Déshabille-toi.

J'arque le dos et dégage la robe de mes épaules, puis je tire sur le corsage, découvrant mes seins comme il l'a fait dans l'ascenseur. Je reste immobile pendant un moment, et je me déhanche pour laisser glisser le vêtement autour de moi et jusqu'à mes pieds.

Je fais un pas en avant, sans quitter Ryan des yeux. Maintenant, je suis sortie du cercle de tissu rouge sur le sol. Je ne porte plus que mes talons de dix centimètres. Bien sûr, Ryan a toujours ma culotte dans sa poche.

Je passe les dents sur ma lèvre inférieure et j'attends les instructions, mais il ne dit rien. Je prends ça pour un ordre. Il veut que je continue. Alors, je me penche pour détacher mes chaussures.

— Non, dit-il.

Quand je lève les yeux, il caresse le renflement de son érection.

— Garde-les.

J'incline la tête sur le côté, mes yeux rivés au mouvement rythmé de sa main.

— Tu veux que je prenne le relais ?

— Non, répète-t-il.

J'ai envie de rire. Apparemment, *non* est son mot d'ordre pour la nuit.

Il détache le bouton du haut de son pantalon, puis baisse sa braguette. Il sort alors son sexe et entreprend de le caresser, déjà épais et dur, le gland luisant. Je lèche mes lèvres, impatiente de tomber à genoux et de le prendre au fond de ma gorge.

— Écarte les jambes, demande-t-il.

J'obtempère avec délectation. J'aime sentir l'air sur mon sexe humide et surchauffé.

Il s'assied sur le canapé, sa main décrivant toujours des va-et-vient rythmés sur son membre que je meurs d'envie de toucher, de goûter.

— Enfonce un doigt entre tes jambes, ordonne Hunter.

Je suis incapable de réprimer un gémissement. Parce que même si j'ai envie de sentir les mains de Hunter sur moi, je ne peux pas nier que l'idée de me masturber sous ses yeux m'excite au plus haut point. Je commence avec mes mains sur ma poitrine. Je pince mes mamelons, puis lâche un cri alors qu'une infime décharge électrique déferle de ma poitrine jusqu'à mon entrejambe.

— Oh, mon Dieu, bébé.

Le rythme de sa main autour de son sexe s'intensifie.

— Tu n'as pas idée de ta beauté !

Je ne réponds pas, faisant glisser ma paume sur mon ventre en silence, de plus en plus bas jusqu'à ce que mes doigts se posent sur ma chair enflée, taquinant mon clitoris sensible.

— Tu sais à quel point je suis mouillée ?

Ses yeux rencontrent les miens, brûlants et intenses.

— Laisse-moi te goûter.

Ces simples mots suffisent presque à me faire jouir. Mes mamelons se contractent en réaction, alors que j'insère profondément mes deux doigts du milieu. Je ferme les yeux, tout mon corps saisi de tremblements. Mes genoux flageolent. Enfin, je retire mes doigts et fais un pas vers lui.

Je lève la main comme pour lui offrir un avant-goût, puis je recule au dernier moment et me lèche les doigts. Concentrée sur Hunter, je regarde avec satisfaction le muscle de sa joue tressauter. Je baisse les yeux et je jurerais que son sexe est devenu encore plus rigide.

— Si tu veux me goûter, lui dis-je, tu vas devoir lécher autre chose que mes doigts.

— Chaton, tu sais que tu auras droit à une punition sérieuse, n'est-ce pas ?

Je penche la tête et souris, une main sur ma joue, une petite moue aux lèvres.

— Eh bien, après tout ça, Hunter. Tu ne penses pas que je la mérite ?

CHAPITRE TROIS

— Tu joues avec moi, chaton ?

Il y a de la chaleur et de l'humour dans ses yeux, mais c'est son sourire impitoyable qui envoie des frissons d'envie le long de ma colonne vertébrale.

Il était toujours assis, mais à présent, il se lève. Il baisse son pantalon, et mes yeux sont immédiatement attirés par le renflement impressionnant. Il le remarque, bien sûr, et secoue la tête.

— Tu en as envie ? Bébé, il faut le mériter.

— Oh.

Ce mot n'est guère plus qu'un murmure. Je suis follement excitée – par sa voix, son attitude, ma propre envie – et je peux à peine penser. On fait toujours des étincelles, tous les deux, mais ce sont dans des moments comme celui-ci, quand il prend complètement le dessus, que je comprends vraiment tout le bien qu'il me procure. J'ai toujours été débridée, et Dieu sait que j'ai toujours fait ce que je voulais, quand je voulais. Avec Ryan, je fais exactement ce que je veux, et en même temps, c'est un abandon total et complet. Si ça fonctionne, c'est uniquement parce que je lui fais confiance. Je lui confie mon corps. Ma vie. Mon cœur.

— Laisse tes vêtements et suis-moi.

Sans attendre de voir si je lui obéis, il se dirige vers les portes vitrées encore ouvertes, puis franchit le seuil et retourne dans la suite.

— Penche-toi, chaton, demande-t-il en désignant le canapé d'un mouvement de tête. Sa voix est déterminée et son intonation coupe court à toute protestation.

C'est le genre de voix qui me fait fondre et je m'empresse de faire ce qu'il demande. Je me penche sur le dossier du canapé, qui m'arrive juste assez haut pour que mon sexe nu frotte le tissu pelucheux, diffusant des étincelles de délice jusqu'à mes pieds.

— Les mains sur les coussins, ordonne-t-il.

Je m'exécute et il passe les deux mains entre mes cuisses, m'écartant les jambes pour pouvoir caresser mon sexe détrempé avant de ramener sa main en arrière, ses doigts entre mes fesses dans un geste qui m'électrise tout entière.

— Peut-être que je vais te baiser ici aussi, murmure-t-il.

Cette fois, tout mon corps se crispe de désir.

— Dommage qu'on n'ait pas ton collier.

— Si, murmuré-je. Dans mon sac.

Peu de temps après notre rencontre, je me suis enfuie, redoutant plus mes propres peurs que Ryan. Il m'a cherchée, Dieu merci, et nous nous sommes retrouvés à Las Vegas. C'est là que les choses ont vraiment changé pour nous, et à cette occasion, Ryan m'a acheté un magnifique ras-de-cou en argent martelé. Il y a une boucle à l'avant, comme un pendentif, mais en réalité, c'est aussi un anneau pour recevoir une laisse.

Chaque fois que je porte le ras-de-cou, je me sens spéciale. Pendant des années, c'était la manifestation physique d'une réalité très fondamentale : je lui appartiens. Et, bien sûr, il m'appartient aussi. Nos alliances ont complété ce symbole, sans toutefois le remplacer. Même si nous n'avons jamais trop fait dans le BDSM, nous jouons un peu. Et ce collier souligne cette tendance dans notre couple.

Voilà pourquoi je l'ai apporté à Londres. Parce que je voulais conserver cette preuve physique de ce que nous sommes l'un pour l'autre, véritable talisman contre mes craintes vis-à-vis de l'apparent détachement de Ryan et de cette mystérieuse personne ressurgie de son passé.

Maintenant, je suis encore plus heureuse de l'avoir pris avec moi. Je m'en veux d'avoir douté. D'avoir eu peur. J'aimerais me faire pardonner, et quoi de mieux que de me soumettre complètement ? Lui appartenir tout entière ?

Je ne me retourne pas, mais je l'entends bouger derrière moi. J'ai laissé mon sac sur la table dans l'entrée et je suppose que c'est là qu'il est resté. Effectivement, quelques instants plus tard, il revient, ses doigts effleurant légèrement mon dos avant de repousser mes cheveux pour attacher le collier autour de mon cou.

— Tu as aussi apporté la laisse, commente-t-il.

— Partout où tu me conduiras, je te suivrai. Je me suis dit que tu pourrais avoir besoin d'un rappel.

— Non, murmure-t-il en m'embrassant sur la nuque. Je connais ton cœur, Jamie, tout comme j'espère que tu connais le mien.

— Oui. Vraiment.

— Bon. Maintenant, lève-toi et retourne-toi pour moi.

— Excuse-moi d'avoir été nerveuse à ton sujet, dis-je en suivant ses instructions. À propos de nous deux. Mais je ne regrette pas d'être venue.

— Moi non plus, dit-il, ses yeux d'un bleu de glace rivés aux miens. Et même si je n'ai pas besoin de rappel, je vais quand même utiliser la laisse. Tu sais pourquoi ?

— Parce que tu aimes me voir nue et attachée ?

— Évidemment, dit-il avec un petit rire, mais c'est plus profond que ça, et tu le sais. C'est un cadeau, chaton. Tu es forte. Belle. Exceptionnelle. Et pourtant, tu t'abandonnes à moi. Tu ne me donnes pas seulement du pouvoir, tu me donnes ta confiance. Chaque fois que je te vois à genoux devant moi, c'est moi qui me sens humble.

Mon cœur se serre et des larmes me piquent les yeux. Lentement, je me mets à genoux, la tête baissée. Je prends une inspiration, m'offrant silencieusement à lui.

Cet homme est tout pour moi. Ami, amant, mari, et je suis éperdue de reconnaissance envers la vie de nous avoir placés sur le chemin l'un de l'autre.

Lentement, je le regarde.

— La seule raison pour laquelle je me sens en sécurité ici, c'est parce que je te fais confiance. Parce que tu l'as mérité et que tu continues de le mériter chaque jour.

Sa gorge tressaute alors qu'il déglutit.

— Jamie. Je ne sais pas si j'ai envie de te serrer contre mon cœur ou de te baiser à en perdre la tête.

— Les deux, pourquoi pas ? Mais commence par la baise.

Il recule d'un pas, me balayant du regard. Je peux voir le changement s'opérer en lui. Le passage subtil du mari au maître. C'est sexy et délicieux, et je dois réprimer l'envie d'enfoncer les mains entre mes jambes pour me sentir merveilleusement humide.

— Mets-toi debout et lève le menton.

J'obéis, et il se penche pour attacher une extrémité du ruban rouge que nous utilisons en guise de laisse à la boucle sur le devant du collier. Le ruban pend jusqu'au sol, le satin lisse frôlant la peau entre mes seins, et mon ventre lorsque j'inspire et expire calmement.

Sans un mot, il se déplace derrière moi. Il repousse mes cheveux sur le côté, le bout de ses doigts effleurant la peau sensible de ma nuque. Je frissonne, tout mon corps intensément conscient de sa présence. De son toucher. Mes mamelons sont douloureusement durs, mon clitoris gonflé et palpitant. Je me mords la lèvre inférieure pour me retenir de le supplier. Mais je ne peux pas m'empêcher de gémir avec envie.

Je suis sûre qu'il l'entend, mais il n'a pas pitié de moi. Au contraire, il me tourmente encore plus en prenant le ruban entre mes seins. Sa main passe légèrement sur ma peau tandis que ses doigts descendent le long du ruban. Il s'arrête sur mon sexe, où il appuie la main et le ruban contre ma vulve. La main toujours en place, il s'avance dans mon dos.

Ses lèvres chatouillent la courbe de mon oreille lorsqu'il chuchote :

— Écarte les jambes pour moi.

Je fais ce qu'il me dit, puis je ferme les yeux pour me défendre contre l'assaut de sensations alors qu'il passe sa main libre entre mes cuisses pour saisir le ruban, ses doigts effleurant légèrement mon clitoris au passage.

Il tire le cordon entre mes jambes et je vois des étoiles. Des étincelles de plaisir ricochent à travers mon corps.

Sans réfléchir, je me pince les tétons. Mon souffle s'accélère, fébrile alors qu'il remonte le ruban dans mon dos et le tire doucement, exerçant une pression délicieuse sur mon clitoris et mon périnée.

Je suis incroyablement humide et mes hanches bougent de leur propre initiative, comme pour augmenter la friction et faire de ce plaisir si infime une véritable explosion. À moins que je parvienne à me dégager du ruban, me libérant d'un tourment aussi décadent.

Mais pas de chance. Tout ce que je parviens à faire, c'est de m'exciter encore davantage.

— Hunter, supplié-je. S'il te plaît.

Il ne répond pas. Au lieu de quoi, il prend l'extrémité du ruban et l'attache également au collier. À présent, la bande de satin est suffisamment serrée contre mon sexe pour me permettre d'échapper à la vague de sensations qui m'envahit à chaque petit mouvement, à chaque battement de mon cœur.

Il ne m'a jamais attachée comme ça auparavant, et bon sang, j'en veux tellement plus. Je voudrais que ça dure toujours. J'aimerais jouir tout de suite. Je ne suis rien d'autre qu'une masse de désir, d'envie et de besoin éperdu. Hunter aussi, je le sens. Il est revenu devant moi, admirant son œuvre, et la passion que je devine sur son visage m'humilie et m'excite à la fois.

M'excite, surtout.

Jusqu'à présent, il m'a prise dans l'ascenseur, m'a touchée ici, me faisant miroiter la promesse d'autre chose. Maintenant, je suis attachée de telle sorte que mon propre souffle, mon propre rythme cardiaque, font naître en moi les plus incroyables tourments. Ma peau sensible me donne l'impression d'être passée sous un orage, tandis que Ryan se contente de me regarder. Mon corps réagit, mon sexe contracté autour de ce satané ruban.

Je suis en proie à l'excitation la plus totale. Je jure que s'il ne me baise pas bientôt, je descendrai dans la chambre que j'ai réservée pour la journée, j'irai chercher le vibro que j'ai emporté et je m'occuperai moi-même de ce désir intense. Sauf, bien sûr, que je me limiterai forcément à une pâle imitation de ce que j'aimerais que Ryan me fasse.

Alors, je ne peux que supplier :

— S'il te plaît, Hunter. Touche-moi, donne-moi une fessée, baise-moi. J'ai besoin de toi. J'ai besoin… enfin, de tout.

— Tu es tout pour moi, chaton, répond-il. Tu l'as oublié, n'est-ce pas ?

Je hoche la tête, puis me mords la lèvre alors qu'il fait tournoyer son doigt, m'indiquant de me retourner.

— Tu sais ce que je veux.

Je me place dos à lui et rejoins à nouveau le canapé, me penchant encore une fois, les mains sur les coussins. Une fois de plus, le dossier du canapé frotte ma vulve, mais maintenant, avec le ruban fermement serré autour de mon corps, la sensation est décuplée.

— Magnifique, murmure-t-il en assenant une première claque légère sur mes fesses.

Je ferme les yeux, inspirant vivement alors que la brûlure se propage en moi, la pression du canapé et le frottement du ruban mêlés à la sensation cuisante que sa paume a laissée sur ma peau.

— Tu as le cul le plus parfait, tu sais ? Et je vais m'assurer que tu n'oublies pas qu'il est à moi, ajoute-t-il, caressant ma peau endolorie avant de me donner un autre coup.

Je crie sous l'effet délicieux qui se répercute jusqu'à mon sexe, me rendant encore plus moite de désir.

Comme s'il lisait dans mes pensées, Ryan tire sur le ruban, et je halète avant de remuer activement. Un autre claquement. Cette fois, je pousse un vrai cri, mais mes hanches redoublent d'énergie, frottant mon clitoris contre la laisse en satin.

— Tu es à moi, dit-il. Ne doute plus de moi.

— Non.

C'est une promesse.

— Je ne douterai pas. Je ne peux pas. Tu m'as manqué, c'est tout.

Une autre fessée. Quand ses doigts écartent le ruban en prévision d'une pénétration brutale, je lâche un cri.

— Bébé, tu es trempée.

— J'ai envie de toi. J'en veux encore plus. S'il te plaît, Hunter. Je te veux en moi.

Ce que je veux, c'est qu'il me remplisse. Je veux qu'il empoigne mes seins pendant qu'il va et vient en moi, je veux le sentir devant et derrière, que nous soyons suffisamment proches pour me donner l'impression de me fondre en lui.

Il se plaque contre moi, son pantalon de ville effleurant mes fesses toujours endolories. Ses mains se referment sur ma poitrine et ses doigts me pincent les mamelons.

— C'est ce que tu veux ?

— Oh, oui.

Il retire une main, puis la fait glisser vers le bas, sur mon ventre, avant de s'aventurer entre mes replis. Là, il reste immobile un moment. Enfin, il se penche de sorte que tout son corps soit en contact avec mon dos.

— Non, murmure-t-il.

J'en frissonne.

— Mais...

— Non, répète-t-il. Ce soir, ce n'est pas à toi de demander. Ce soir, c'est à moi de prendre ce que je veux.

Ses dents frôlent mon lobe d'oreille et je remue les hanches, essayant sans vergogne d'obtenir la friction idéale.

— Tu es à moi, chaton. Dis-le.

— Je suis à toi.

— Et je peux faire ce que je veux. Tout ce que je veux.

— Oui.

— Pourquoi ?

— Parce que je te fais confiance.

— Vraiment ? Jamie, tu me fais confiance ?

Je fronce les sourcils. Quelque chose dans son intonation perce la brume sensuelle qui emplit mon esprit. Mais avant que je puisse dire quoi que ce soit, il continue :

— Tu me fais confiance pour prendre soin de toi ? Pour te faire jouir comme jamais ? Pour réaliser tes fantasmes les plus osés ?

— Oui.

— Et tu sais que je ne te ferai jamais de mal ?

— Bien sûr !

— Sais-tu seulement, sincèrement, combien je t'aime ?

— Oui. Vraiment.

— Tu en es sûre, chaton ?

J'hésite. Après tout, n'est-ce pas précisément pour ce genre de doutes que je suis ici ? Cela dit, je n'ai jamais pensé qu'il ne m'aimait plus. En fait, je ne sais même pas ce que je pensais, et maintenant que je suis dans ses bras, ça n'a plus aucune importance.

— Jamie ?

— J'en suis sûre. Je n'en ai jamais été aussi sûre.

Sa main sur mon sexe se resserre presque imperceptiblement, mais c'est suffisant pour envoyer un frisson dans tous mes membres.

— Maintenant, dans la chambre, dit-il en reculant, interrompant la connexion entre nos corps. Les yeux fermés, chaton. Sur le dos. Bras tendus, jambes écartées. Et, bébé, on ne triche pas.

— Sinon tu me puniras ? dis-je d'une voix de séductrice, jetant un œil derrière moi.

Il me lorgne, le regard sévère.

— Oh, oui. Je vais te punir en arrêtant tout.

Je fais une grimace et mes yeux plongent vers ce renflement révélateur dans son pantalon. Me punir reviendrait aussi à se punir lui-même. Mais je sais qu'il le ferait. En partie pour gagner, mais surtout pour me garder sur le fil et rendre le prochain orgasme encore plus explosif.

Cependant, je suis gourmande et je ne veux pas attendre la prochaine fois.

Voilà pourquoi je m'empresse d'obéir et déguerpis dans la chambre. Je m'assieds et recule jusqu'à ce que mes pieds reposent sur le matelas. Enfin, je m'allonge et étire les bras, mes doigts atteignant presque les côtés du lit king-size. J'écarte tellement les jambes que mes cuisses me brûlent. Je porte toujours le collier et le ruban, et je ferme les yeux, me mordillant la lèvre en imaginant ce que doit voir Hunter. À part cette fine bande rouge, je suis totalement exposée, complètement vulnérable devant mon mari. Mon chasseur. J'adore ça.

— N'ouvre pas les yeux, ordonne-t-il alors que le matelas bouge sous son poids.

Je hoche la tête, à peine un léger mouvement du menton, puis j'inspire en sentant son coup de langue rapide sur mon mamelon, suivi d'un courant d'air frais. Aussitôt, je me cambre, j'en veux encore.

Il ne me déçoit pas. Ses doigts traînent doucement sur mon ventre, suivis du bout de sa langue et de ses lèvres alors qu'il se fraye un chemin à coup de baisers, savourant mon corps offert. Bientôt, je suis pantelante d'envie et j'essaye désespérément d'ouvrir mes cuisses en grand pour sentir sa bouche chaude affairée sur mon clitoris.

Il m'embrasse toujours, de plus en plus bas, jusqu'à passer sa langue là où je l'attends. Mais ce n'est qu'une sensation superficielle, car il descend encore plus, sa barbe de fin de journée frôlant l'intérieur de mes cuisses. Au paradis, je remue les hanches. J'en veux tellement plus, sentir son souffle sur mon sexe, sa langue, sa chaleur.

Et puis... Oh, oui ! Son doigt écarte le ruban et sa bouche se referme sur mon clitoris. Il commence lentement, mais bientôt, il suce avidement le renflement nerveux. Je me contracte par réflexe, dans une supplication silencieuse, une invitation à utiliser ses doigts, sa verge. Je veux le sentir en moi tout entier.

— Patience, chaton, murmure-t-il, suspendant ses attentions intimes juste assez pour que je sente son souffle pendant qu'il me parle. J'ai trouvé une jolie perle.

Un autre coup de langue.

— Je suis un homme très chanceux.

— Un homme méchant, tu veux dire. Et si tu me faisais partager ta chance en me prenant comme j'en ai envie ?

Il rit avant de poser ses paumes sur mes genoux pour mieux les écarter, m'exposant encore plus. Le bout de ses doigts taquine mes fesses alors que sa langue effleure mon périnée jusqu'à mon clitoris, envoyant des éclats de désir dans tout mon corps. Je tremble, frémis, en extase. Il doit maintenir mes jambes en place, mais c'est plus fort que moi. Je suis au bord du gouffre. La raison m'échappe. Je veux qu'il me prenne, je veux me laisser aller.

— Patience, chaton. Tu crois vraiment que je te laisserais insatisfaite ?

— S'il te plaît. Bon sang, Hunter, je ne peux pas le supporter.

— Mais si, tu en es capable.

Je secoue la tête. Puis acquiesce. Puis proteste à nouveau, le suppliant à mi-voix, sans relâche ni retenue. Je ne sais plus dans quelle ville je suis, si je suis encore rattachée à la Terre. Mais je sais qu'il a raison. Je peux le supporter. Hunter connaît mes limites, depuis le début. Avec lui, je suis toujours sollicitée à cent dix pour cent, si ce n'est plus. Et même si je ne suis pas certaine de pouvoir survivre à cela, je fais confiance à mon mari. En cet instant, je nage dans le plaisir. Les vagues se succèdent, et je n'ai même pas encore joui.

— C'est bien, murmure-t-il.

Alors que son pouce décrit des cercles lents sur mon clitoris, sa bouche descend le long de ma jambe. Soudain, waouh ! Il atteint ma sandale et glisse mon gros orteil dans sa bouche. C'est inédit, mais franchement incroyable. Je me perds dans les sensations alors qu'il me suce avidement, emportée par un raz de marée de besoin, d'envie et de folie douce.

— Comme ça ?

— Oui. Oh, mon Dieu, oui !

— Tant mieux, parce que...

Soudain, son téléphone professionnel émet un tintement sonore et il pousse un juron avant de se répandre en excuses, évoquant un test de serveur informatique. Je l'entends glisser jusqu'au bord du lit, puis récupérer son appareil. Presque aussitôt, il lâche un nouveau juron, manifestement contrarié. Je le suis tout autant, car s'il s'agit d'une urgence au travail, il va devoir y retourner. Et ce n'est pas ainsi que je voudrais que cette soirée se termine.

Je sais que je ne devrais pas, mais j'ouvre les yeux avant de les refermer immédiatement de peur qu'il me surprenne à enfreindre la règle. Mais ils sont restés ouverts assez longtemps pour que je puisse voir son visage. Il est frustré, visiblement. Mais pas seulement à cause de l'interruption. Non, je crois avoir décelé de l'angoisse.

Enfin, cela n'a aucun sens. Ryan est galvanisé par son travail, quel que soit le défi. Je ne peux pas lui poser de questions, cependant, parce que je ne suis pas censée le regarder. Je feins l'innocence, comme si je n'avais rien vu du tout.

Ping !

Cette fois, c'est son téléphone personnel. Alors que Hunter vocifère, je le regarde à nouveau. Il traverse la chambre jusqu'à la table où il l'a laissé, consulte le message, puis soupire avant de poser le téléphone. Pendant un instant, il reste parfaitement immobile. Quand il se retourne, je ferme les yeux.

Un instant plus tard, je les rouvre comme si c'était la première fois. Son expression est impassible. Un masque.

— Hunter ? Qu'est-ce que c'est ?

Je me redresse sur les coudes alors qu'il se rhabille en hâte. Une vague glaciale me submerge et j'agrippe le bord de la couette, que je tire sur mes jambes nues.

— Ryan ?

— Ce n'est rien. Des trucs pour le boulot. Je pensais que ça pouvait attendre, mais il faut croire que non.

Je déglutis, puis remonte la couverture un peu plus haut sur ma poitrine.

— Tu vas...

— Je serai de retour dès que possible.

Il me regarde à peine. Dès qu'il est habillé, il attrape son téléphone professionnel et se précipite vers la porte. Là, il marque une pause pour me regarder.

— Je t'aime, chaton, dit-il en revenant m'embrasser sur la joue. Je t'aime tellement.

Je suis sous le choc de son changement d'attitude. Mais avant que je puisse l'interroger, il prend une vive inspiration et disparaît, me laissant dans le doute le plus complet.

Toujours dans l'incertitude, je quitte le lit et m'enveloppe dans le peignoir de l'hôtel. Je m'assieds au bord du matelas en envisageant de commander un film pour adultes, histoire de reprendre la main, quand je me rends compte que Hunter est parti sans son téléphone perso. Je le ramasse et la fonction de reconnaissance faciale affiche immédiatement l'écran. C'est tout à fait normal, car nous nous sommes ajoutés mutuellement à nos téléphones, il y a des mois. Pourtant, j'étouffe un cri de surprise.

Pas à cause de l'accès qui m'est donné. Non, je suis choquée par le message qui apparaît alors. Il provient d'un numéro que je ne reconnais pas.

Je suis désolée de t'avoir fui.

Mais crois-moi, s'il te plaît...

J'ai encore besoin de toi, Ryan. Maintenant. Désespérément.
Notre dernier baiser brûle toujours dans mes pensées.
Tu sais combien c'était important pour tous les deux.
Retrouve-moi au même endroit.
Ne me laisse pas tomber.
Avec amour, F.

CHAPITRE QUATRE

Putain de merde !

Ryan appuya une seconde fois sur le bouton d'appel de l'ascenseur, comme si cela pouvait changer quelque chose, puis il recula, résigné, et s'adossa contre le mur.

Après tout, un membre de son équipe surveillait peut-être le palier devant les ascenseurs, et même si personne ne regardait la vidéo en ce moment même, il ne tenait pas à garder un souvenir permanent de la fois où il aurait pété les plombs. Il devait s'efforcer de paraître normal.

Mais ce n'était pas le cas. Tout avait cessé d'être normal trois jours auparavant.

C'était à ce moment-là, songea-t-il en montant dans l'ascenseur, que tout avait déraillé.

Il aurait dû appeler Jamie et tout lui dire. Mais comment l'aurait-il pu, alors qu'il n'avait pas la moindre idée de ce dont il retournait ? Alors qu'il ne comprenait toujours pas ?

Tout ce qu'il savait avec certitude, c'était que trois jours plus tôt, il avait reçu un texto sur son téléphone professionnel, de la part de quelqu'un qui lui donnait rendez-vous dans un pub près de Marble Arch.

J'ai reçu ton aide il y a longtemps. Maintenant, j'ai encore besoin de toi. Je t'expliquerai en personne. S'il te plaît, ne me laisse pas tomber.

Intrigué et redoutant que le message mystérieux soit lié à l'une des affaires non résolues de Stark Sécurité, Ryan était allé au pub en question. Mais personne ne l'attendait.

Il était resté quinze minutes, espérant que le contact se montrerait, avant d'aller interroger la barmaid.

— Vous devez parler de la dame qui a laissé le mot, lui avait-elle répondu. Elle m'a dit qu'un homme aux cheveux noirs et aux yeux bleus pourrait poser des questions à ce sujet.

Tout en parlant, elle avait fouillé dans un tiroir et remis à Ryan l'une des serviettes en papier du pub.

Il avait baissé les yeux, puis froncé les sourcils devant les trois mots parfaitement écrits : *Je suis désolée.*

— A-t-elle dit autre chose ? Avez-vous vu dans quelle direction elle partait ? A-t-elle payé avec une carte de crédit ?

— Non, elle n'a rien dit d'autre. Elle vous a seulement décrit, puis elle est sortie par les cuisines, ajouta-t-elle en pointant derrière elle. Elle a dit qu'elle allait aux toilettes, et juste après, l'alarme s'est déclenchée.

— Et une carte de crédit ?

— Je ne sais pas, mais de toute façon, je ne pourrais pas vous dire son nom même si c'était enregistré. Enfin, c'est…

— Nous en discuterons le cas échéant, avait rétorqué Ryan. Peut-on au moins le savoir ? Si c'est le cas, je parlerai à votre responsable. Sinon, je pourrais peut-être discuter avec la personne qui l'a servie à table.

Elle avait froncé le nez, mais elle avait fini par accepter, faisant signe à un grand serveur aux cheveux roux étincelant d'approcher.

— Puis-je vous aider ? avait-il demandé d'une voix grave teintée d'accent irlandais.

La femme lui avait tout expliqué, mais le serveur avait secoué la tête.

— En espèces. Un bon pourboire, d'ailleurs.

— Vous lui avez parlé ? avait demandé Ryan.

— Uniquement pour prendre sa commande. Vin rouge et frites. Et de l'eau. Pourquoi ? Que se passe-t-il ?

— Ne t'inquiète pas, Tommy, avait dit la barmaid avant d'ajouter à l'attention de Ryan : Je suis désolée. Il ne s'agit pas uniquement d'une femme qui vous a posé un lapin, n'est-ce pas ?

Il lui avait alors remis sa carte de visite.

— Si vous la revoyez, j'apprécierais un appel.

Elle avait pincé les lèvres, mais hoché la tête malgré tout.

— J'en doute. Ce n'était pas une habituée. Mais bonne chance.

Il l'avait remerciée, puis s'était dirigé vers la porte et avait contourné le pub pour rejoindre la ruelle. Aucun signe de la femme. Tout ce qu'il lui restait, c'était le sentiment désagréable qu'une personne en difficulté s'était tournée vers lui pour obtenir de l'aide, et qu'il n'avait aucun moyen de la trouver. Sans compter qu'elle n'était pas venue au rendez-vous qu'elle lui avait elle-même fixé.

Mais si elle croyait qu'il allait laisser tomber et tout oublier, elle se trompait. Cet incident le taraudait. S'agissait-il d'un témoin ? D'une victime ? De quelqu'un qui cherchait de l'aide auprès de Stark Sécurité ?

Qui que soit ce mystérieux contact, il était déterminé à le retrouver et à comprendre ce qui se passait. Le texto qu'il lui avait envoyé n'avait pas donné de réponse, même s'il ne s'attendait à rien. Et quand il avait effectué une recherche sur le numéro, il avait découvert que c'était un téléphone à carte, rattaché à aucun nom.

Sans plus d'informations, il avait appelé Baxter Carlyle, son adjoint. Baxter s'était immédiatement mis au travail, et bientôt, Ryan avait une vidéo de la jeune femme prise par la caméra de sécurité d'un magasin voisin. La qualité était affreuse, mais Ryan avait reconnu sa silhouette, les angles de son visage, et jusqu'à sa démarche.

Il la connaissait. Juste ciel, il la connaissait !

Felicia.

Il n'y avait aucun doute dans son esprit. La femme sur la vidéo, vivante et bien portante, était la même femme qui avait reçu une balle dans les intestins sous ses yeux avant de se faire éjecter d'un train dans un fleuve impétueux.

La femme qu'il n'avait pas pu sauver, plus de dix ans auparavant.

Elle ne pouvait pas être ici.

Et pourtant, c'était bien son image sur la bande. Ou peut-être quelqu'un qui se faisait passer pour elle ?

Mais comment ?

Et plus important encore, pourquoi ?

Maintenant, dans l'ascenseur de l'hôtel, l'étau se refermait à nouveau autour de son ventre. L'oppression qu'il avait ressentie s'était uniquement estompée lorsque Jamie était venue le surprendre à Londres, dans un élan de spontanéité dont elle avait le secret. Une initiative qui le faisait sourire autant que bander.

Leur jeu lui avait au moins permis d'échapper un peu à ses peurs et à ses inquiétudes.

Bon sang, qu'allait-il dire à Jamie ?

Alors que les portes de l'ascenseur s'ouvraient et qu'il sortait dans le hall d'entrée, il pouvait imaginer sa voix. *Tout, Hunter. Donne-moi tout de suite chaque putain de détail. Reviens, remonte immédiatement dans la chambre et dis-moi ce qui se passe.*

Sauf qu'il ne savait pas ce qui se passait. Il ignorait les répercussions qu'aurait le retour de Felicia d'entre les morts. Il ne savait même pas ce qu'elle voulait.

Il réfléchit à son texto : *J'ai encore besoin de toi, Ryan. Maintenant. Désespérément.*

Était-ce vraiment de son aide qu'elle avait besoin ? Ou de lui ?

Un poing semblait se resserrer autour de son cœur, son esprit tourbillonnant de possibilités. Il avait besoin de penser clairement, bon sang. D'être logique. De compter sur ses nerfs d'acier.

Il traversa le hall à grandes enjambées, son attention rivée sur la porte, sans accorder le moindre regard au personnel de l'hôtel. La marche l'aidait, ses pensées se mettant progressivement en place. La première chose qu'il devait se demander, c'était s'il s'agissait bien de Felicia. Elle lui ressemblait, certes, et le message soigneusement rédigé le suggérait sans conteste.

Il tendit la main pour héler un taxi, ses pensées s'imbriquant les unes dans les autres avec fluidité alors qu'il s'asseyait sur la banquette et donnait l'adresse du pub.

Si c'était Felicia, cela signifiait qu'elle avait survécu. Ce qui soulevait déjà des dizaines de questions. Sa blessure était mortelle en soi, et la chute à elle seule aurait suffi à la tuer. Si elle était vivante – comme il le croyait – alors peut-être que tout ce qui s'était déroulé dans le train n'était qu'une mise en scène élaborée.

Dans ce cas, Felicia n'avait jamais été une innocente tombée par malchance dans les bras du mauvais gars. Elle faisait partie des renseignements, et Ryan s'était impliqué dans Dieu sait quoi. Avait-elle été complice du meurtre de Mikal Safar ? Dans le coup, même ?

Difficile à croire, pourtant il avait travaillé dans les services secrets assez longtemps pour savoir que c'était une éventualité. Si elle avait non seulement survécu, mais était aussi restée cachée pendant si longtemps, c'était même la seule explication.

Et qu'en était-il de l'autre solution ? Si la femme sur la vidéo était un imposteur ? Voilà qui soulevait différentes questions. Pourquoi faire une chose pareille ? Et pourquoi le contacter, lui ?

Pour lui faire du chantage ? Sur quelle base ?

Pour se venger ? De quoi ?

Quelqu'un lui reprochait-il la mort de Felicia ? Peut-être, même s'il était impossible qu'on lui en veuille plus qu'il ne s'en voulait déjà lui-même. Le père de la jeune femme était mort depuis quelque temps. Mais juste après l'échec de la mission – alors qu'il était encore à l'hôpital –, Ryan avait raconté à Randall tout ce qui s'était passé dans les moindres détails. Il sentait qu'il lui devait au moins cela.

Randall ne lui avait jamais fait sentir qu'il était coupable. Au contraire, il l'avait remercié d'avoir essayé de l'aider, allant jusqu'à s'excuser d'avoir envoyé involontairement Ryan dans un nid de frelons sur le point de l'explosion.

Bien sûr, Randall Cartwright avait un demi-frère dont il était proche. Était-il possible que cet homme, William, reproche maintenant à Ryan la mort de sa nièce ?

Peut-être. Mais pourquoi attendre toutes ces années pour réagir ?

Il secoua la tête, décidément dans le flou.

Il n'aurait pas de réponses avant de la rencontrer, et c'était pour cette raison précise qu'il avait abandonné sa femme en pleine action et qu'il se dirigeait vers le pub en ce moment même, avant qu'elle ne puisse se dérober à nouveau.

Bien sûr, il y avait de fortes chances que la situation se retourne contre lui et que l'enfer se déchaîne. Et pourtant...

Il ne pouvait ignorer cet infime murmure d'espoir. Parce que si Felicia avait survécu, si elle était venue lui demander de l'aide, alors c'était une seconde chance pour lui.

C'était peut-être un coup monté. Mais peut-être était-elle vraiment en difficulté. Et il ne pouvait pas lui tourner le dos. Cela pourrait être grave. Il tenait peut-être sa chance de racheter ce qui avait horriblement mal tourné autrefois.

L'occasion de réparer le plus gros coup dur de sa carrière, d'apaiser sa culpabilité.

Mais à quel prix ?

Parce qu'en fin de compte, il ne savait rien du tout.

Cette réalité le percuta de plein fouet et son sang se refroidit. Il ne savait absolument rien. Pas même si Jamie était son épouse légitime, tout compte fait. Parce que si Felicia était vivante, qu'est-ce que cela voulait dire ?

Oh, mon Dieu, non ! Pitié, pas ça.

Il prit une inspiration, envahi par une nouvelle vague de culpabilité. Il ne lui avait pas dit un mot à propos de Felicia. Rien sur ce premier contact raté. Rien sur ce qu'il avait vu sur la vidéo de surveillance. Rien sur le texto qui le poussait maintenant à l'action.

Et il ne lui avait jamais parlé de cette mission, toutes ces années auparavant.

Pour couronner le tout, il avait menti en quittant la chambre, prétextant une fausse urgence de travail.

Il n'avait jamais fait cela auparavant. *Jamais.* Et il savait très bien qu'il lui devait la vérité. Toute la vérité.

Malgré tout, il n'arrivait pas à se résoudre à l'appeler.

Parce qu'à ce moment-là, il n'avait que deux certitudes. Primo, que leur monde était sur le fil du rasoir. Il suffisait qu'il s'incline légèrement dans la mauvaise direction pour qu'ils dégringolent dans l'abîme.

Et secundo, que Jamie pourrait très bien donner ce coup de pouce vers le point de rupture. Parce que s'il connaissait sa femme – et il la connaissait par cœur –, il savait qu'elle déraillerait complètement. Ryan aimait peut-être contrôler son environnement, mais il avait appris depuis longtemps qu'il ne pouvait pas contrôler Jamie Archer. Pas entièrement. Jamais vraiment.

Malgré lui, il esquissa un sourire. Parce que c'était ce qu'il aimait le plus chez elle. Cette indépendance farouche. Une délicieuse fougue que lui seul pouvait dompter. Parce qu'il était le seul qu'elle ait autorisé dans sa vie.

Alors, non.

Il ne pouvait pas le lui dire. Pas encore, en tout cas. Non seulement parce que la situation déclencherait sans aucun doute une crise monumentale, mais aussi parce que si la femme était réellement Felicia, si elle avait rampé hors de sa tombe pour le retrouver, c'était qu'il existait quelque chose de pire encore que ce qui justifiait qu'elle se fasse passer pour morte.

Peut-être se trouvait-il des excuses pour son silence, mais il y avait une logique à son raisonnement.

Le taxi s'arrêta enfin et, après avoir payé le chauffeur, il sortit sur le trottoir, pour la deuxième fois devant ce même pub, près de Marble Arch. Cette fois, il obtiendrait des réponses.

Il prenait la bonne décision en venant ici, aussi lourd que soit le poids du secret envers Jamie. Au moins, ce n'était que pour une heure, pas plus. Dès son retour à l'hôtel, il la ferait asseoir et lui expliquerait tout.

Ce qu'il savait.

Ce qu'il ne savait pas.

Toutes les réponses qu'il avait l'intention d'obtenir en arrivant au pub. Comme, par exemple, qui était vraiment cette femme – Felicia ou la personne qui se faisait passer pour elle.

Pourquoi elle lui avait fait faux bond la première fois, et pourquoi elle l'avait recontacté ce soir. À deux reprises. D'abord sur son téléphone professionnel, avec un texto qui disait simplement : *Je suis désolée de t'avoir posé un lapin. Mais j'ai besoin de parler. Même endroit. S'il te plaît. C'est urgent.*

C'était simple et direct, et ce message aurait suffi à le décider, ne serait-ce que parce qu'il avait besoin de réponses. Et notamment comment elle s'était procuré son numéro de travail.

Mais ensuite, il avait reçu le second texto. Signé F. Il mentionnait un baiser, lui disait qu'elle avait besoin de lui.

S'il n'était pas déjà sur le départ, ce texto l'aurait propulsé.

Il l'avait reçu sur son téléphone personnel, comme si elle tenait à s'assurer qu'il ne rate pas le message. Comme si...

Aussitôt, il se figea.

Oh, merde. Son téléphone perso.

Il avait laissé son téléphone dans la suite.

Dans la suite. Avec Jamie.

Pendant un moment, il resta planté devant le pub, toutes ses options lui traversant la tête. Il devait tout lui expliquer maintenant. Ou du moins, essayer.

Mais bon sang, qu'allait-il pouvoir dire ?

Il devait absolument trouver quelque chose.

Avant de se raviser, il sortit son téléphone et composa son numéro.

Trois sonneries... puis la messagerie vocale.

Il raccrocha et réessaya, sachant très bien que l'appel lui parvenait. Même si elle avait éteint son téléphone, il était programmé pour sonner quand même, si Ryan appelait à partir de son numéro professionnel. Compte tenu de son métier, il avait insisté pour avoir un moyen de la joindre en cas d'urgence, quoi qu'il arrive.

Ce qui signifiait que sa sonnerie horripilante résonnait dans la suite, et qu'elle l'ignorait délibérément.

À coup sûr, elle avait activé son téléphone et découvert le texto. *Merde.*

Cette fois, quand il rappela, il attendit pour laisser un message.

— Chaton, ce n'est pas ce que tu crois. J'ai besoin que tu me fasses confiance pendant encore une heure environ, et je te jure que je vais tout te dire. Je t'aime, bébé. S'il te plaît, attends mon retour.

Tout juste suffisant, mais pour l'heure, c'était le mieux qu'il puisse faire. Il était déjà au pub et plus tôt il rencontrerait Felicia, plus tôt il aurait des réponses et pourrait retourner auprès de Jamie.

Il franchit le seuil, regarda autour de lui et sentit la piqûre froide de la déception quand il constata que Felicia n'était nulle part.

CHAPITRE CINQ

Ryan est parti depuis moins de cinq minutes, et j'ai déjà lu le texto de cette garce plus d'une douzaine de fois.

J'ai encore besoin de toi.

Notre dernier baiser.

C'était important.

Au même endroit.

Avec amour, F.

Ces mots brûlent dans mon esprit et j'ai envie de vomir.

Elle a désespérément besoin de lui ?

Leur dernier baiser ?

Et quel putain d'endroit, d'abord ?

Je ne sais pas si cela a un sens, ou si je suis juste trop engourdie pour en comprendre un traître mot. Ou pour mettre de l'ordre dans mes pensées, d'ailleurs.

Comment le pourrais-je, alors que tout ce que je ressens est mort ?

J'ai fait les cent pas dans la suite, et maintenant, je me rends compte que je me suis arrêtée devant la porte ouverte du balcon. J'ai le téléphone dans la main et je suis sur le point de le balancer dans le vide quand je me retiens de justesse.

D'une part, je ne voudrais pas causer une commotion cérébrale à un piéton innocent. D'autre part, je ne veux pas m'en débarrasser. C'est la preuve irréfutable. Le révélateur de ses mensonges. De son infidélité. Et je vais le lui fourrer sous son sale nez de menteur dès l'instant où il franchira cette porte.

Sauf que...

Peut-être pas. C'est Ryan, après tout. Mon Hunter, mon chasseur. Aurait-il pu me faire ça, à moi ? À nous ?

Merde.

C'est un juron pitoyable. À peine un murmure dans ma tête. J'essuie les larmes qui perlent maintenant au bout de mes cils.

Avec un soupir larmoyant, je retourne sur le canapé et je me laisse tomber sur l'un des coussins. Puis j'active son téléphone et relis le message une fois de plus.

Je suis désolée de t'avoir fui... j'ai encore besoin de toi... désespérément... notre dernier baiser...

Putain, putain, putain.

Oh, et puis merde ! Merde à tout ça. Je ne vais pas rester assise ici avec une preuve accablante, sans rien faire.

Alors, j'appuie sur le numéro qui figure à l'écran, je mets le téléphone sur haut-parleur et j'attends que la garce qui se tape certainement mon mari décroche.

Une sonnerie. Deux. Cinq. Huit.

Jamais de répondeur. Un enchaînement de sonneries à l'infini.

Je termine l'appel, puis je regarde fixement le téléphone, reportant tout le sentiment de trahison que j'ai ressenti envers Ryan sur cette boîte en plastique et en silicone de la taille d'une paume. Sans réfléchir, je le lance à travers la pièce et il s'écrase contre le mur. Je sais que ces trucs-là sont quasiment indestructibles, mais au moins, ça fait du bien.

Plus détendue, je récupère mon propre téléphone sur la table basse. J'ai appuyé sur la numérotation rapide pour contacter Nikki, sans même penser au décalage horaire. Ce n'est qu'en tombant sur la messagerie vocale que je me demande si c'est le milieu de la nuit là-bas. Non, Londres est en avance sur la Californie. Il est presque dix heures ici, ce qui signifie que c'est... l'heure du déjeuner là-bas ?

Peut-être. Je ne suis pas sûre. Je suis incapable d'effectuer le calcul étant donné mon état de nerfs. Mais si c'est pendant les heures de travail, elle est probablement occupée.

Je commence à laisser un message pleurnichard, mais je change d'avis. Au lieu de la diatribe que j'ai envie de balancer, je reste laconique.

— Désolée. J'ai appelé par erreur. J'espère que tout va bien à La-La Land.

C'est un peu bancal, mais connaissant Nikki, si je lui racontais tout, elle monterait dans l'un des jets Stark et viendrait ici en personne pour compatir et s'assurer que je ne fasse rien d'irréfléchi – comme passer un savon à Ryan – sans avoir l'absolue certitude qu'il m'a trompée.

Et s'il l'a fait, alors en tant que meilleure amie, elle m'aiderait à castrer ce fils de pute.

Mais quand même, Hunter ? Est-ce vraiment crédible ?

Cette petite voix est de retour dans ma tête. Je suis tellement en colère que je ne veux pas l'entendre.

J'ai besoin de parler, d'oublier mes propres problèmes. Habituellement, quand je suis comme ça, Nikki est ma valeur sûre du côté des filles. Et Ryan, en version masculine.

Ce qui me laisse seule au monde, dans un désert battu par les vents.

Merde.

Je rejoins l'autre côté de la pièce et ramasse le téléphone de Ryan. L'écran est fissuré, mais à part cela, il est intact. Je le range dans la poche de mon peignoir de style spa. Ce n'est pas aussi satisfaisant que de le brûler, peut-être, mais certainement plus pratique.

J'envisage d'appeler Ollie pour obtenir un peu de compassion. À nous trois, Nikki, lui et moi formons le tiercé gagnant. Mais il travaille depuis peu avec le FBI et participe à un séminaire à

Washington. De toute façon, c'est une crise qui nécessite une amie fille. Et même si j'adore Ollie, les relations n'ont jamais été son point fort.

Je pourrais essayer d'oublier cette histoire en m'abîmant dans le travail. Je pourrais contacter Carson Donnelly. Ou me connecter au serveur et revoir certaines des modifications sur lesquelles l'équipe travaille.

Non, je ferais du boulot de merde. Parce que mon esprit est tout sauf sur le travail.

Encore une fois, j'affiche le texto. Évidemment, puisque je suis une totale masochiste, apparemment. Ou plutôt, non. Bien au contraire, je suis une optimiste invétérée, car je nourris toujours le fantasme que, cette fois, le message aura du sens, que j'aurai une révélation et que tout mon univers reprendra son cours normal.

Du genre : Ah, mais oui ! J'avais totalement oublié qu'il participait à un club de comédie et qu'il répétait en ce moment un sketch sur l'infidélité.

Ou : Ah, mais oui ! Les extra-terrestres en ont eu assez d'enlever des humains à bord de leurs vaisseaux pour des expériences, alors ils ont volé le téléphone de Ryan et ont envoyé ce message afin d'analyser mes réactions.

Ou encore : Mais, bien sûr ! C'est un plan complètement mal fichu pour pimenter notre vie sexuelle.

J'en passe et des meilleures. Je sais que l'idée doit être ridicule, car il n'y a aucune explication logique à ce texto.

Aucune que je veuille croire, en tout cas.

Mon ventre se tord alors que je me remémore tous ces mots doux qu'il m'a dits. Il parlait de confiance. D'abandon. Il me disait qu'il se sentait humble.

Et que j'étais intelligente, aussi.

Que des conneries, visiblement ! Parce qu'à l'évidence, je suis aveugle, la première des abruties et des naïves.

Vraiment ? Suis-je vraiment aussi bête ? J'ai toujours fait

confiance à Ryan sans hésitation, sachant avec une certitude absolue que c'était un homme bon. Ce qui signifie que ce n'est pas possible. Ryan ne peut pas être...

Seigneur, je n'arrive même pas à penser à ce mot.

Et qui est *F*, putain ?

J'expire furieusement, au comble de la frustration, puis je me secoue. Je tourne en rond, encore et encore. Je dois sortir de ce carrousel de malheur. Bon Dieu, je dois quitter cet hôtel.

C'est alors que ça me frappe, la distraction idéale.

Je saisis mon téléphone et cherche dans mes contacts le numéro que Gabby a noté. J'appuie sur le bouton pour l'appeler, puis je retiens mon souffle en espérant qu'elle sera disponible.

— Jamie ?

— Salut ! m'exclamé-je avec un peu trop d'énergie. Excuse-moi, mais je suis contente de t'avoir retrouvée.

— Moi aussi. Quoi de neuf ?

— Il s'avère que mon mari travaille et que je m'ennuie, toute seule à l'hôtel.

Un mensonge, oui, mais au moins, il est mineur.

— Ça te dit de prendre ce verre maintenant et de rattraper le temps perdu ?

— Oh. Eh bien...

Je suis déçue.

— Tu as déjà quelque chose de prévu.

— Non. Enfin, si, mais on m'a posé un lapin. Je suis dans un taxi, là. J'allais juste retourner à mon hôtel et noyer mon chagrin dans n'importe quel vin bas de gamme disponible dans le minibar. Du coup, je préfère ta proposition. On se retrouve quelque part ?

— Avec joie.

Nous optons pour un bar, à proximité. Je m'apprête à raccrocher quand le signal d'un double appel retentit.

C'est Ryan.

Mon premier instinct est de le prendre. Mais non. Je ne suis pas d'humeur à entendre ses excuses et ses explications. Je ne veux pas devoir filtrer la vérité et les mensonges.

Je ne veux pas affronter tout cela maintenant.

Honnêtement, pour le moment, tout ce que je veux, c'est aller prendre un verre.

Et c'est exactement ce que je vais faire. Avec Gabby.

CHAPITRE SIX

Je ne suis qu'à cinq minutes à pied du joli petit bar qui donne sur Hyde Park. Mais comme je dois m'habiller, quitter l'hôtel et trouver mon chemin dans les rues inconnues de Londres, elle a le temps d'arriver avant moi. Ce bar est décoré à la mode parisienne, avec une terrasse, et je la vois tout de suite à une petite table sous un auvent rouge. Sa peau claire contraste avec ses cheveux foncés, presque noirs. Ils sont épais, légèrement bouclés, et ses grands yeux en amande sont mis en évidence par des sourcils parfaitement arqués.

Elle balaye les passants du regard, concentrée. J'imagine qu'elle me cherche. Je m'empresse de la rejoindre et je m'assieds sur la petite chaise délicate à l'assise en osier tressé en face d'elle.

— C'est adorable ici, lui dis-je.

Un serveur s'approche avec une carafe de vin rouge et je lève un sourcil.

— Excellent service aussi.

Elle rit.

— J'ai pris les devants en commandant du vin. J'espère que tu aimes toujours le rouge. En tout cas, à la fac, c'était ton truc, je me rappelle.

— Le rouge, c'est parfait ! Je suis impressionnée. Moi, je ne me souviens absolument pas de ce que tu buvais.

— Que veux-tu ? Je prête attention aux détails. On mange un morceau ? demande-t-elle, regardant d'abord mon visage, puis sur le côté, ses yeux revenant toujours vers la rue.

Je me rends compte que je n'ai pas mangé depuis des lustres.

— Super idée.

Le serveur nous conseille l'assiette de charcuterie et de fromage, et nous acquiesçons avec enthousiasme. Puis, alors qu'il s'éloigne pour passer notre commande, Gabby se penche et me serre dans ses bras.

— Je suis contente que tu aies appelé, dit-elle. Tu n'as pas idée. Je n'en revenais pas quand Nikki m'a dit que tu étais à Londres, toi aussi. J'étais...

Elle s'interrompt en secouant la tête, effleurant le bord de son verre à vin du bout du doigt.

— Désolée. Ce n'est ni le moment ni le lieu.

— Que se passe-t-il ?

— Rien. Enfin, tu sais. La vie et ses emmerdes. Dis-moi, qu'est-ce que tu fais à Londres ? Des vacances ? Le boulot ?

— Honnêtement, je suis venue pour surprendre mon mari. Mais... dis-je avant qu'elle puisse me poser des questions sur Ryan. Quelque chose te tracasse. Que se passe-t-il ?

— Quoi ? Rien.

Elle rougit en prenant la carafe pour remplir son verre de vin.

— Tu as raison, ça ne me regarde pas. Après tout, ça fait une éternité que nous n'avons pas discuté, toutes les deux. Mais ça ne veut pas dire que je n'ai jamais pensé à toi. Tu as toujours occupé une place dans mon cœur. Cela dit, si tu ne veux pas en parler, ça me va. Sache seulement que je suis là si tu as besoin d'une amie.

Elle rencontre mon regard pendant une seconde avant de détourner les yeux.

— Ça me touche beaucoup. Seulement... c'est juste que...

Cette fois, quand elle lève les yeux, j'y devine des larmes.

— Gabby, dis-je en prenant sa main libre. Ça va. Je ne sais pas ce dont il s'agit, mais je suis sûre que ça va aller.

Elle secoue la tête, et cette fois, quand elle me regarde, je vois de la peur dans ses yeux.

— Non, je ne pense pas.

Sa voix est basse, presque un murmure.

— J'ai peur, Jamie.

— Tu peux me dire pourquoi ?

En temps normal, je ne suis pas le genre de copine douce et réconfortante, mais en cet instant, ma voix apaiserait un ours déchaîné. Je redoute qu'elle détale avant que je puisse en savoir assez pour l'aider, et pour l'instant, je n'ai aucune idée de ce que son problème pourrait être. Est-elle fauchée ? Enceinte ? Coincée avec un mec violent ?

La seule chose que je sais, c'est que je dois être une personne vraiment horrible. Parce qu'en cet instant, je me sens rassurée. Quoi qu'il arrive avec Ryan, je ne suis pas la seule à avoir des soucis.

Je serre doucement sa main.

— Allez, Gabs. Je ne peux pas t'aider si tu ne me dis rien.

— Je crois que dans tous les cas, tu ne peux rien faire pour moi.

Une larme se détache de son nez avant de tomber sur la table carrelée. Ses épaules montent et descendent au rythme de sa respiration. Lentement, elle lève la tête.

— Je peux toujours t'en parler... Mais non, ça n'a pas d'importance, tu sais ? Même si tu pouvais m'aider, je crois que je ferais mieux de ne rien dire.

— Bien sûr que si. Je ferai mon possible pour te venir en aide.

Elle secoue la tête.

— Ils pourraient le découvrir.

— Qui ça, ils ?

Soudain, je me raidis. Il y a un véritable appel de détresse dans ses paroles.

— Quelqu'un te recherche. Qui ?

— C'est ça, le problème. Je ne sais pas.

Elle essuie d'autres larmes, puis vide son verre d'un trait. Quant à moi, je bois une généreuse gorgée. Franchement, j'en ai bien besoin.

— Écoute, Gabby. Il est évident que tu as peur. Mais mon mari travaille dans la sécurité. Si quelqu'un essaye de te faire du mal, laisse-moi t'aider. Dis-moi ce qui se passe.

Elle se mord la lèvre inférieure.

— Allez, ma belle. C'est moi. Tu peux me faire confiance. Tu le sais, n'est-ce pas ?

Elle hoche la tête, visiblement au bout du rouleau.

— J'ai un aveu, dit-elle, si bas que je ne l'entends presque pas. Je savais déjà que ton mari faisait ce genre de travail.

— Oh.

Je ne sais pas trop quoi faire de cette information.

— Le truc, c'est que...

Elle ne termine pas sa phrase et boit un peu d'eau avant de recommencer.

— Le truc, c'est que je n'ai pas appelé Nikki par hasard.

Je me penche en arrière, les yeux écarquillés.

— Tu as fait des recherches sur Ryan et moi ?

— Je n'ai pas vraiment cherché, mais je me suis tenue au courant. J'ai vu ta photo avec Nikki il y a quelque temps et j'ai commencé à suivre ce qui vous concernait.

Sa voix est aussi contrite que son expression.

— Ce n'était pas comme si je vous traquais en ligne. Après tout, vous évoluez dans des cercles très publics, toutes les deux.

— Nous fréquentons Damien Stark, dis-je, habituée à ce qu'on m'en parle. Je peux comprendre.

— Oui, mais tu es célèbre, toi aussi. Tout ce que tu fais à Hollywood. Les stars que tu as interviewées. Certains articles parlent aussi de ton mari. Et puis, quand tout est arrivé, je me suis souvenue de lui. Alors, j'ai appelé et...

— Ça va. J'ai compris. Tu ne voulais pas spécialement rattraper le temps perdu. Il est question de Ryan depuis le début. Mais pourquoi as-tu besoin de lui ? Tu as peur de quelqu'un ?

Ses yeux virevoltent autour de nous avant de se concentrer sur moi.

— C'est...

Elle ne termine pas. Au lieu de ça, elle repousse sa chaise et se lève.

— Je... je suis désolée. Je n'aurais pas dû t'entraîner là-dedans. Je devrais... Je ferais mieux d'y aller.

— Gabby, non !

Mais c'est peine perdue. Elle secoue la tête une dernière fois et se précipite sur le trottoir. Je me rends compte que je me suis levée et que je l'appelle, mais elle est partie et je ne sais pas pourquoi. Puis je pense à sa peur, à ses coups d'œil anxieux en direction du trottoir. Je me retourne pour regarder derrière moi, craignant soudain de découvrir quelqu'un avec une arme à l'endroit qu'elle vient de quitter.

Mais il n'y a personne là-bas. Personne, à l'exception de Ryan, qui empoigne mes bras à deux mains.

— Qui était-ce ? demande-t-il, sa voix basse et dangereuse. Dis-moi tout de suite à qui tu parlais.

CHAPITRE SEPT

J'ai un sacré caractère. J'ai toujours été comme ça et je le serai sans doute toujours.

Il n'est pas rare que je crie, que je lance des objets, que je claque des portes, et parfois même, que je donne un bon vieux coup de poing. Je me suis un peu calmée au fil des ans, mais j'ai toujours été soupe au lait. Nikki me disait que c'était une bonne idée de devenir actrice, car alors, j'aurais un moyen de canaliser ma personnalité débordante.

En ce moment, cependant, je ne crie pas. Je ne m'énerve pas. Je ne lui jette pas mon vin au visage. Non, je le regarde simplement. Je le regarde fixement.

— C'est *tout* ce que tu as à me dire ? m'exclamé-je avec un profond mépris. Une salope t'envoie un texto pour te voir, et c'est *moi* qui dois t'expliquer pourquoi je suis sortie retrouver une amie ? Va te faire foutre.

— Bon sang, Jamie, qui était-ce ?

Son intonation est sèche, impérieuse, mais je repère la culpabilité dans ces yeux que je connais si bien, et tous mes discours intérieurs sur la confiance et les excuses s'évanouissent dans une bouffée de fureur mêlée à une profonde tristesse.

— *Qui était-ce ?*

Il a répété ces mots lentement, posément, mais je ne dis toujours rien. Pas même quand il s'assied sur la chaise que Gabby vient d'abandonner. Pas même quand il dit, d'une voix douce :

— S'il te plaît, Jamie. C'est important.

Je me contente de secouer la tête. Ma gorge est nouée, mais je cligne frénétiquement des paupières pour me retenir de pleurer. Je me sentais mieux depuis un petit moment, concentrée sur le problème de quelqu'un d'autre. Mais maintenant, j'ai l'impression qu'on m'a encore donné un coup de pied dans le ventre. Comme si le monde, et chaque chose solide et concrète qu'il contient, venaient d'être tourneboulés, comme un magicien qui aurait raté son tour avec la nappe, faisant voler en éclats sur le sol les verres en cristal et le service en porcelaine.

On dirait la comptine de Humpty Dumpty, en quelque sorte. Quand un œuf est brisé, impossible de rafistoler sa coquille.

Un gloussement monte de ma gorge sans crier gare. Une partie encore cohérente de mon cerveau se dit : *Oh. Alors, c'est ça qu'on appelle l'hystérie.*

Mais cela n'a aucune importance. Ce n'est qu'un commentaire en marge. Une note de bas de page sur le moment.

Devant moi, Ryan se frotte la tempe, puis expire.

— Jamie, s'il te plaît. Je t'ai demandé de me faire confiance. Je t'ai dit que j'allais tout expliquer. Tu n'as pas écouté mon message ?

J'arrive à secouer la tête.

Il soupire, puis me prend la main, mais je recule. Il ouvre grand les yeux, une réaction subtile que je suis sans doute la seule personne au monde capable de remarquer. Mais elle ne m'échappe pas. Parce que je le connais bien. Très bien, même.

En tout cas, je connais la blague. Reste à déterminer sa chute.

— Je t'ai demandé de me faire confiance. Je t'ai dit que je t'expliquerais tout. Chaton, il faut...

— Ne m'appelle *pas* comme ça.

Les mots jaillissent de ma bouche avec la force d'un fouet.

L'instant d'après, je m'affaisse, soudain vidée.

Mais ce n'est pas ma colère qui m'a vidée, c'est Ryan. Ce qu'il a fait. Ce qu'il m'a caché.

Je secoue la tête, soudain engourdie.

— Je ne peux pas, dis-je.

— Mais si, Jamie, tu peux. Avec qui étais-tu tout à l'heure ? Es-tu en sécurité ? Dis-moi ce qui s'est passé.

En sécurité ? Je ne me suis jamais sentie aussi vulnérable de toute ma vie. L'incompréhension et l'impuissance m'assaillent. Je ne veux même plus d'explications. Pas maintenant, du moins. Je n'ai pas envie de parler. Je veux seulement dormir.

— Je ne peux pas, répété-je. Je ne peux pas faire ça maintenant.

Abattue, je secoue la tête, puis je lance un billet de cinquante livres sur la table avant de me tourner vers le trottoir. Je garde les yeux baissés jusqu'à m'être éloignée du restaurant, puis je redresse le menton et reprends le chemin de l'hôtel, comme si je n'étais qu'une femme comme une autre en promenade ce soir. Je suis peut-être cassée, mais je refuse de le montrer.

Ryan ne dit rien, mais je sais très bien qu'il est derrière moi.

Je retourne jusqu'à l'hôtel, les mots dans ma tête en phase avec mes pas. *Fais-lui confiance. Fais-lui confiance. Tu dois absolument lui faire confiance.*

Encore et encore, jusqu'à ce que nous soyons tous les deux de retour dans l'ascenseur. Le même ascenseur où nous étions, quelques heures plus tôt.

Enfin, c'en est trop. C'est l'ultime fardeau et je ne peux pas le supporter.

Mes genoux se dérobent. Mon dos glisse le long de la cloison et je me retrouve sur les fesses, les bras autour de mes jambes. Le front contre les genoux, j'éclate en sanglots comme un bébé.

Il s'agenouille devant moi.

— Jamie, s'il te plaît. Je t'ai appelée. Et je t'ai dit que je t'expliquerais à mon retour. Ce n'est pas ce que tu penses.

Je redresse la tête.

— M'expliquer ?

Sortant son téléphone de mon sac à main, j'allume l'écran, révélant ce message empoisonné. Je le brandis devant son visage.

— Comment veux-tu expliquer une chose pareille ?

Je bouillonne encore. Mais au moins, la colère vaut mieux que de s'effondrer dans une pitoyable flaque de larmes.

Il ne prend pas le téléphone tout de suite, et quand il le fait enfin, c'est dans un geste prudent, comme un chasseur en présence d'un animal féroce. Je ne sais pas de quoi il a peur. Il m'a toujours appelée chaton, pourtant j'ai beau être folle de colère en cet instant, j'ai l'impression d'avoir été entièrement dégriffée.

Il le retire délicatement de mes doigts, puis regarde l'écran. Je sais exactement ce qu'il lit :

Je suis désolée de t'avoir fui.

Mais crois-moi, s'il te plaît...

J'ai encore besoin de toi, Ryan. Maintenant. Désespérément.

Notre dernier baiser brûle toujours dans mes pensées.

Tu sais combien c'était important pour tous les deux.

Retrouve-moi au même endroit.

Ne me laisse pas tomber.

Avec amour, F.

Ces mots resteront gravés à jamais dans mon cerveau. J'y repense maintenant, et un frisson remonte le long de ma colonne vertébrale. *Quelqu'un marche sur ma tombe.* C'est ce que dirait ma grand-mère. C'est cohérent. Dieu sait que j'ai l'impression de mourir. Et chaque seconde où Ryan reste silencieux, je meurs un peu plus à l'intérieur.

— Tu n'étais pas censée voir ça.

— Ah, vraiment. Tu crois ?

J'entends la douleur et le sarcasme dans ma voix, et cela me redonne espoir. Je ne suis peut-être pas aussi engourdie que je le pensais. Je vais peut-être pouvoir me battre.

Dommage que je ne sache pas contre quoi, ni qui, je me bats.

L'ascenseur s'arrête, et lorsque les portes coulissent, je me relève, ignorant la main que Ryan me tend dans un soutien silencieux.

Je sors devant lui et m'avance dans le couloir vers la chambre. J'ouvre et entre, laissant la lourde porte se refermer derrière moi. Elle n'a pas le temps de lui claquer au visage qu'il la rattrape et me suit.

— *Jamie.*

Le volume de sa voix, en contradiction totale avec son timbre apaisant, me fait un choc et je m'arrête net. Je fais volte-face, les bras croisés.

— Tu n'étais pas censée le voir, reprend-il, mais ça ne veut pas dire que je ne te dois pas d'explication à ce sujet. Je dois tout te dire. Et c'est pour ça que je t'ai appelée quand je me suis rendu compte que j'avais oublié mon téléphone. Je sais que tu es furieuse, et Dieu sait que je connais ton tempérament. Mais bon sang, je t'aime.

On dirait vraiment qu'il souffre. Je cède presque à l'envie de le rejoindre. Parce qu'en cet instant, je n'ai qu'une seule envie. Là, tout de suite, je ne veux rien de plus que d'être enveloppée dans ses bras.

J'en ai envie, mais je ne peux pas. Pas encore. Pas avant d'avoir compris.

Alors, je me détourne et me dirige vers le canapé. Je m'assieds, repliant les jambes sous mes fesses. Puis je saisis un coussin et le serre dans mes bras. Je suis recroquevillée dans le coin, entièrement protégée, et pourtant je me sens exposée.

— Tout ce que tu dis, c'est du grand n'importe quoi, rétorqué-je, forçant ma voix à rester stable. Tu en as conscience, au moins ?

— Je t'ai demandé de me faire confiance. Maintenant, je te demande de m'écouter. J'ai besoin de savoir à qui tu parlais au café.

Sa voix est étrangement fébrile et je secoue la tête, perplexe.

— Je la connais depuis des années. Elle a appris que j'étais en ville et...

— Je dois la retrouver, Jamie, dit-il, me coupant la parole avant que je puisse évoquer son attitude craintive.

— Pourquoi ?

Cette fois, je n'y comprends plus rien. Gabby est-elle témoin dans une affaire sur laquelle il travaille ? Elle serait suivie par Stark Sécurité et c'est ce qui lui aurait fait peur ?

— C'est important, dit-il.

Bon sang, encore une fois, il me répond à côté. C'en est trop.

— Tu ne devrais pas plutôt chercher ton putain de plan cul, la folle du texto ? C'est pour ça qu'elle se fait appeler F ?

Son expression se durcit.

— Je suis à sa recherche, en effet.

— Bon, eh bien, je vous souhaite tout le bonheur du monde, tous les deux.

— Merde, Jamie. Je dois absolument...

— Je me fiche éperdument de ce que tu dois faire. Je veux savoir pourquoi mon mari reçoit des textos envoyés par une traînée. C'est en lien avec le travail ? Elle est informatrice, quelque chose comme ça ? C'était un message codé ? Parce que, très honnêtement, si la réponse à au moins l'une de ces questions n'est pas oui, je pense que je ferais mieux d'aller au lit. Si tu t'es foutu de moi, Ryan Hunter, je jure devant Dieu que je vais te couper les couilles et te les servir pour le petit déjeuner.

Il ne dit rien, mais le silence ne retombe pas pour autant dans la chambre. Au contraire, l'air bourdonne presque. De douleur et de reproche, de peur et de chagrin. Et de regret, aussi. Tant de regrets.

Pas ceux de Ryan. Les *miens*.

Il s'agit de Ryan, après tout. Ryan Hunter. Il ne me tromperait pas. Il n'est pas comme ça et je le sais. J'en ai la conviction.

Vraiment ?

Je ferme les yeux. *Merde*.

— Jamie ?

Sa voix est douce, presque lointaine. J'ouvre les yeux pour constater qu'il est au milieu de la pièce et qu'il me regarde avec méfiance.

— Tu crois honnêtement que je ferais ça ? Que je te tromperais ? Bon sang, que j'aurais même pu en avoir envie ?

Je secoue la tête. En cet instant, je me sens minuscule.

— Non.

Son soulagement est presque visible.

— Tant mieux. Parce que je ne ferais jamais une chose pareille.

— Je sais. Excuse-moi. Vraiment. Mais comprends-moi, tu ne me dis rien.

— Enfin, je t'ai dit que je le ferais quand... Tu sais quoi ? Ça ne fait rien. Parle-moi de la femme qui était au café avec toi.

— Gabby ? Enfin, Ryan ! Je veux bien croire que tu ne couches pas avec la folle du plan cul alias F, mais je refuse d'entamer une autre conversation tant que tu ne m'auras pas dit ce qui se passe. Honnêtement, pour l'instant, je ne suis pas plus avancée.

C'est là le cœur du problème. Nous n'avons aucun secret l'un pour l'autre. Enfin, peut-être que si, mais de tout petits. Comme quand je lui ai dit que je lui avais cuisiné un poulet rôti alors que, techniquement, je n'avais fait que *réchauffer* un poulet rôti. Il s'en fichait, de toute manière, mais parfois j'aime entretenir l'illusion que je suis le genre de femme capable de faire des trucs comme ça pour son mari.

Et je sais que Ryan et Damien regardent le foot en cachette, en picolant, alors qu'ils nous disent, à Nikki et à moi, qu'ils restent tard au travail. J'accepterais totalement un secret de cet ordre.

Ce que je n'accepte pas, c'est ce qu'il me tait maintenant. Ça ne me plaît pas du tout.

Ses épaules s'affaissent lorsqu'il expire.

— Tu sais le genre de travail que je fais, chaton. Tu sais que, parfois, je ne peux pas tout te dire.

— Alors, c'est ça ? C'est pour ton boulot ?

Il soupire et croise les doigts sur sa nuque avant de venir s'asseoir sur le canapé.

— Je ne devrais pas, dit-il.

Je perçois une vraie frustration dans sa voix. Une douleur larvée sous les traits crispés de son magnifique visage.

— Tu ne devrais pas ? C'est toi qui as laissé un message en disant que tu me raconterais tout si je te faisais confiance. N'est-ce pas ce que tu m'as dit ? Je n'ai toujours pas écouté le message. Je ne le ferai probablement jamais.

— Oui, bon sang. Mais sais-tu quels risques je prends si je t'en parle ? Quel genre de porte je pourrais ouvrir ?

Sa voix est lente et mesurée. Réticente. Comme si je lui faisais des demandes qui ne relèvent pas de mes prérogatives.

— Non.

Il me faut toute ma volonté pour ne pas crier.

— Je ne sais pas. Parce que tu ne me dis rien. Bon sang, Ryan. Je te faisais confiance. Je te faisais confiance plus qu'à n'importe qui au monde. Je t'ai confié mon corps, ma soumission. Putain, je t'ai même confié mes rêves. Je t'ai dit des choses que je n'ai jamais dites à personne. Le bien comme le mauvais. *Tout.* Et tu m'amènes ici, tu me parles de confiance, de soumission et d'amour, alors que pendant tout ce temps, il y a une garce qui mouille en pensant à toi ?

— Jamie…

— Tais-toi ! Tais-toi ! Tu ne me fais pas assez confiance pour me dire ce qui se passe ? Espèce de salaud !

Une larme coule sur ma joue et je l'essuie avec rage. Je sais que je parais en manque d'affection autant qu'en colère, à la fois véhémente et désorientée. J'aimerais ravaler toutes mes émotions, mes mots. Je préférerais le déni. Pouvoir dire que non, ce n'était pas moi qui étais aussi effrayée, avide d'attention.

Mais c'est plus fort que moi. Avant Hunter, je n'avais jamais eu de relation qui ne se soit pas mal terminée. Le gars me quittait pour quelqu'un d'autre, ou alors c'était moi qui me lassais et je m'en allais.

Or maintenant, Ryan est toute ma vie. Il est mon tout. Et alors que je le regarde, la bouche sèche et les yeux humides, je prends conscience de mon problème : j'ai trop peur de le perdre.

— Je ne peux pas faire ça, murmuré-je, tout mon corps s'affaissant. Alors, tu me le dis maintenant, ou je retourne dans la chambre que j'ai réservée à mon nom. Parce que je ne peux plus le supporter.

Pendant un instant, je suis terrifiée à l'idée qu'il me prenne au mot. Mais alors, il ferme les yeux, et le chagrin sur son visage est comme un reflet de mon cœur.

Il hoche la tête, puis me regarde.

— Je vais te le dire, répond-il avec douceur. Mais je suis très sérieux, Jamie, personne ne doit le savoir. Tu ne peux rien faire. Tu ne peux rien dire. Pas à un employé de l'hôtel, pas à Nikki, pas même à ton putain de journal intime.

— Je ne tiens pas de journal intime, rétorqué-je sèchement.

C'est uniquement pour maintenir une bravade de façade. Au fond, j'ai bien compris le message.

— S'il te plaît, Hunter, dis-je plus doucement. Je ne dirai pas un mot. Explique-moi simplement ce qui se passe. Dis-moi qui c'est.

Ses épaules retombent et il soupire. On dirait Atlas qui se déleste enfin de tout le poids du monde. Il baisse les yeux, et quand il parle, c'est presque au sol qu'il s'adresse.

— Ma femme, dit-il. Je suis quasiment certain que c'est ma femme.

CHAPITRE HUIT

— Ta femme ?

Le mot prend une texture de gélatine dans ma tête. Il vacille, là-dedans, n'a aucun sens. Ou peut-être est-ce moi qui vacille. Je tremble, c'est certain. Et même pas de colère. Je suis trop engourdie pour la colère.

Sa femme ?

C'est comme si j'étais glacée de l'intérieur. Comme si je mourais.

C'est un choc. C'est la douleur, le chagrin et la trahison en même temps.

C'est ce sentiment que l'on éprouve quand quelqu'un cause un tel choc que l'on est terrassé, propulsé dans la stratosphère, quand tout l'air quitte ses poumons et que l'on devient froid, gris et gelé, avant de flotter, là, dans l'espace, le monde et tout ce que l'on aime arrachés à soi sans aucun avertissement.

C'est horrible et je ne sais pas comment atténuer cela. Je n'ai même pas l'énergie d'essayer de comprendre.

Devant moi, Ryan déglutit, puis ouvre la bouche comme pour dire quelque chose. Aucun mot ne sort. Au lieu de ça, il se lève, fait un pas vers moi, mais je recule, les paupières bien fermées. Je me recroqueville encore plus sur moi-même, le coussin serré devant mon cœur.

Je dois avoir l'air de me préparer à un coup physique, essayant de protéger tous mes points faibles.

En même temps, me dis-je, n'est-ce pas ce qui s'est passé ? Il s'est déchaîné. Il m'a frappée de façon inattendue. Hunter. L'homme que j'aime. L'homme qui, j'en étais persuadée, ne me blesserait jamais.

— Jamie.

Sa voix est douce. Si douce. Pourtant, je suis incapable de le regarder. Je ne supporte pas de savoir que lorsque j'ouvrirai les yeux, quand je les tournerai vers lui, ce sera toujours le même homme qu'il était il y a quelques heures. Le même homme que j'ai épousé. Cet homme à qui j'ai préparé des œufs, à l'époque, quand il a reçu la mission de me protéger.

Mais ce n'est pas le même. Plus maintenant.

— S'il te plaît. Jamie, je comprends que tu sois choquée. Mais s'il te plaît, regarde-moi.

Je ne veux pas. Sans même savoir où je puise ma force, je parviens à lever la tête.

Lentement, j'ouvre les yeux. Il est à genoux à quelques pas de moi, son magnifique visage tendu et ses yeux assombris par la douleur.

Je suis une personne tactile, sans aucun doute. Et en m'éloignant, je l'ai blessé. Mais c'est vraiment trop affreux. C'est moi qui suis lésée dans cette histoire. C'est Jamie, seule avec Jamie.

— Écoute, chaton...

Il s'interrompt sagement quand je me crispe, un juron à la bouche.

— Jamie, répète-t-il. Je suis désolé. Tu dois me croire. Je ne m'attendais pas à...

— *Quoi ?* Tu ne t'attendais pas à *quoi ?*

Mes émotions sont comme des montagnes russes, et après avoir grimpé lentement vers le haut, je sens que je franchis le sommet. Je connais mon tempérament. Ryan aussi. Le tour s'annonce dynamique.

Je me redresse bien droit, alimentée par un regain de colère.

— Tu ne t'attendais pas à ce que je le découvre ? Tu n'as jamais pensé que ton autre femme pourrait décider qu'elle ne veut plus rester au second plan ?

Je pousse un petit cri narquois.

— Ah, oui. Je parie que tu es désolé.

La douleur qui traverse son visage est comme un couteau pour mon âme.

— Plus que je ne pourrais jamais l'exprimer, répond-il.

Il s'approche, toujours à genoux comme un pénitent. Avec précaution, il pose une main sur ma cuisse, et même si je me raidis, je ne recule pas.

— Je te jure au nom de mon amour pour toi que je n'ai pas pu le voir venir.

Je ne l'ai jamais vu aussi malheureux, aussi incertain. J'ignore s'il n'est pas sûr de moi ou de sa garce de femme.

Mais peut-être que cela n'a pas d'importance, tout compte fait. Parce que quelque chose a changé. Mon cœur se serre et un barrage se brise en moi. Des larmes silencieuses ruissellent sur mes joues.

— Comment ? Comment ne pas penser que cette femme allait ressurgir ? Comment as-tu pu vivre toute notre relation sans même me dire que tu t'étais déjà marié avant moi ? Ça n'a aucun sens.

— Je sais. Oh, chaton, je sais.

Cette fois, je lui autorise ce petit mot affectueux. Bon sang, j'avoue même que ça me fait plaisir. C'est un détail intime de notre vie normale, et en ce moment, j'aspire tant à un retour à la normale. Enfin, après les explications, bien sûr.

Je redresse mes épaules.

— Dis-moi. Je t'écoute. C'est le moment de balancer ton histoire sordide. Je ne peux pas faire face à la situation si je ne la connais pas, et j'ose espérer que mon imagination est pire que la réalité.

Il n'est pas d'accord, ce qui m'inquiète. En fait, pendant un instant, je pense qu'il va garder le silence. Mais ensuite, il se lève lentement. Il passe les doigts dans son épaisse chevelure foncée. Ses yeux se concentrent sur un point, au-dessus de ma tête, et quand il parle enfin, je me rends compte qu'il ne voit même pas la pièce. Il est retourné dans le passé. Et il n'aime pas ce dont il se souvient.

— C'était une mission de sauvetage. Il y a plus de douze ans. Je travaillais déjà dans la sécurité, mais je manquais un peu d'expérience. J'étais indépendant et je proposais mes services à une organisation internationale qui entreprenait des opérations à haut risque dans des pays instables.

Il marque une pause et je hoche la tête pour lui faire savoir que je comprends. C'est vrai. Jusque-là, je le suis. Je ne vois pas encore en quoi une femme intervient dans son histoire, et j'espère qu'il va se dépêcher d'en venir à cette partie clé. Surtout maintenant que j'ai le sentiment délirant que Gabby a un rôle à jouer là-dedans.

— Bon. Donc mon patron, Gérard, a reçu un appel à l'aide d'un certain Randall Cartwright. Une grande fortune britannique. Sans doute un héritier, haut placé dans la société et l'industrie. Avec sa richesse, il a fondé sa propre entreprise, notamment dans le domaine des technologies, des communications et des armes. Conception et fabrication.

— Un peu comme Ironman.

— On peut dire ça, fait Ryan avec un sourire.

C'est un sourire authentique, du pur Ryan, et ça me fait du bien. Nous aimons tous les deux les Marvel, et nous sommes toujours au premier rang, au ciné.

— Qu'est-ce que ce super-héros a fait ?

— Il avait une fille. Felicia. Un peu plus jeune que moi.

— Le F du texto ?

— C'est ce que j'imagine.

— Tu imagines ? Ce n'est pas une certitude ?

Il passe de nouveau les doigts dans ses cheveux en secouant la tête.

— Chaton, en ce moment, je connais à peine mon propre nom.

Tout ce que je sais avec certitude, c'est que je t'aime. Peux-tu me faire confiance et me laisser te raconter toute l'histoire ? Je vais te parler du message, mais laisse-moi y arriver à ma façon.

— D'accord, dis-je, même si je ne veux pas attendre.

Enfin, si ça me permet de comprendre, alors c'est ce que je ferai. Je tiens à mettre cette histoire derrière nous. Je veux retrouver Ryan.

— Bref, poursuit-il. Randall travaillait avec des designers, des ingénieurs et des spécialistes en marketing du Moyen-Orient. Ils venaient au Royaume-Uni et y restaient quelques mois le temps de développer le produit.

Je passe tous ces éléments en revue, puis je hoche la tête. Si tout n'est pas encore clair, ça ne saurait tarder.

— Continue.

— Apparemment, Felicia est tombée amoureuse de l'un de ces hommes, un certain Mikal Safar. Elle l'a suivi dans son pays.

— Et papa était énervé.

— Exactement.

— Jusqu'à présent, c'est un petit feuilleton intéressant, mais je ne sais toujours pas comment on en arrive à ton premier mariage.

— Je te l'ai dit. Patience. D'accord ?

— Bon, continue. J'ai hâte d'en venir au moment où mon mari épouse une autre femme.

Il ignore mes paroles et mon ton sarcastique. Je ne peux pas lui en vouloir.

— Peu de temps après que Felicia a suivi Mikal, les rebelles ont renversé le gouvernement.

— Oh, mon Dieu.

Il hoche la tête, puis vient s'asseoir sur le canapé à côté de moi. Il est assez proche pour que je puisse le toucher, mais il ne tend pas la main. Quant à moi, je m'accroche fermement à mon oreiller.

— Son père a engagé Gérard...

— Ton patron, c'est ça ?

— Oui. Et Gérard m'a envoyé. C'était censé être une mission

simple. Y aller, trouver la fille, repartir. Et ça l'aurait été, sauf que nous ne savions rien.

Je secoue la tête, absorbée dans l'histoire malgré moi.

— Mikal était le fils d'un des dirigeants du pays.

— D'accord. Alors ?

— Le jour de mon arrivée, Mikal et son père ont été assassinés et Felicia s'est enfuie.

J'ouvre grand la bouche, mais rien ne sort.

— Elle était jeune. Une petite vingtaine, et assez naïve. Elle a réussi à appeler son père, et Gérard m'a contacté. Soudain, ma mission d'accompagnement toute simple s'est changée en sauvetage à part entière. Je devais faire passer en douce à la frontière la petite amie d'un homme que les rebelles venaient d'exécuter.

— Qu'est-ce que tu as fait ?

— Mon possible. Les premiers jours ont été chaotiques, mais j'ai réussi à nous faire monter dans un train en direction de la zone démilitarisée.

— Et tu es tombé amoureux d'elle ?

Ma gorge est sèche alors que je pose cette question. Je connaissais Ryan bien avant de sortir avec lui, et je sais qu'il a eu de nombreuses copines. Mais je n'ai jamais eu l'impression que c'était sérieux avec qui que ce soit. Je suppose que je projetais dans son passé ce que j'entrevoyais dans le présent.

Pourtant, si une autre femme avait compté dans sa vie, j'aurais aimé qu'il me le dise.

— Je ne l'aimais pas, répond-il, me faisant froncer les sourcils.

— Alors... Oh, merde. Ryan, est-elle tombée enceinte ? As-tu...

Je suis incapable de prononcer les mots. Il n'y a pas si longtemps, Nikki et Damien ont envisagé la possibilité qu'il ait pu avoir un fils avant elle. Nikki a assuré, mais elle était tourmentée à l'intérieur. J'ai cru comprendre, à l'époque. Maintenant, je comprends *vraiment*.

— Si j'ai un enfant ?

Il hausse les sourcils et il y a tant de surprise dans sa voix que je m'affaisse avec soulagement.

— Tu n'en as pas. Dieu merci.

— Je l'ai épousée parce que c'était la seule façon d'avoir une chance de rentrer à la maison. Nous n'avons pu monter dans ce train que parce que nous étions mariés et tous deux étrangers. Et le temps était compté, car nous savions que bientôt les rebelles commenceraient à prendre les Américains et les Britanniques en otage.

— Mais ils ne savaient pas qu'elle était avec Safar ?

— Le chaos de la rébellion nous a aidés. Et elle travaillait également pour son père. Nous avons prétendu que c'était un voyage d'affaires. Rien de personnel. Et nous avons menti en disant que j'étais resté au pays pendant tout ce temps, à faire mon propre travail.

— Alors, ce n'était qu'un mariage de raison ?

Il acquiesce.

— Rien de physique ?

Je me remémore le texto – *notre dernier baiser* – et j'espère qu'il n'y avait rien de plus.

— On a couché ensemble une fois, dit-il, brisant cet espoir. La nuit de notre mariage. On était tous les deux des épaves émotionnelles. Nous... Eh bien, on pourrait dire que nous avions besoin l'un de l'autre. Jamie, poursuit-il d'une voix basse et douce. Je ne le regrette pas. C'était longtemps avant toi, et nous étions tous les deux terrifiés. Cette nuit-là nous a redonné espoir. Et honnêtement, ça a donné un certain éclat à notre mensonge. Non seulement cela, mais...

Il s'interrompt en secouant la tête.

— Quoi ?

Pendant un instant, je crains qu'il ne réponde pas. Puis il inspire, me regarde droit dans les yeux et annonce :

— Elle était vierge. Même avec du recul, je n'ai pas du tout regretté cette nuit-là. Maintenant, par contre, je ne sais plus quoi penser.

— Oh.

Je frotte mes paumes sur le tissu de l'oreiller que je cramponne, sans vraiment comprendre ce qu'il entend par cette dernière partie.

D'ailleurs, je ne sais pas trop ce que je ressens à propos de tout cela.

— Quoi qu'il en soit, ce qui aurait dû être une simple mission d'accompagnement s'est avéré digne d'un film d'action.

— Mais vous étiez censés divorcer à votre retour, non ?

— Absolument.

— Pourtant, vous ne l'avez pas fait.

C'est une déclaration, pas une question.

— Non.

Je vois son visage devenir terne, comme si les souvenirs le vidaient de sa substance vitale.

— Je ne pensais pas que c'était nécessaire.

Avant que je puisse lui demander ce qu'il veut dire, il continue.

— Elle est morte. Ou du moins, je le pensais.

— Je ne comprends pas.

— Pour sortir, nous avons dû traverser une zone militarisée en train. Le train a été attaqué. J'ai essayé...

Sa voix se brise.

— J'ai essayé de la protéger. Mais j'ai échoué. J'étais contre plus d'une douzaine d'hommes. Je me suis retrouvé avec trois côtes cassées et une balle dans le flanc. Tu as vu la cicatrice.

J'acquiesce, sous le choc.

— Elle a été tuée. On lui a tiré dans la poitrine et on l'a poussée hors du wagon dans un fleuve déchaîné. Il n'y avait aucun moyen qu'elle survive.

— Ryan, je suis désolée.

Un vague sourire danse sur ses lèvres et il me serre la main. Je baisse les yeux pour me rendre compte que j'ai spontanément tendu le bras vers lui.

— J'avais échoué dans la seule mission que je devais accomplir : la protéger. Et une femme innocente était morte.

Je serre plus fort sa main.

— Mais elle ne l'est pas, en réalité ?

Il hésite, puis se rapproche et me prend l'autre main.

— Il y a trois jours, j'ai reçu un texto d'une femme qui a insisté pour que je la rencontre dans un pub, mais elle n'a pas voulu me laisser son nom.

— C'était elle ?

— Peut-être. Quand je suis arrivé, elle était partie. Elle m'avait laissé un mot. Dessus, elle me disait seulement qu'elle était désolée.

— De t'avoir fait faux bond ?

Il secoue la tête.

— Peut-être. C'est ce que je pensais, au début. Mais j'étais inquiet. Compte tenu de mon travail, cette femme pourrait avoir des ennuis. Ou m'en causer. J'ai demandé à Baxter les vidéos des caméras de surveillance à proximité.

— Et tu l'as reconnue ? C'était Felicia ?

— J'ai toujours su que j'avais épousé une femme intelligente.

Je lui donne une petite claque pour la forme, mais je ne suis pas fâchée. J'ai peur et, pour tout dire, je suis un peu paniquée, mais je ne suis pas contrariée. Pas comme avant. Maintenant, je veux juste des réponses. Les mêmes que Ryan, en fin de compte.

— C'était elle, non ?

— La vidéo n'était pas concluante, mais j'en ai vu suffisamment pour affirmer avec certitude qu'elle ressemble à la femme que je connaissais.

— La femme que tu as vue mourir.

— Ou pas.

Je frissonne et retire ma main pour saisir à nouveau l'oreiller.

— Elle est vivante. Mais comment ça se fait ?

— Bonne question. Le pont enjambait des rapides, loin de tout. Voilà pourquoi c'est une frontière si efficace. Personne ne pourrait survivre à une telle chute sans aide ni miracle, encore moins dans son état. Si c'était un miracle, tant mieux pour elle. Mais si c'était de l'aide, alors je ne pense pas que ça provenait d'un bon Samaritain. Une région peu peuplée et terriblement pauvre ? Qui aurait pu lui apporter les soins médicaux nécessaires ?

— Alors, qu'est-ce que ça signifie ? Non, attends. Une exfil-tration ?

Il sourit presque.

— Tu vois ? Tous ces scripts que tu lis et les films d'espionnage que tu regardes sont plutôt fidèles à la réalité.

— Évidemment !

Cette fois, je souris aussi.

— C'est ce que tu penses, honnêtement ?

— C'est cohérent, en tout cas.

Son intonation est aussi glaciale que ses yeux, et je sais que j'ai retrouvé mon Hunter.

— Ça expliquerait comment j'ai survécu.

— C'est-à-dire ?

— Ils ne m'ont pas jeté. Ils m'ont laissé me vider de mon sang et j'ai eu de la chance. Pourquoi ? Je me le suis toujours demandé. Maintenant, je pense qu'ils voulaient éviter de me rapprocher de l'équipe d'extraction. Je pouvais tout aussi bien mourir dans le wagon que dans le fleuve. Alors, ils m'ont laissé par prudence.

— Peut-être, dis-je d'un air dubitatif.

— Et puis, reste la question de savoir comment les rebelles sont entrés dans le complexe du père de Mikal. Il était sous haute surveillance. Ils devaient avoir une taupe à l'intérieur.

— Felicia ? Mais pourquoi ?

Immédiatement, je chasse cette question.

— En fait, je m'en fiche. Ce sont de vieilles histoires et ça ne me concerne pas.

Je prends une vive inspiration, réprimant un sanglot.

— Ce que j'aimerais savoir, c'est pourquoi elle est de retour. Parce que c'est bien le cas, n'est-ce pas ? Tu ne l'as pas revue face à face. Peut-être que quelqu'un se fait passer pour elle, laissant le mot au pub et envoyant les textos. Tu as dit que la vidéo n'était pas très nette.

Cette pensée m'enthousiasme, mais Ryan secoue la tête, son expression si triste que je ne peux m'empêcher d'avoir peur. Mon monde recommence à s'effriter.

— Quoi ? demandé-je. Que sais-tu d'autre ?

— J'aimerais que tu m'écoutes, Jamie. Non, en fait, je me fiche que tu écoutes. Ce que je te demande, c'est d'obéir. Tu peux faire ça, chaton ? Sans collier, dans la vraie vie, peux-tu faire ce que je dis sans poser de questions ?

— Je...

J'avale, puis m'humecte les lèvres.

— Ryan, tu me fais peur.

— Tant mieux. Si tu as peur, tu feras peut-être ce que je dis.

— Je ne...

— Rentre à la maison, Jamie. Rentre et reste chez Nikki et Damien. Ou à New York, chez Dallas et Jane. Leur maison est une vraie forteresse.

Je grimace. Notre ami Dallas était autrefois à la tête d'une milice privée qui portait secours aux victimes d'enlèvement et autres innocents dans des situations où les moyens officiels étaient inefficaces. Il a des ennemis. Beaucoup. Et la maison est vraiment sécurisée. Mais c'est loin de chez nous, à Los Angeles, et loin d'ici aussi. Je ne comprends pas pourquoi il veut que je m'en aille.

Lentement, je secoue la tête.

— Que se passe-t-il ? Allez, Hunter, dis-moi tout. Pourquoi veux-tu me renvoyer ?

— Pour l'amour du ciel, Jamie, je veux juste te protéger.

Il a parlé avec conviction. Joignant le geste à la parole, il se lève d'un bond. Il fait les cent pas devant le canapé, et je le regarde, hébétée, sans comprendre la raison d'une telle inquiétude.

— Tu crois que, parce que nous sommes mariés, elle va essayer de me supprimer ou quelque chose comme ça ?

— Si elle est vivante, je pense qu'il y a de fortes chances qu'elle soit dans les services secrets, ou du moins, à l'époque. Elle travaillait avec les dissidents, sans doute. Si elle ressurgit maintenant, il doit y avoir une bonne raison. Elle attend quelque chose de moi, apparemment. Et elle fera tout pour l'obtenir. Y compris se débarrasser de ma femme s'il le faut.

Je déglutis.

— Que peut-elle vouloir ?

— Chaton, je n'en sais rien. Mais si elle a besoin de moi, ce n'est pas pour que je l'aide à réserver une suite dans l'un des hôtels de Damien.

— Non. Évidemment. Waouh.

J'ai grandi à Dallas avec le rêve de devenir une star de cinéma. Et même si j'ai regardé beaucoup de films d'espionnage, je n'ai jamais connu le monde des agents secrets, des renseignements et de la sécurité intérieure jusqu'à ce que je rencontre Ryan. D'ailleurs, je n'ai pas connu grand-chose avant de m'installer à Los Angeles, quand ma meilleure amie a commencé à sortir avec le patron de Ryan, Damien Stark. On voit beaucoup de choses intéressantes quand sa meilleure amie fréquente un milliardaire. Mais pas une seule fois dans toutes ces années, depuis que je gravite autour de Stark, je n'ai pensé vivre un jour une sorte de complot d'espionnage bizarre.

Je fronce les sourcils.

— Se débarrasser de moi, répété-je, sous le choc. Mais... mais elle ne sait même pas que j'existe.

— Si. Et elle m'a déjà prouvé qu'elle pouvait t'atteindre en un clin d'œil.

Je reste bouche bée. Je ne sais pas de quoi il parle.

Il s'assied à côté de moi, puis me prend les deux mains.

— Chaton, j'ai besoin que tu répondes à ma question.

Je cligne des yeux, abasourdie.

— Quoi donc ?

— Le café, chaton. Avec qui étais-tu au café ?

— Gabby ? C'est une amie de la fac. Que...

Je m'assieds bien droit, puis je secoue la tête.

— Oh, non. Non, ce serait dingue.

— Peut-être, dit-il. Mais il n'y a que deux choses dans ce monde auxquelles je fais confiance avec une certitude absolue. Toi. Et mes deux yeux. C'est elle, bébé. La femme du café est Felicia.

CHAPITRE NEUF

— Gabby ?

Jamie secoua la tête.

— Non. Ryan, c'est impossible.

— Tu crois ?

Assis à côté d'elle, il lui serrait la main.

— Honnêtement, je serais ravi de savoir qu'elle n'est pas vraiment Felicia.

Jamie aussi, pensa-t-il. Si c'était impossible, Jamie serait soulagée de savoir que Gabby n'était pas une menteuse, au mieux, et une espionne, au pire. Et puis, pour tout le reste aussi.

Le plus grave.

Mais Jamie n'en était pas encore là et il n'avait pas l'intention de la bousculer. Elle était encore engourdie, mais elle comprendrait l'horrible vérité bien assez tôt. Pour le moment, ils avaient juste besoin de s'en tenir aux faits.

Et peut-être, seulement peut-être, il s'avérerait que Jamie avait raison. Que Gabby n'était pas Felicia. Ces textos seraient un canular et il n'y aurait absolument rien à craindre.

Il espérait que c'était le cas. Mais il savait, dans son for, intérieur qu'il se berçait d'illusions. Malgré cela, il hocha la tête.

— D'accord. Raconte-moi tout. Pourquoi est-ce impossible qu'il s'agisse de Felicia ?

— Parce que je la connais depuis des années. Et elle n'est pas britannique. Tu as dit que Felicia était britannique, non ?

Il acquiesça.

— Tu vois ?

— Chaton, ce n'est pas difficile de cacher un accent. Tu me le dis toi-même, chaque fois qu'on regarde un film avec un acteur anglais qui joue un Américain.

Elle fit la grimace.

— Bon, très bien. Et les études ? Elle allait à l'Université du Texas avec Nikki et moi.

— Elle a ton âge ?

Un infime espoir s'épanouit en lui. Felicia devrait être plus âgée que Jamie. Bien sûr, si elle avait changé d'identité, elle pouvait très bien mentir sur ce point.

Jamie secoua la tête.

— Quelques années de plus. Elle terminait sa maîtrise quand Nikki et moi étions en première année. Elle habitait l'appartement au-dessus du nôtre. On traînait à la piscine, on buvait, ce genre de choses.

— Quand exactement ? Quelle année ?

Elle lui répondit et il acquiesça. Cette fois, cette petite fleur d'espoir commençait à déployer sa corolle.

— C'était après la mission, reprit-il, mais tu as dit qu'elle était en master. Donc elle était là depuis au moins un an, et quatre ans de premier cycle avant ça, n'est-ce pas ? Avant d'obtenir son diplôme ?

Si elle était à la fac au Texas au même moment que sa mission, elle pouvait difficilement se dédoubler pour être aussi au Moyen-Orient avec lui.

— Je...

Ses épaules s'affaissèrent et il comprit la réponse.

— Eh bien, non, en fait. Elle n'était à la fac que pour un

semestre, pour la collection de textes médiévaux que possédait la fac. Son domaine, c'était l'histoire. Le Moyen-Âge, plus précisément. Elle n'a pas fait son premier cycle au Texas.

— Où ça, alors ?

Jamie fronça les sourcils.

— Je ne m'en souviens pas. À New York, j'imagine.

L'espoir se flétrit aussi sec.

— Je suis navré, chaton, mais tu ne vois pas ? Après son exfiltration, elle s'est rangée. Elle a changé de vie. Le diplôme d'histoire. L'université. Tout cela consistait à fonder une nouvelle vie. Une nouvelle identité.

— Non, protesta mollement Jamie. Non, ça n'a pas de sens. C'est mon amie. Et maintenant, il s'avère que c'est ton ex-femme ? C'est trop fou pour le croire.

— Le monde est plein de coïncidences folles, chaton.

— Mais pourquoi reprendre contact avec moi ? Elle m'a expliqué comment elle m'avait retrouvée. Nikki a épousé Damien, alors bien sûr, elle a vu des photos en ligne. Et elle m'a vue, aussi. Avec Hollywood, tout ça. Elle a creusé un peu et elle a appris avec qui j'étais mariée, et... Oh !

Ses yeux s'emplirent de peur.

— Ryan, elle a vu que j'étais mariée avec toi. Et elle savait que si quelqu'un pouvait l'aider, c'était bien toi.

— L'aider ?

— Il y a quelque chose qui ne tourne pas rond. Sérieusement. Elle a peur, mais elle ne m'a pas dit pourquoi. Elle fuit quelqu'un, peut-être. Et elle te tend la main depuis le début. Hunter, tu dois l'aider.

Il se rassit, essayant de réfléchir.

— Ça n'a aucun sens. Je me suis présenté deux fois et elle n'était pas là. Et quand je l'ai vue avec toi au café, elle est partie. Ça ne ressemble pas à quelqu'un qui veut mon aide. Au contraire, en fait.

Son front se plissa.

— Peut-être. Ou peut-être qu'elle t'a mis dans la panade, et maintenant, elle a peur que tu le saches.

Elle pencha la tête.

— Hunter, tu crois qu'elle cherche à fuir quelque chose ?

— Je ne sais pas. Si elle était vraiment dans les renseignements, je ne serais pas surpris.

— Elle pense peut-être que tu en as après elle.

— Oui, c'est possible.

Si elle croyait qu'il avait compris sa ruse et risquait de la dénoncer, alors c'était cohérent. Sauf que Felicia était hors de son radar depuis des années. Pourquoi maintenant ?

— Je ne sais pas, déclara Jamie. Ce n'est peut-être pas la fille que j'ai connue à l'université. D'accord. Et si tout ce que tu as dit est vrai, si elle a contribué à tuer cet homme et à réussir ce coup d'État, alors elle n'a rien à voir avec celle que je pensais. Mais je n'arrive pas à y croire. Honnêtement, je ne peux pas me concentrer là-dessus. Imagine vivre un mensonge tout ce temps. Être vivante alors que le monde entier te croit morte. Ce serait...

Elle laissa sa pensée en suspens, écarquillant les yeux avant de relever la tête pour le regarder.

Il s'y attendait, à ce regard de compréhension. Ce coup de poing final dans le ventre. Mais il avait beau l'avoir anticipée, l'expression sur son visage déchira encore plus son âme déjà en lambeaux.

— Tu n'as pas divorcé, murmura-t-elle. Tu n'as pas divorcé parce que ce n'était pas nécessaire. On ne divorce pas d'une femme décédée.

— Non, dit-il simplement. En effet.

— Mais elle n'est pas morte. Si Gabby est Felicia, ça veut dire qu'elle n'est pas morte.

— Non. Non, elle n'est pas morte.

Sa gorge tressauta lorsqu'elle déglutit.

— Alors, tu es toujours marié avec elle.

Elle afficha un masque de douleur et de trahison.

— Oh mon Dieu, Ryan. Ça signifie que je ne suis pas ta femme.

— Si, lâcha-t-il aussitôt. Bien sûr que si !

Une fureur à l'état brut vibrait dans sa voix.

— Tu es mon tout, Jamie. Il n'y a jamais eu que toi. Quoi qu'il arrive, nous allons le découvrir. Nous allons le résoudre et nous arrangerons tout. Tu es ma femme. Maintenant et pour toujours.

— Je te crois.

Il voyait bien qu'elle luttait contre les larmes, s'efforçant de rester calme, posée.

— Mais Hunter, tu ne peux avoir qu'une seule femme. Et la première l'emporte.

Elle se mordit la lèvre en réfléchissant.

— Cela dit, tout le monde la croyait morte, non ? Il y a certaine-ment un certificat de décès.

— Sans doute.

Il avait personnellement annoncé la nouvelle à Randall. Bon sang, il lui avait dit tout ce qui s'était passé pendant la mission, alors le père avait forcément pris en charge tous les détails juri-diques entourant son décès.

— Mais elle n'est pas morte, en fin de compte, Hunter. Qu'est-ce que ça signifie ? Légalement, à propos de nous deux ?

— Je ne sais pas, chaton. J'aimerais le savoir.

Elle leva vers lui un regard tourmenté et il se sentit mourir un peu. C'était lui qui lui avait infligé ça. Il l'avait blessée en profon-deur. Et même s'il savait que ce n'était pas sa faute, qu'il ne pouvait pas s'attendre au retour de Felicia d'entre les morts, il voulait coller son poing à travers un putain de mur.

— Jamie. Chaton. Parle-moi. Tu veux une couverture ? Un peu de vin ?

Elle secoua la tête, puis acquiesça finalement.

— Oui. Enfin, non. Laisse tomber le vin. Je veux du whisky. Un double whisky. Et après ça, j'en prendrai un autre.

Il avait envie de sourire, cette fois. Au moins, ça ressemblait à la femme qu'il connaissait.

— Je reviens tout de suite.

Le mini-bar n'était pas loin. Il leur versa un double à tous les deux, sans la quitter des yeux un seul instant.

— Il faut découvrir la vérité, dit Jamie lorsqu'il revint avec les verres. Si elle est en danger, je veux l'aider. Et si c'est le contraire… eh bien, même si l'idée que Gabby puisse jouer avec moi me fait de la peine, ce serait encore pire si elle te mettait en danger.

Il acquiesça. Si elle refaisait surface maintenant, ce n'était certainement pas sans raison. Et comme il était l'une des rares personnes à l'avoir connue autrefois, il représentait un handicap.

Mais si elle avait l'intention de le tuer, pourquoi ne pas avoir profité des opportunités précédentes ? Trop public ? Manque de courage ? Excès de sentimentalisme ?

Tout manquait de fondement. Tant qu'ils ne connaîtraient pas la vérité, ils ne trouveraient jamais de réponses. Et ils avaient besoin de réponses pour découvrir la vérité.

— Envoie-lui un texto, demanda-t-il à Jamie. Dis-lui que nous sommes tous les deux inquiets. Dis-lui que nous voulons l'aider.

— D'accord. Mais pour info, je ne repartirai pas. Je reste ici avec toi.

Il fut incapable de réprimer un sourire.

— Chaton, je sais.

— Qu'est-ce que tu vas faire ?

— Je vais mettre Baxter sur ses traces, puis je lui enverrai la même chose que toi par texto. Et j'espère qu'elle me croira.

Elle termina d'écrire son message et posa le téléphone sur la table avant de prendre une longue gorgée de whisky.

— Toujours pas de réponse.

— Je ne suis pas étonné. Soit c'est Felicia et elle est déterminée à nous éviter tous les deux maintenant que tu es au courant, soit c'est Gabby, elle est en danger, et dans ce cas, elle prend le temps de réfléchir.

— Tu crois que c'est possible ?

— Bon sang, je n'en sais rien. Elle lui ressemble beaucoup. Mais ça remonte à loin.

Malgré tout, il faisait confiance à son instinct. Jamie serait dévastée s'il s'avérait que son amie lui avait menti depuis le début. Et si l'amie en question voulait descendre Ryan ? Quoi qu'il en soit, il ne voulait pas que Jamie souffre avant d'être sûre et certaine de la vérité.

— Je suis désolée, murmura-t-elle soudain en s'approchant, entremêlant ses doigts aux siens.

Il fronça les sourcils.

— Désolée ? Désolée de quoi ?

Elle haussa les épaules.

— Je ne sais même pas.

Un petit sanglot étouffé lui échappa, mêlé à un éclat de rire.

— D'avoir craqué, j'imagine. Et, ajouta-t-elle en lui serrant la main, de ne pas t'avoir fait confiance.

Elle le regarda droit dans les yeux pendant qu'elle parlait, et le regret sincère qu'il vit sur son visage le fit fondre.

— Tu m'as fait confiance, chaton. Tu l'as toujours fait et tu le feras toujours. Tu crois que je ne le sais pas ?

Elle haussa lentement une épaule.

— J'ai douté de toi, Hunter. C'est la vérité. Et je m'en veux beaucoup.

— Non, répondit-il avec détermination. Tu n'as pas à t'excuser. Tu étais jalouse et déboussolée, c'est entièrement ma faute. J'aurais dû t'appeler et t'en parler dès que je l'ai reconnue sur la vidéo. Je ne l'ai pas fait, ajouta-t-il avant de sourire tristement, et j'ai mérité chaque coup de fouet que ton tempérament bien affûté a distribué. Tu es d'accord ?

— Je te remercie, en tout cas.

— Pour quoi ?

Une larme coula sur sa joue.

— Pour m'avoir toujours comprise.

— Eh bien, chaton, ça m'a demandé un long travail d'analyse. Mais j'aime bien m'instruire.

Elle éclata de rire, puis il la fit taire par un baiser, savourant son goût caractéristique mêlé à un soupçon de whisky. Un goût familier dont il ne s'était jamais lassé.

Il commença le baiser tendrement, mais il n'en resta pas là. Sa femme était particulièrement sensible et elle l'avait toujours été. Ses lèvres s'entrouvrirent pour lui demander de l'embrasser plus fort. En même temps, ses doigts s'enroulèrent autour de son cou, le rapprochant pour lui faire comprendre qu'elle souhaitait approfondir le baiser. Leur connexion.

Elle se trémoussa sur le canapé, ses petits gémissements influant directement sur sa queue. Tout ce qu'il voulait à ce moment précis, c'était prendre possession de sa femme, l'emmener vers les sommets, lui tenir les cheveux pendant qu'elle le sucerait, puis la prendre avec fougue jusqu'à ce qu'elle crie son nom.

Il voulait la posséder, accomplir toutes les prouesses sexuelles qui lui venaient à l'esprit, rien que pour prouver qu'elle était à lui. Juste pour la joie de savoir qu'elle obéirait. Plus que cela, la joie de savoir qu'elle en avait envie, elle aussi.

Mais il ne pouvait pas. Pas maintenant. Pas ce soir.

Elle méritait de doux baisers et de tendres caresses. Et il voulait lui montrer combien il l'aimait. Combien il la chérissait.

Elle était sa vie, son amour. Il l'avait fait souffrir aujourd'hui. Pas intentionnellement, mais tout de même. Alors, ce soir, il allait modérer ses ardeurs, ses envies de possession.

Ce soir, il allait simplement faire l'amour à sa femme.

CHAPITRE DIX

— Viens avec moi, dit Ryan en se levant et en me tendant la main.

Je la prends et le suis, impatiente de savoir ce qu'il a en tête. Il s'arrête au pied du lit, puis laisse son regard vagabonder sur mon corps. Enfin, il se rapproche, prend l'ourlet de mon T-shirt et le remonte tout doucement.

— Mon chaton, tu portes beaucoup trop de vêtements.

— Je suis bien d'accord, dis-je en travaillant déjà aux boutons de mon jean.

Je quitte mon pantalon, me déleste de ma culotte. Puis je les jette du bout du pied et je reste là, consciente de ma nudité, en attendant que Ryan me dise quoi faire.

— Tu es tellement belle, putain.

Il me pousse sur le lit avec lui. Je me laisse aller avant de prendre une vive inspiration quand sa langue vient taquiner mon mamelon. L'instant d'après, il referme la bouche sur mon sein et me suce tout doucement tandis que ses doigts caressent la courbe de ma taille.

C'est doux, affectueux et tendre... et ce n'est pas du tout ce que je veux.

Je me tortille un peu en espérant qu'il glissera la main vers mon entrejambe et y enfoncera le doigt avec force, qu'il jouera avec mes fesses ou même qu'il me mordra le téton. J'ai envie de sentir l'électricité déferler en moi. Je veux m'enflammer.

Je veux qu'il me fasse toutes les folies érotiques que nous avons déjà faites, et d'autres encore. Parce que la perspective de faire l'amour avec mon mari a beau me séduire, en ce moment précis, j'ai besoin de poigne, de baise.

Je veux qu'il me prenne, et même si je sais que je devrais simplement le demander à Ryan, ce que je veux, c'est qu'il le devine. Qu'il me comprenne comme toujours.

Je sais pourquoi j'en ai tant envie, au-delà du fait que je me soumettrai toujours avec impatience à Ryan. C'est plus que ça. Je comprends que c'est à cause de Felicia. Je sais qu'une partie de moi proteste toujours contre l'idée qu'il y ait eu une autre femme dans sa vie, et pire encore, qu'ils aient été mariés.

Ses mains parcourent toujours mon corps et il réclame ma bouche dans un doux baiser. C'est sensuel, attentionné, et je gémis d'un plaisir authentique lorsque ses lèvres s'aventurent dans mon cou. Je suis excitée – tellement excitée ! – mais j'en veux plus. J'ai besoin de plus. Alors, je m'écarte légèrement et je croise son regard.

Pendant un moment, nous nous fixons en silence. Puis je sens quelque chose bouger. Un changement dans l'air. Dans la température de la pièce. À présent, il règne une intense chaleur. De l'électricité.

— Hunter, dis-je, mais il m'interrompt.

— Non. C'est moi qui parle. Toi, tu fais ce que je dis. Compris ?

Mon Dieu, oui ! Je jouis presque à ces mots. Je lui réponds très clairement :

— Oui, monsieur.

Le soulagement est si intense que j'en ai le tournis. *Il sait.* Comme toujours, il sait exactement ce dont j'ai besoin.

Il descend du lit, me laissant sur le matelas. Il est toujours en costume, et à présent, il enlève sa veste et sa cravate. Il abandonne la veste sur une chaise, mais il garde la cravate dans ses mains.

— Penche-toi en arrière, chaton. Les mains sur le matelas. C'est bien, dit-il lorsque j'obtempère. Maintenant, écarte les genoux, tes plantes de pieds l'une contre l'autre.

Je m'exécute. La sensation d'étirement à l'intérieur de mes cuisses est fabuleuse. Tout comme la chaleur de mon sexe, entièrement exposé à lui.

— Magnifique, murmure-t-il. Et mouillée.

Comme pour prouver ce qu'il avance, il enfonce deux doigts en moi dans un geste fluide.

— Quels jouets as-tu apportés ? demande-t-il.

Rien qu'au son de sa voix, tout mon corps réagit.

— Je... des jouets ?

Il ricane, puis m'attire au bord du matelas, de sorte que mes orteils dépassent.

— Des jouets, répète-t-il en se mettant à genoux avant de me tirer vers lui.

Bientôt, sa bouche est sur moi. Sa langue me dévore tandis que ses mains maintiennent mes cuisses ouvertes, m'ancrant sur le matelas.

— Je te connais, chaton, murmure-t-il entre deux coups de langue. Dis-moi où ils sont et j'irai les chercher moi-même.

— Tu n'en as pas ici ?

— Pour les autres femmes que je me tape ?

Il embrasse l'intérieur de mes cuisses. Le frottement de sa barbe sur ma peau sensible est incroyable.

— C'est ce que tu me dis ? Que tu voudrais me voir toucher une autre femme ?

Je secoue la tête.

— Non.

Il fut un temps où regarder un homme avec une autre femme m'excitait. Mais plus maintenant. Pas avec Ryan. Avec lui, je ne partage pas.

— Jamais, dis-je.

Il me vient à l'esprit que s'il veut vraiment enfoncer le clou, me prouver à quel point il me possède, il pourrait faire venir un autre homme pour me baiser pendant qu'il regarde.

— Tu ne...

— Non, dit Ryan, lisant visiblement mes pensées. Mais ce qui me touche, c'est de savoir que tu le ferais si je le voulais. N'est-ce pas ?

J'acquiesce. Parce que, oui, si c'était ce qu'il voulait, je le ferais. Mais je n'en ai pas envie. Je ne veux toucher personne d'autre que lui.

— C'est très bien.

Il me récompense par un baiser et ses doigts glissent en moi. Avec avidité, je commence à remuer sur sa main, d'humeur particulièrement docile, mais il libère ses doigts trop tôt, me laissant pantelante, en manque et impatiente d'être prise, attisée, fessée. La totale. En ce moment, j'incarne l'envie à l'état pur et je voudrais me fondre dans les bras de Ryan, le laisser m'utiliser pour satisfaire chacune de ses envies les plus inavouables.

— Allez, chaton. Dis-moi. Où sont-ils ?

— La valise rose à roulettes, concédé-je, esquissant une grimace quand il rit aux éclats.

Il prend la cravate et la noue devant mes yeux. J'envisage de lui dire que j'ai un bandeau dans la valise, mais je décide de garder la bouche fermée. Il me demande de me lever.

Je m'exécute, bien sûr, mes jambes légèrement écartées, comme il l'a ordonné, les bras le long du corps.

— Maintenant, attends.

Bientôt, j'entends le bruit familier de la fermeture éclair de la valise et il farfouille entre mes boîtes avant de revenir.

— Les yeux toujours fermés, ordonne-t-il.

Ses doigts caressent négligemment mon mamelon gauche, avant de le pincer si fort que je halète. Puis j'étouffe à nouveau un cri lorsque ses doigts sont remplacés par des pinces à tétons en métal.

— Bonne idée, dit-il après m'avoir emprisonné les deux mamelons. Tu la sens, chaton ? La sensation qui part de tes seins jusqu'à ta magnifique chatte ?

Je hoche la tête.

— Dis-moi ce que ça te fait.

— De l'électricité. De la chaleur. Comme un fil sous tension qui brûle en moi. Ça me donne envie de plus. De tout.

— De tout ?

— J'ai envie d'être touchée, d'être baisée. Hunter, s'il te plaît.

— Bientôt. Retourne-toi et fais deux pas. Tu vas toucher le lit.

En effet.

— Maintenant, penche-toi contre le matelas. Je veux que ton joli sexe frotte le tissu chaque fois que je te fesserai.

Je fais ce qu'il me demande, et comme le lit est grand, je me retrouve pliée à la taille dans un angle droit parfait.

Mon cœur se serre, mon corps si près d'exploser que je pourrais jouir rien qu'en l'entendant parler. Il va me donner une fessée, bien sûr, et mes sens sont déjà surexcités en prévision de sa main.

— Waouh, c'est adorable. Tu n'as pas idée comme ça me fait bander de te voir penchée comme ça. À attendre que je te prenne, que je te baise. Tu me donnes une belle leçon, chaton, tu sais ? C'est si important pour moi de savoir que tu te donnes à moi de cette façon, que tu m'appartiens.

— Toujours, lui dis-je. Je suis à toi, Hunter. Tu le sais.

— Oui, dit-il en massant doucement mes fesses galbées. C'est le plus grand miracle de ma vie, t'avoir rencontrée. Je t'aime. Je veux te posséder.

— Alors, fais-le maintenant, murmuré-je. Je t'aime aussi, mais là, s'il te plaît, baise-moi fort.

Il part d'un petit rire.

— C'est bien mon chaton, ça.

Ses mots sont suivis presque immédiatement par une claque forte et inattendue sur mes fesses.

Je halète en sentant la brûlure, puis soupire de plaisir lorsqu'elle se propage dans un picotement qui m'excite les sens. Il marque sa possession sur moi, me dis-je. Il me donne la fessée, et moi, je me donne à lui.

Avec douceur, il passe sa paume sur la zone endolorie jusqu'à ce que la sensation s'estompe. Puis il me donne un autre ordre.

— Écarte les jambes.

J'ai beau mourir d'envie qu'il glisse ses doigts entre mes cuisses et me caresse, il ne le fait pas. Au lieu de quoi, il me dit :

— Il n'y a que toi, chaton. Il n'y a jamais eu que toi. Et pour info, sache que je tuerai tout homme qui osera te toucher. Alors, non. Hors de question que je partage ma femme.

— Dieu merci, dis-je avant d'étouffer un petit cri quand une autre claque atterrit sur mes fesses.

En réaction, mon sexe se contracte de plaisir. Je désespère de le sentir en moi, mais je suis aux anges qu'il me marque de son empreinte.

Une claque de plus, et mon corps sursaute sur le lit. La combinaison de la piqûre et du tiraillement des pinces à tétons chaque fois que mon corps bouge m'emplit d'un désir farouche. Je commence à fondre lorsque sa main apaise la sensation avant de glisser à nouveau entre mes jambes. Je suis incroyablement mouillée, et cette fois, il en profite pleinement, enfonçant ses doigts au plus profond de mon sexe. Il se penche en avant, son pantalon contre mes fesses tandis que sa langue taquine mon oreille.

— Tu veux que je te baise ?

— Oui. Mon Dieu, oui !

— Pas encore.

Au lieu de ça, je l'entends aller chercher autre chose. Un instant plus tard, il est de retour et me caresse les fesses, puis je sens le lubrifiant frais et visqueux suivi de la pression de l'embout arrondi d'un plug anal. Je me détends, cédant à la sensation délicieuse du bulbe froid en moi.

Il respire profondément.

— J'adore ce cul. Je pense que c'est l'un des rares culs parfaits au monde. Et tellement joli avec cette petite fleur rose.

Il appuie un peu plus sur le plug et je gémis de plaisir. Puis, sans avertissement, il me donne une nouvelle fessée, et l'impact sur ma peau, conjugué à la pression de l'objet en moi, est tellement extra-ordinaire que je crie, tout mon corps saisi de tremblements. Mes cuisses sont moites sous l'effet de l'excitation, et tout ce que je veux, la seule chose que je désire ardemment, c'est la queue de Ryan en moi.

— S'il te plaît, supplié-je, tout mon être perdu dans une brume sensuelle.

En silence, il apaise ma peau, puis son doigt revient à la charge, allant et venant avec une telle intensité que j'imagine son sexe à la place, qui me propulse vers l'extase. En proie au plaisir le plus intense, je m'entends hoqueter :

— Oui, oui.

Je suis sur le point de l'implorer à nouveau quand je le sens derrière moi. L'effleurement de son pantalon. Puis la chaleur de sa verge rigide. Je me mords la lèvre inférieure, savourant les sensa-tions, consciente qu'il est toujours habillé et que je suis non seule-ment nue, mais les yeux bandés, avec un plug anal.

Je suis à lui. Je lui appartiens. Son épouse. Son amante. Tout à la fois.

Quand il enfonce son sexe en moi, je crie son nom, éperdue dans les sensations, comblée, enfin prise comme je le désirais.

Mes seins et mon clitoris frottent le couvre-lit tandis que la queue de Ryan opère des miracles dans ces tréfonds si doux entre mes cuisses. J'adorerais rester comme ça pour toujours, mais je ne suis même plus maîtresse de mon propre plaisir. Je l'ai confié à Ryan, et il joue avec moi. Il me prend de plus en plus vigoureuse-ment, reculant pour mieux revenir à l'assaut jusqu'à ce que je ressente les spasmes de son corps aux prémices de l'orgasme. Alors qu'il commence à se laisser aller, il me murmure une dernière requête :

— Jouis.

C'est là que mon corps cède enfin, éclatant dans une explosion de plaisir et de sensations, de dépravation et d'amour, d'espoir et de bonheur.

Grâce à Ryan, me dis-je en redescendant sur terre, victime d'un sommeil écrasant.

Toujours Ryan.

CHAPITRE ONZE

Je me réveille comblée et heureuse, mon corps pressé contre celui de Ryan. Pendant un instant, je reste allongée là, à profiter du confort, bien au chaud, aimée et en sécurité.

En sécurité.

La réalité me percute et je traverse le lit immense jusqu'à ma table de chevet. À côté de moi, Ryan marmonne quelque chose d'inintelligible, puis se retourne, accaparant les couvertures comme d'habitude.

J'attrape mon téléphone, espérant qu'une réponse de Gabby à mon message de la veille m'attend, mais il n'y a rien à l'exception d'un texto de Nikki qui me demande de la rappeler et de lui dire comment s'est déroulé le plan. Dommage, j'ai promis à Ryan de ne rien lui dire.

— Elle a envoyé quelque chose ? demande-t-il au même moment.

Je me retourne pour le trouver en train de me regarder, avec son air tout ensommeillé si sexy. Je secoue la tête, puis tends la main pour effleurer son menton, encore plus rugueux que la nuit dernière, quand il m'attisait en frottant l'intérieur de ma cuisse.

— Hmm, dis-je, découvrant une envie identique dans ses yeux. On peut faire semblant qu'il fait encore nuit et rester au lit ?

— Chaton, je n'ai pas besoin de la nuit comme excuse. Mais… ajoute-t-il en écartant ma main de sa joue pour m'embrasser la paume, je devrais aussi vérifier mes téléphones. Voir s'il n'y a aucune urgence au travail. Ensuite, j'irai rendre une petite visite à sa famille.

— Son père ? C'est lui qui t'a engagé pour aller la chercher, non ?

— Il est décédé, me dit Ryan. Mais elle a un oncle. Je veux tâter le terrain, savoir si elle a été en contact avec lui.

— Si ce n'est pas le cas, tu comptes lui dire qu'elle pourrait être de retour ?

Il secoue la tête.

— Non. Pourquoi lui donner de faux espoirs ? Mais il a besoin de savoir que quelqu'un se fait passer pour elle. Si c'est vraiment Felicia, il le découvrira bien assez tôt.

— C'est logique, dis-je en glissant du lit pour aller dans la salle de bain.

Quand je reviens, il est déjà habillé et je fais la moue.

— Voilà pourquoi je n'aurais pas dû te laisser prendre une douche hier soir. Imagine la matinée qu'on aurait pu avoir.

— J'y pense déjà, dit-il avec cette voix rauque que je connais si bien, celle qui me fait un drôle d'effet entre les jambes.

Je me mords la lèvre et fais un pas vers lui, toujours entièrement nue.

— À quoi penses-tu ?

Il avance les mains, ses pouces et ses index se refermant sur mes deux mamelons encore tendres, suffisamment fort pour m'arracher une petite grimace de douleur.

— Ça te plaît, dit-il en m'attirant à lui, propageant des étincelles en moi.

— Oui.

Je ne suis plus qu'à quelques centimètres de lui, vibrante d'excitation.

— Moi aussi.

Il me libère, puis passe le doigt autour de mon téton avant de descendre plus bas. Il s'arrête à mon nombril, puis s'aventure vers mon bas-ventre jusqu'à trouver mon clitoris et s'enfoncer entre mes replis humides.

Je serre les dents, m'efforçant de ne pas réagir. Mais quand il porte ce même doigt à mes lèvres et me demande de le sucer, je perds toute maîtrise.

— Hunter, s'il te plaît.

C'est tout ce que je peux souffler. Je suis perdue dans des abysses d'envie, et c'est ma seule issue.

— C'est très bien, dit-il avant de désigner le lit d'un mouvement de tête.

— Allez. À plat ventre, les bras et les jambes écartés. Maintenant.

J'acquiesce et rejoins docilement le lit, me positionnant comme il le demande – le visage contre le matelas et légèrement ouverte. Un grondement sourd monte de ma gorge, puis je soupire avec délice quand je sens son poids à côté de moi, sa main sur mon dos.

— Je veux que tu sois comme ça à mon retour, dit-il.

Immédiatement, je me raidis.

— Comme ça. Et je te donnerai tout ce que tu veux. Tous les plaisirs que tu pourras imaginer, les fantasmes qui te plaisent. Je te ferai jouir, encore et encore, murmure-t-il en glissant sa main sur mes fesses. Mais ce sera une récompense parce que tu m'auras obéi. Parce que tu m'appartiens. Alors, dis-moi, chaton, poursuit-il. Tu vas m'attendre comme ça ? Tu feras ce que je te dis ?

— Oui.

Après tout, c'est Ryan et il me connaît bien. Il comprend que j'ai besoin de ce moment pour me calmer. Pour me replier en moi-même.

Plus que cela, je sais qu'il en a besoin, lui aussi. La certitude de mon obéissance. Savoir que je vais attendre, réfléchir, prendre le temps de tout analyser. Parce que je le ferai. Et à son retour, j'aurai mérité chacune de ses promesses décadentes.

————

J'ignore combien de temps je reste là, face contre le matelas, les jambes écartées et le corps ouvert, empli de désir. Tout ce que je sais, c'est que l'inquiétude et la peur qui m'avaient tourmentée commencent à s'éloigner. Je sais – j'ai toujours su – que Ryan m'aime. Qu'il me veut. Et qu'il n'y a pas d'autre femme dans son esprit.

Cette conviction me réchauffe, m'inonde d'une envie éperdue. Je veux sentir ses grandes mains sur moi. Son souffle sur ma nuque. La pression de son corps dans mon dos lorsqu'il me pénétrera par derrière ou s'enfoncera entre mes fesses.

Je frissonne, et je dois me donner un ordre mental sévère pour garder les mains bien à plat comme il me l'a ordonné. Au contraire, j'ai beaucoup de mal à résister à l'envie de laisser mes doigts s'aventurer le long de la couette jusqu'à la peau sensible de mon ventre. Je voudrais les glisser sous mon propre corps et caresser doucement mon clitoris, laissant la pression monter en puissance à l'image de mes fantasmes.

Mais c'est interdit. Ryan l'a dit. Même s'il n'est pas ici avec moi, je ne désobéirai pas. Du moins, pas en réalité. Dans mes pensées, tous les jeux sont permis, et je laisse mon esprit dériver, imaginant la sensation de mes propres doigts sur mon corps. Je me perds dans le plaisir érotique de mes prétendues caresses, en attendant la force bien réelle des mains de mon mari.

Je ne sais pas combien de temps je reste comme ça, mais je dois avoir sombré. Parce que je suis surprise de revenir à la réalité en entendant le déclic d'une serrure et des pas légers sur le tapis pelucheux. J'ai envie de me retourner et d'ouvrir les yeux. Je veux voir Ryan, grand et sec, son expression toujours aussi impassible, mais ses yeux bleus assombris par la passion. Bien sûr, ce serait contraire aux règles.

Alors, je reste comme je suis. Mes yeux se ferment, mais mon corps bourdonne d'envie, intensément conscient. Dans l'attente.

Je sens le mouvement du matelas, et bien que j'attende une douce caresse, je ne peux pas nier le flot de chaleur qui déferle sur mon clitoris lorsqu'un objet dur et plat me frappe les fesses, laissant une piqûre cuisante, puis un engourdissement agréable. Je ressens un pincement aigu, comme un muscle tiraillé dans mon fessier alors que j'écarte les jambes en grand, me rongeant la lèvre pour retenir un cri, un gémissement. C'est mon rôle dans ce jeu.

Bientôt, je sens le bout de ses doigts au bas de mon dos et le long de ma colonne vertébrale. Mes cheveux sont écartés sur mes omoplates et je perçois une légère pression alors que sa main se pose sur ma nuque.

Il y a quelque chose d'étrange dans ce contact, mais je ne sais pas quoi. Je n'arrive pas à mettre le doigt dessus, notamment parce que je ne peux penser à rien. Je flotte maintenant, mon esprit sans attaches. J'ai l'impression d'avoir bu toute une bouteille de vin après avoir couru un marathon. Je suis fatiguée. Tellement, tellement fatiguée...

Il ne me touche plus, mais je sais qu'il le fera bientôt, et je ne veux pas me dérober. Pourtant, je suis incapable de rester ancrée dans la réalité. Je ne peux même pas ouvrir les yeux. Je ne suis pas censée le faire, je le sais bien. Malgré ça, j'essaye. Il le faut. Mais ce n'est pas possible. Je suis trop fatiguée, épuisée, embourbée.

J'ai beau avoir une envie folle de savourer la sensation des mains de Ryan, je n'en ai pas la force. Au lieu de ça, je cède à la séduction du sommeil et me laisse emporter par la vague chaude des rêves les plus doux...

CHAPITRE DOUZE

— William Atkinson, déclara Ryan dans son oreillette en sortant de l'ascenseur. L'oncle de Felicia. J'ai besoin d'une adresse.

Il venait de laisser Jamie dans la suite. Le spectacle de son corps nu sur le lit, offert à lui, sa peau rouge de désir, lui avait affiché aux lèvres un sourire permanent, malgré les circonstances délicates. Maintenant, cependant, il avait basculé en mode professionnel. Et plus tôt il ferait le travail, plus tôt il pourrait retrouver sa femme.

— Ça marche, fit Baxter à l'autre bout de la ligne. Une seconde.

Il lui fallut à peine plus de quinze secondes.

— C'était la maison de Randall à Kensington. Je ne peux pas voir toutes les informations sans creuser un peu, et ça prendrait un certain temps, mais on dirait qu'il la loue. J'aurais cru qu'il en aurait hérité.

— Sans doute une question fiscale, répondit Ryan en pensant à toutes les sociétés que son ami Damien avait créées au fil des ans.

Il traversa le hall, puis sortit et fit signe au voiturier d'appeler un taxi pendant que Baxter continuait.

— Il semble que personne d'autre ne figure sur le titre de propriété.

Sa voix crépitait légèrement alors que Ryan rejoignait le taxi.

— Randall avait-il une autre famille ? demanda Baxter.

— Uniquement Felicia, dit Ryan en s'installant sur la banquette arrière. Et William est le demi-frère de son père, au fait. Une quinzaine d'années de plus, si je me souviens bien. Leur mère a eu William quand elle était adolescente. Au milieu de la vingtaine, elle a épousé le père de Randall, un certain Harold. William avait environ dix ans. Elle est décédée quand William était à la fac. Un accident d'équitation, je crois.

Felicia lui avait raconté l'histoire lors de leur évasion. À ce moment-là, il en avait déjà entendu une partie. Il s'était lancé dans la mission en sachant qu'il allait devoir se faire passer pour son mari ou son fiancé, et il avait tenu à en savoir autant que possible sur elle et sa famille.

— Je crois qu'Harold n'a jamais considéré William comme son fils. Je sais qu'il a laissé tout le domaine à Randall, une propriété immense.

— Aïe.

— C'est ce que je me suis dit. Mais d'après Felicia, ça ne dérangeait pas son oncle. Il n'aimait pas Harold et ne voulait rien avoir de sa part. Elle l'adorait. C'est pour ça que je tiens à lui faire savoir ce qui se passe.

— Et essayer de deviner s'il a des informations sur l'endroit où elle se trouve, sur ce qu'elle fait ou sur la réalité de sa mort.

— Perspicace, répondit Ryan. C'est pour ça que je t'ai engagé.

Baxter éclata de rire et ils mirent fin à l'appel au moment où le taxi s'éloignait dans la rue. Il donna l'adresse au chauffeur, puis revint sur son téléphone pour répondre au texto de Gabby – ou de la personne qui l'avait contacté, quelle qu'elle soit. Elle n'avait pas répondu hier soir, et il ne s'attendait pas à une réponse maintenant, mais il gardait espoir.

Je suis seul et disponible pour parler. Je me fais du souci pour toi. Pourquoi tu m'esquives ?

Puis il ferma l'application et entreprit de consulter ses e-mails, soulagé de constater qu'il n'y avait toujours pas d'urgence au travail et que son personnel gérait à merveille la mise à niveau du système.

Il répondait à une question sur la mise à jour du serveur lorsque le signal d'un texto apparut en haut de son écran : *Jamie est au courant ?*

Il fronça les sourcils. Voulait-elle savoir si Jamie était au courant qu'il était marié ? Ou si Jamie savait que Gabby était Felicia ? Dans le doute, il envoya une réponse vague.

Elle s'inquiète pour toi.

Il attendit, le téléphone bien serré dans sa main, mais aucune réponse ne lui parvint. Une autre rue, un autre virage. Toujours rien.

Felicia. Tu es là ?

Encore un moment. Puis...

Je suis là.

Ryan inspira et ouvrit les messages qu'il échangeait avec Baxter. Il lui exposa rapidement la situation, lui donnant le nouveau numéro avec lequel elle envoyait des textos. Puis il croisa mentalement les doigts.

Dis-moi ce que tu attends. Dis-moi pourquoi tu m'as contacté pour ensuite me fuir.

J'ai peur.

De moi ?

Je ne sais pas.

Ryan commença à saisir une réponse, mais avant qu'il ne termine, un autre message s'afficha.

J'aimerais te parler. En public. À ton hôtel. Je vais m'asseoir au bar. On pourra prendre une table, mais seulement s'il y a d'autres personnes près de nous.

D'accord.

Maintenant ?

Il hésita.

Je n'y suis pas en ce moment, mais je peux annuler mes projets et revenir.

Il attendit qu'elle réponde, espérant qu'elle n'avait pas changé d'avis.

Trente longues secondes s'écoulèrent. Il ne pouvait plus le supporter. *Felicia ?*

Une heure. J'y serai à une heure.

Il réfléchit. Il n'avait pas l'intention de s'absenter autant, mais ce ne serait pas la première fois que Jamie restait à l'attendre aussi longtemps. Au début, c'était presque un jeu. Il la laissait pour qu'elle puisse se calmer et se recentrer. Mais c'était devenu bien plus que cela.

D'accord. À tout de suite.

Je jette ce téléphone. J'en aurai un nouveau quand tu me verras.

Il n'en fut pas étonné.

D'accord. À plus tard.

Plus de réponse. Apparemment, elle s'était déjà débarrassée du téléphone.

Immédiatement, il appela Baxter.

— Tu as obtenu son emplacement ?

— Tu ne vas pas le croire.

— Si, j'ai ma petite idée. Elle est près de l'hôtel ?

— Exactement. Ou en tout cas, elle y était quand on a localisé l'appel.

À l'aide d'un texto de type O, ou « silencieux », Baxter avait localisé son téléphone pour obtenir sa position. Ensuite, il avait utilisé les différentes ressources de Stark Sécurité pour trianguler un emplacement. Malheureusement, ce n'était jamais très exact et il faudrait du temps pour trouver le téléphone qu'elle avait abandonné, mais Ryan était certain que Baxter et son équipe seraient à la hauteur.

— Elle ne sera plus là, répondit Ryan. Mais elle a jeté son téléphone. Demande à une équipe de le retrouver.

— Très bien. On va commencer par les poubelles publiques aux abords de l'hôtel, puis on continuera. Ça m'étonnerait qu'elle t'ait appelé depuis le hall. Ce serait un peu trop audacieux.

— Contacte-moi quand tu l'auras. On verra ce qu'on peut tirer de sa carte SIM. Et demande à l'équipe informatique de pirater son mot de passe.

— Ça marche. Au fait, j'ai fait une recherche rapide sur William. Sa première femme est décédée peu de temps après la disparition de Felicia. Il a sombré dans l'alcool, puis il s'est remarié avec une certaine Carolyn Gray. Issue d'une grande fortune qui vit à crédit depuis au moins une génération. C'est son deuxième mariage et elle a un fils, Patrick, un médecin qui habite en Belgique. Mais Carolyn et William n'ont pas d'enfants ensemble.

— Merci. Je viens juste d'arriver chez William. Je te rappellerai quand je serai dispo.

— OK, patron, répondit Baxter avant de raccrocher.

Ryan paya le chauffeur, puis il sortit de la voiture. Il s'attarda un moment sur le trottoir devant la majestueuse propriété. Cette demeure grandiose devait dater du milieu du XIXe siècle. Elle était toujours imposante et fière, quoiqu'un peu délabrée avec le temps. Les jardins n'étaient pas vraiment entretenus. La peinture n'était pas tout à fait fraîche. Quelques mauvaises herbes poussaient entre les dalles conduisant à l'entrée, et le vernis sur le bois de la porte était terne et écaillé.

Pourtant, le terrain était propre, et quand la gouvernante le fit entrer, il constata que l'intérieur était bien rangé. Malgré tout, il s'en dégageait une impression de négligence, comme si la grande bâtisse était trop écrasante pour ses occupants.

Randall n'avait pas légué la propriété à William. Peut-être l'avait-il laissée à quelqu'un d'autre, ou même à sa propre société, et dans ce cas, William n'était qu'un locataire. Quand bien même, il aurait pu faire un meilleur travail en entretenant cette résidence somptueuse.

Aussi intéressant que soit le sujet, il ne prit pas le temps de s'y appesantir. Le mode de vie des familles Cartwright et Atkinson ne le concernait pas. Il n'était là que pour informer William du mystère autour de sa nièce.

— Je suis désolée, monsieur, lui dit la gouvernante. Madame Atkinson est sortie.

— J'aurais besoin de parler à Monsieur Atkinson, s'il est disponible. Je suis un ami de sa défunte nièce.

— Oh. Je vois. Un moment.

Cette femme incarnait la politesse, pourtant Ryan trouvait quelque chose de maladroit dans ses manières. Comme si elle n'avait pas l'habitude de répondre à ce genre de demandes, si tant est que ce soit déjà arrivé une seule fois.

Elle s'éclipsa pour revenir peu de temps après, lui demandant de bien vouloir la suivre. Les autres pièces confirmèrent l'impression qu'il avait eue à l'extérieur. La maison était relativement peu entretenue. Le personnel faisait le ménage, mais il avait toujours le sentiment que le manoir attendait son heure. En un mot, cette maison avait grand besoin d'amour.

Ils pénétrèrent dans la bibliothèque, la seule pièce qui semblait régulièrement nettoyée et remise à neuf. Malgré le parquet ciré et l'absence de poussière sur les étagères et les accessoires, une odeur de moisi flottait dans l'atmosphère. *Les vieux livres*, pensa Ryan. Et autre chose, aussi. Quelque chose de moins agréable que l'odeur réconfortante du papier, de la colle et de l'encre. *L'hôpital.* C'était ça, songea-t-il. Il régnait dans la pièce des relents de mort.

En regardant vers le coin le plus éloigné, il comprit pourquoi. Un vieil homme était assis dans la pénombre, dans un immense fauteuil inclinable en cuir, une lourde canne à portée de main. Une couverture sombre couvrait la majeure partie de son corps, mais les yeux derrière ses lunettes étaient alertes. Il leva son stylo et fit signe à Ryan.

— Mais qui êtes-vous donc ?

La voix témoignait d'une force et d'un humour inattendus.

— Ryan Hunter. Je connaissais votre nièce, Felicia.

Il agita la main.

— Approchez que je vous voie. Et *toi*, reste là-bas.

Ryan se retourna pour voir que la gouvernante était toujours dans la bibliothèque. Elle prit place sur une chaise dans le coin. Fouillant dans un panier à ses pieds, elle en sortit une pelote et commença à tricoter. Apparemment, elle passait beaucoup de temps dans ce coin et Ryan se dit qu'elle était plus infirmière que femme de ménage, ces temps-ci.

Comme on le lui ordonnait, il se rapprocha. Alors que ses yeux s'accoutumaient, il constata que William paraissait plus âgé que ses soixante-seize ans. C'était un homme épuisé par le temps, et bien plus encore.

— Non seulement vous l'avez connue, déclara William avec un petit sourire qui sembla le ragaillardir, mais d'après Randall, vous l'avez épousée. Pour essayer de la sauver.

— C'est exact. Je ne savais pas que Monsieur Cartwright vous l'avait dit. Les circonstances étaient... particulières.

William ricana.

— En effet. Cette fille se mettait toujours dans des situations farfelues. J'adorais cette petite. Spéciale. Voilà ce qu'elle était. Je l'aimais comme ma propre fille. Bon sang, je n'aurais pas pu l'aimer davantage.

— Elle était spéciale, oui. Mais monsieur, je voulais vous demander...

— *Balivernes !*

Ryan se redressa.

— Pardon ?

— Non, non. Ça.

Du bout de son stylo, il tapota un cahier fin, sur ses genoux.

— Le jeu. Des mots croisés. Celui-ci me donne du fil à retordre, mais j'en suis enfin venu à bout.

Il ferma le cahier, puis le tendit.

— Eh bien, approchez.

Ryan s'avança et prit le cahier que l'homme lui donnait.

— Oh, vous voulez que je le jette ?

— Juste ciel, bien sûr que non.

Baissant la voix, il ajouta :

— J'ai fait des mots croisés toute ma vie. Il faut toujours les conserver.

Il était aussi sérieux que s'il révélait des secrets d'État.

William désigna une étagère remplie de magazines et autres cahiers du même genre, et Ryan ajouta le dernier livret de mots croisés achevés sur la pile.

— Apportez-m'en un autre, demanda-t-il. Bon, alors. Que faites-vous ici ? C'est à propos de ma maison dans le Somerset, n'est-ce pas ? La vie à la campagne me manque.

— En fait, je cherche un avocat à qui Randall faisait appel pour certaines affaires privées. Vous a-t-il déjà mentionné son nom ?

William secoua la tête.

— Pfff, je n'étais pas impliqué dans l'entreprise. J'ai horreur des avocats. De vrais serpents, ces gens-là. J'ai déjà vu un python, une fois, vous savez ? Une merveilleuse créature.

Ryan prit une inspiration.

— Oui, je n'en doute pas.

Il se racla la gorge.

— Pour tout vous dire, je crains que quelqu'un n'usurpe l'identité de Felicia, déclara Ryan en lui tendant le nouveau livret.

— Quoi ? En ce moment ?

William ouvrit le cahier et commença à griffonner quelques réponses.

— Oui, monsieur. Quelqu'un vous a-t-il contacté pour suggérer que votre nièce était vivante ? Une femme qui se faisait passer pour elle ?

L'homme le regarda.

— Pourquoi ferait-on une chose pareille ?

— Parfois, les gens font des choses étranges.

Il était heureux de savoir que Felicia n'avait pas mené son oncle en bateau, mais cela ne faisait que l'intriguer encore plus sur le jeu qu'elle jouait.

— Cul-de-sac.

— Pardon ?

— Le mot, le mot, fit-il en agitant son stylo. Il faut suivre, mon garçon. Cul-de-sac. En quatre lettres.

— Ah... Fond ?

William pointa le stylo sur lui.

— Bien vu. Parfois, j'ai l'impression qu'elle n'est pas loin de moi, dit-il avec un soupir. Des regrets de vieillard, je suppose. J'aimais parler avec elle. Elle avait la tête sur les épaules, cette petite.

Une fois de plus, il soupira.

— Même après tout ce temps, voilà que je l'aperçois et que ça ravive les souvenirs.

— Vous l'apercevez ?

Il balaya ses paroles d'un geste de la main.

— Mon imagination, d'après ma femme. Elle a sans doute raison. Je me fais vieux. Avant, je ne la voyais que dans mes pensées. Ou je remarquais quelqu'un qui lui ressemblait. Maintenant, je commence à apercevoir Felicia.

Ryan fit un pas en avant sans s'en rendre compte.

— Vraiment ? À quelle fréquence ?

— Oh, non. Ce n'est arrivé qu'une seule fois. Il y a environ une semaine. Si cela se reproduit, je devrai en parler à mon médecin.

Il s'empara de sa canne et la tendit sans trembler. Apparemment, l'homme était plus solide qu'il n'y paraissait.

Il la pointa vers la fenêtre, de l'autre côté de la pièce. Celle qui donnait sur la rue.

— Juste là, sur le trottoir. Je l'ai dit à ma femme. Je lui ai demandé de venir voir. Elle m'a dit que je me faisais des idées.

Il soupira.

— C'était certainement le cas. Bah, allez comprendre ! Passez-moi ce livre, je vous prie.

Il fallut une seconde à Ryan pour comprendre ce dont William parlait, mais il suivit son regard jusqu'à la petite table où trônait un dictionnaire de mots croisés ainsi qu'une histoire illustrée de la Chine.

— Les deux. Je ne peux pas faire mes mots croisés sans garder l'esprit vif.

— En effet, monsieur, dit Ryan, amusé. C'est une merveilleuse bibliothèque, soit dit en passant. Et la maison est aussi très chic.

William ricana.

— Chic, vraiment ? Je suis d'accord avec vous pour la bibliothèque. Cette pièce, c'est comme un trésor pour moi. Le reste de la maison ? C'est plus un fardeau qu'autre chose.

Ryan acquiesça.

— J'imagine qu'elle est difficile à entretenir.

William agita la main.

— Pfff. C'est à ça que sert le personnel. Je préférerais retourner dans le Somerset. J'ai grandi là-bas, mais ma femme aime Londres. Elle tient à rester ici.

Ses épaules s'affaissèrent.

— J'ai l'impression que c'est de l'argent sale. Ce manoir aurait dû revenir à Felicia. Cette pauvre fille. Elle n'aurait jamais dû partir. Vous êtes bien bon d'être allé à sa rescousse.

— J'ai essayé, dit Ryan en sentant le tiraillement familier de la culpabilité dans son ventre. J'ai échoué.

— Vous avez essayé, déclara résolument William. Il y en a beaucoup qui n'auraient même pas fait ça.

— Je l'admirais, admit Ryan.

Maintenant, il redoutait qu'elle se soit fichue de lui.

Il soupira, essayant de décider quoi dire ensuite. Il ne voulait pas annoncer à cet aimable vieil homme que sa nièce semblait avoir refait surface, et qu'il y avait de bonnes raisons de croire que sa réapparition soudaine signifiait qu'elle avait été une espionne pendant toutes ces années. Non seulement au service des renseignements, mais activement impliquée dans le coup d'État.

William méritait-il de le savoir ? Allait-il commencer à l'imaginer partout ? Ça ne pouvait pas être bon pour lui.

Non, mieux valait s'en tenir à son intention initiale et ne rien dire à William. Pas maintenant. Peut-être même jamais. Seulement si cela devenait impératif. Il ne supporterait pas de donner de si sinistres nouvelles à ce vieillard qui avait tant aimé la jeune femme.

De l'autre côté de la bibliothèque, la gouvernante se manifesta.

— Il est temps de prendre vos médicaments, Monsieur William, dit-elle en se dirigeant vers un buffet avant de revenir avec un verre d'eau et un petit gobelet. Madame Carolyn m'a fait promettre de vous rappeler de faire une sieste. Vous savez ce que le docteur a dit.

— Bonté divine ! Je ne me souviens même pas d'avoir eu rendez-vous avec lui.

— Raison de plus, monsieur.

Elle sourit poliment à Ryan.

— Je suis désolée, mais je vais devoir vous demander de conclure.

— Pfff, elle obéit à ma femme au doigt et à l'œil, celle-là. Toujours à me surveiller comme un faucon sa proie.

— Je comprends, dit Ryan, décidant de garder le silence. Merci pour votre accueil, Monsieur Atkinson.

— Attendez ! Attendez ! Je vais vous écrire le numéro de l'agent immobilier. Il pourra vous faire visiter la maison du Somerset. Allez y jeter un œil.

Il griffonna un numéro de téléphone dans le manuel de mots croisés, puis déchira la page et la tendit à Ryan.

— Bien sûr.

Ryan plia la feuille et la mit dans sa poche.

— Je vais appeler tout de suite.

— Bien, fit William, rayonnant. Ce fut un plaisir de vous rencontrer, ajouta-t-il avant de prendre les pilules de la gouvernante pendant que Ryan prenait congé.

Il attendit d'être dans le taxi pour regarder le papier. Il y avait toute une litanie de mots aléatoires dans les cases. LECHATETLE-CHAPEAU. SOLEIL. SEULEMENT. Et ainsi de suite.

Mais il y avait un numéro de téléphone en haut. Cela signifiait forcément quelque chose. William avait tenu non seulement à garder tous ses livrets de mots croisés, mais également à les laisser immaculés. Il avait fait une exception notable pour Ryan, et la seule raison qu'il entrevoyait, c'était qu'il avait voulu lui faire passer un message.

Le numéro, cependant, était hors service.

— Merde.

C'était peut-être une combinaison de coffre-fort. Un code. Ou bien, il s'agissait des élucubrations d'un vieillard sénile. *Putain de merde.*

Quoi qu'il en soit, il verrait cela plus tard.

Quand le taxi s'arrêta devant le Stark Century, il replia le papier et le remit dans sa poche. Puis il entra et s'installa dans le bar, à une table haute avec deux tabourets. Il n'était pas encore midi, et en général, il ne buvait pas au déjeuner, mais aujourd'hui, il en avait besoin. Il sirotait un scotch quand Baxter prit place en face de lui.

— Un club soda au citron vert, merci, demanda-t-il à la serveuse. Et beaucoup de glaçons.

— Très bien.

— Il n'y a jamais trop de glaçons, dit-il à Ryan dès qu'elle fut hors de portée d'oreille. J'ai grandi en Floride. J'aime les boissons fraîches. Et voilà, ajouta-t-il en posant un téléphone portable au milieu de la table sans prendre le temps de respirer ni de changer d'intonation.

— Beau travail.

— Nous avons eu de la chance. Elle l'a jeté dans la poubelle au coin de la rue. Bizarre, cela dit.

— Quoi ?

— Je m'attendais à ce que ce soit un téléphone portable bas de gamme, compte tenu de la nature de ce qu'elle t'envoyait et de ce qu'on soupçonne. Sans compter que je n'arrivais pas à remonter la trace de ses textos. Mais il semblerait que ce soit son véritable téléphone. À Gabriella Anderson, je veux dire.

— C'est surprenant, fit Ryan.

— Ce n'est pas le plus bizarre.

Baxter se pencha en avant, comme un gamin partageant un secret juteux sur son professeur.

— Elle a une appli de simulation de numéro, là-dessus. C'est comme ça qu'elle écrivait à la fois à Jamie et à toi. C'est une appli qui permet d'avoir plusieurs numéros virtuels. Et, cerise sur le gâteau, elle n'a pas retiré sa carte SIM.

— Vraiment ?

Ryan se pencha en arrière, songeur. Il avait demandé à Baxter de découvrir ce qu'il pourrait sur la carte du téléphone, mais il ne s'attendait pas à ce qu'ils mettent la main dessus. Après tout, cette femme avait été assez intelligente pour le duper quant à son rôle dans un coup d'État, puis simuler sa propre mort et disparaître. Pourquoi laisserait-elle sa carte SIM dans l'appareil ?

— Qu'est-ce que ça signifie, d'après toi ? demanda Baxter.

— Si seulement je le savais. Pourquoi une ancienne espionne nous laisserait-elle un appareil traçable ?

— C'est la question du siècle, renchérit Baxter. C'est forcément volontaire.

— Y avait-il quelque chose d'inhabituel dessus ?

Baxter secoua la tête.

— J'y ai pensé. Qu'elle avait laissé la carte SIM exprès, je veux dire. Mais je n'ai rien trouvé qui puisse être un message ni quoi que ce soit.

Il déglutit.

— Il y a une autre possibilité... commença-t-il avant de s'interrompre, laissant Ryan terminer la phrase.

— Que ce ne soit pas une espionne.

Baxter haussa les épaules.

— C'est possible.

— En effet, acquiesça Ryan. Mais j'en doute. Pour avoir survécu à une telle chute ? Elle aurait eu besoin d'une équipe de sauvetage. Et la Felicia Cartwright que je connaissais n'aurait jamais su comment se procurer une fausse identité. Sauf si ce genre de choses était en vente chez Harrods.

Baxter prit le temps de la réflexion, puis hocha la tête.

— Cette situation est bizarre.

— Tu l'as dit. Comme tu m'as parlé de l'appli, j'en déduis que tu as activé son téléphone.

— En piratant son mot de passe, reconnut Baxter. Le téléphone ne contenait pas grand-chose, de toute façon. Elle avait prévu le coup. Tu as dit que c'était son idée d'abandonner le téléphone, alors elle a dû y penser. Toutes les photos et les fichiers ont été supprimés. Son compte sur le cloud aussi. Les e-mails. Il n'y avait que l'appli de numéros, les installations initiales et quelques jeux mobile.

— Des jeux ? Est-ce qu'on peut trouver un pseudo ? On serait peut-être en mesure de communiquer via l'une des applications.

Il secoua la tête.

— Non, c'est du solo. Hors ligne. Des casse-tête, ce genre de trucs. Mots croisés. Sudoku.

— Mots croisés ?

— Oui. C'est important ?

Ryan pensa à William. Mais quel rapport pourrait-il y avoir ? Il secoua la tête.

— Aucun, sans doute, fit-il avec un soupir. Eh bien, au moins nous avons une certitude.

— Laquelle ?

— Que je n'ai aucun moyen de la contacter maintenant.

— Quelle est la prochaine étape ?

— J'aimerais que tu retrouves l'avocat qui a géré le testament de Randall, demanda Ryan. William a dit que Felicia aurait dû hériter de la maison, et bien sûr, c'est vrai. Nous devons confirmer qu'elle aurait été la principale bénéficiaire si elle avait survécu, puis voir si d'autres Felicia ont surgi de nulle part. D'ailleurs, on devrait se renseigner sur l'ADN. Randall était riche et un peu excentrique. A-t-il congelé du sperme ? Du sang ? Du tissu cérébral ? Cherche tout ça. Cette fille affirme qu'elle est Felicia ? Je veux un moyen de le prouver d'une manière ou d'une autre.

— Pour le testament, on est déjà sur le coup, fit Baxter. Je pensais bien que tu me le demanderais. On est samedi, mais je passe quand même quelques coups de fil. J'espère qu'on obtiendra une réponse par les canaux non officiels, puisque les autres sont fermés pour le week-end.

— Parfait.

— Quant à l'autre question, je vais voir ce que je peux découvrir.

— C'est super !

Il vida son verre de scotch, puis repoussa sa chaise.

Baxter s'éclaircit la voix et Ryan hésita en se levant.

— Tu as quelque chose à l'esprit ?

— Oh, juste les paramètres.

— Les paramètres ? répéta Ryan, amusé.

— C'est ça. Est-ce qu'on est dans la pure légalité sur cette affaire ? Ou bascule-t-on dans ce que Stark Sécurité fait de mieux ?

Il savait ce que Bax lui demandait. La branche sécurité de Stark International était très transparente. Liée au monde de l'entreprise. Et parfaitement dans les clous de la légalité. Pas beaucoup de manœuvres à la Tom Clancy dans le sanctuaire de Stark International.

L'Agence Stark Sécurité, en revanche, avait été créée pour régler des affaires bien différentes. Le genre d'affaires qui exigeait que l'on creuse plus profondément, que l'on s'arrange avec le programme et que l'on coupe court aux démarches administratives. L'Agence faisait le nécessaire pour accomplir le boulot, et c'était uniquement possible parce que sa clientèle était très limitée et triée sur le volet.

Quoi qu'il en soit, il fallait toujours passer par de petits arrangements. Et Ryan savait que Baxter avait déjà refusé une offre d'emploi au sein de l'Agence pour cette raison précise. Il s'était déjà brûlé les ailes une fois, et il n'était pas pressé de s'embourber à nouveau dans une sale affaire. Ryan respectait ce choix. Il avait toujours respecté la demande de Baxter de limiter son travail au côté purement légal de Stark International.

Un jour, cependant...

Eh bien, un jour, Ryan espérait convaincre Baxter de rejoindre l'Agence. Avec ses compétences particulières, il ferait un formidable atout.

Mais pour l'instant, Ryan secoua la tête.

— Non, assura-t-il à son ami. On reste dans les clous. Randall Cartwright est mort. Le testament est certifié, c'est un document public. Plus difficile à obtenir un week-end, mais pas impossible ni illégal. S'il s'avère que nous devons creuser sous la limite, je verrai si Quince peut y jeter un œil ou passer quelques appels.

Ancien membre du MI6, Quince avait été l'un des premiers agents recrutés à l'Agence. S'il fallait tirer quelques ficelles, il saurait quoi faire.

— Ça me va.

— Fais-moi signe si tu apprends quelque chose, ajouta Ryan avant de partir, pendant que Baxter décrochait son propre téléphone pour se mettre au travail.

La mention de Quince, cependant, s'attarda dans les pensées de Ryan. En l'état actuel des choses, si Felicia ne revenait pas, ils ne pourraient entrer en contact avec elle qu'à son initiative.

Sauf si...

Il se demanda si Quince pouvait inciter le MI6 à utiliser un logiciel de reconnaissance faciale en temps réel sur les caméras de circulation. Il doutait qu'ils obtiennent la permission – ça coûterait bien trop cher au système –, mais ils pourraient éventuellement le pirater.

Il secoua la tête. Il était frustré et il envisageait des extrémités qu'il valait mieux éviter. Du moins, pour le moment. Pas avant de mieux comprendre ce qui se passait. Et pourquoi.

Pour l'heure, il devait accepter d'être dans une impasse. En remontant vers sa suite, il se consola en se disant qu'il allait voir Jamie, prendre le déjeuner, puis redescendre à une heure de l'après-midi et, il l'espérait, rencontrer Felicia.

Le voyant *Ne pas déranger* était toujours allumé, et il passa sa clé magnétique devant le lecteur avant d'entrer. Il régnait un silence absolu. Pas étonnant, puisqu'il avait demandé à Jamie de ne pas bouger. Et elle n'avait pas son pareil pour suivre les instructions.

Il sourit en rectifiant cette pensée : *quand elle le voulait.*

Il jeta sa veste sur le dossier du canapé, dénoua sa cravate et entreprit de déboutonner sa chemise.

— Tu as été sage, chaton ?

Seigneur, il était déjà dur et il n'était même pas encore à la porte de la chambre. Rien que l'envie de la voir comme ça. À plat ventre sur le lit, écartée et mouillée pour lui. Sachant qu'elle avait attendu. Sachant qu'elle en avait envie.

Il posa la main sur son sexe, à présent raide dans son pantalon, et se caressa lentement en se dirigeant vers la porte. Il avait envie de l'ouvrir, puis de rester appuyé contre le chambranle et la taquiner avec sa voix, faisant monter la tension. Enfin, il la prendrait par derrière, un bras autour de sa taille alors qu'il s'enfoncerait profondément en elle.

— Mon Dieu, chaton, murmura-t-il. L'effet que tu me fais.

Il s'arrêta devant la porte fermée.

— Dis-moi que tu as envie de moi, chaton. Si tu veux que je te baise, je veux t'entendre le dire.

Il augmenta la pression de sa main sur son sexe, impatient d'entendre sa réponse.

Mais il n'y eut pas réponse.

— Chaton ?

Il fronça les sourcils, puis lança un peu plus fort :

— Jamie. Je suis revenu.

Toujours rien. Il ouvrit la porte pour découvrir qu'elle s'était retournée sur le dos.

Mais ce fut le petit filet de bave sur son visage inerte qui le fit réagir. Il s'élança avec un cri de terreur :

— Jamie !

CHAPITRE TREIZE

— *Jamie !*

La voix alarmée de Ryan me tire de l'épais sommeil dans lequel je me trouve engluée.

— Jamie, bon sang, réveille-toi !

Je frissonne, soudain glacée malgré le poids de la couverture. Je suis consciente que mon dos est contre le matelas et que c'est contraire aux règles de notre petit jeu. Aussitôt, j'essaye de m'asseoir.

J'essaye, peut-être, mais je n'y arrive pas. Au contraire, j'ai l'impression que la couverture est en plomb. Je ne parviens pas à faire obéir mon corps. Je ne peux même pas ouvrir les yeux. Tout ce que je sais, c'est qu'une lumière jaune brille de l'autre côté de mes paupières encore closes.

— Ryan.

Ma bouche est comme du coton, et je ne sais même pas si j'ai vraiment prononcé son prénom. J'essaye d'ouvrir les yeux, mais ils me semblent collés. J'aimerais lever la main, utiliser mes doigts pour m'aider à me réveiller complètement, mais je n'y arrive pas.

— Putain, merde !

Il y a une panique évidente dans sa voix, plus que je n'en ai jamais entendu, et la peur me traverse, l'adrénaline me forçant à ouvrir les paupières.

— *Ryan ?*

Il est debout au pied du lit, les yeux sur son téléphone. Il envoie un texto, le visage tendu par l'inquiétude. Il ne réagit pas du tout à son nom, et c'est là que je me rends compte que je n'ai pas dit un seul mot à haute voix.

Je me concentre, puis réessaye.

— Ryan.

Ma gorge me fait l'effet de papier de verre et son nom franchit mes lèvres d'une voix basse, caverneuse et éraillée.

Aussitôt, il lâche le téléphone sur le lit et se précipite à côté de moi.

— Jamie.

Il pose sa paume sur ma joue. Sa voix et son expression reflètent à la fois l'amour et la terreur.

J'essaye de me redresser, le cœur battant plus fort, en proie à une panique sourde, mais mes muscles ne fonctionnent pas correctement.

— Qu'est-ce que… ?

— Tout va bien. Ça va aller.

On dirait plus un ordre qu'une déclaration, ce qui n'apaise en rien mes appréhensions.

Il doit s'en apercevoir, car il prend une inspiration.

— Excuse-moi. Je… Quand je suis entré et que je t'ai vue ! Tu ne t'es pas réveillée, même si j'ai continué à appeler ton nom et à te secouer. Bon sang, Jamie, peux-tu me dire ce qui s'est passé ?

Maintenant, je n'y comprends plus rien.

— Qu'est-il arrivé ?

Ma voix est toujours rauque. Il quitte le lit et va chercher une bouteille d'eau dans le petit réfrigérateur, ignorant le verre sur la table de chevet. Il me l'apporte, puis m'aide à m'asseoir suffisamment pour avaler.

— Je vais bien, dis-je alors qu'il commence à m'installer contre les coussins. Aide-moi à reculer. Je ne sais pas ce qui m'arrive.

Il fronce les sourcils, comme s'il était perplexe, puis il s'assied au bord du lit et me caresse les cheveux à une main, serrant mes doigts de l'autre.

— Chaton, bébé, dis-moi ce dont tu te souviens.

— J'ai fait ce que tu as dit. À plat ventre sur le lit. Je t'ai attendu sans bouger, lui expliqué-je.

Un muscle se contracte dans sa joue.

— Alors, tu ne t'es pas retournée ?

— Tu m'as fait promettre, donc je ne l'ai pas fait. Et puis, quand tu m'as donné une fessée, j'ai pensé…

Je ne termine pas ma phrase, mais je hausse les épaules, consciente d'être pathétique.

— Pardon, je me suis endormie. Je te promets que ce n'était pas à cause de toi.

J'esquisse un petit sourire. Il sait très bien qu'il n'y a rien chez lui ni dans ses caresses susceptible de m'endormir, bien au contraire.

Je m'attends à ce qu'il me rende mon sourire. Au lieu de ça, je vois son regard s'embraser. Et ça n'a rien à voir avec la passion.

Je me redresse un peu, m'asseyant bien droit.

— Ryan, qu'est-ce que… ?

Mais ma question est interrompue par un coup sec à la porte qui me fait sursauter.

— Entrez ! lance Ryan.

J'entends le bruit de la poignée et je me demande immédiatement qui d'autre a accès à notre suite. Cette pensée en amène une autre, mais celle-ci, j'ai du mal à bien la comprendre. Ce n'est qu'un sentiment de terreur grandissant. Comme s'il se passait quelque chose de mal, quelque chose d'affreux et d'imminent – et pourtant, je ne peux pas le voir, et encore moins m'enfuir.

— Dustin, Dieu merci. Je te présente ma femme, Jamie Hunter.

Jamie, voici le docteur Dustin Fields. C'est l'un des médecins de garde de l'hôtel.

La couverture est déjà sur mes seins – pour me réchauffer, pas pour préserver ma pudeur –, mais je la tire un peu plus haut.

— Euh, bonjour ?

Le docteur Fields sourit aimablement. Il doit avoir quelques années de plus que Ryan, et la même assurance. C'est un homme qui connaît son domaine, et qui est sans doute très doué dans son travail.

Cette impression me calme quelque peu, atténuant cette peur insaisissable qui montait en moi.

— Ça vous dérange si j'inspecte vos yeux, madame Hunter ?

— Jamie, précisé-je. Euh, non, pas du tout.

Il maintient délicatement ma paupière ouverte et braque une lumière directement dans chaque œil tour à tour. Ce n'est pas désagréable, mais je vois des taches et je cligne rapidement des yeux quand il écarte sa lampe. Il demande à voir ma langue, et je m'y conforme, sans trop savoir ce dont il est question. Un grognement faible que je ne peux pas interpréter monte de sa gorge, puis il sort un petit étui en cuir.

— Je vais prélever un échantillon sanguin, dit-il. Au cas où.

Je regarde Ryan et mon esprit s'emballe.

— J'ai été exposé à Ebola ou quoi ? Ryan, qu'est-ce qui se passe ?

Le docteur Fields se tourne vers lui.

— Elle ne sait pas ?

— Elle vient juste de se réveiller.

Le médecin hoche la tête, puis il se met debout. Ryan l'arrête.

— Non. S'il vous plaît. Prélevez votre échantillon. Et dites-moi ce que vous pensez.

— Je pense que c'était simplement un sédatif. Puissant, mais elle ne montre aucun signe d'empoisonnement et semble récupérer rapidement.

Il a raison. Je me sens plus alerte à la seconde. Malgré tout, ses paroles me semblent vides de sens, et alors qu'il me prend le bras pour me faire une prise de sang, je leur dis :

— Je n'ai rien mangé ni bu qui me fasse dormir.

Ryan et le médecin échangent un autre regard.

— Bon sang, Ryan. Que se passe-t-il ?

— Ce n'était pas moi dans la chambre avec toi, Jamie.

La peur me traverse et je commence à trembler.

— Qu'est-ce que tu racontes ?

Je soulève la couverture, la serre contre moi, mais ce n'est pas suffisant. Ryan se rapproche pour s'asseoir, adossé à la tête de lit. Il m'attire et je me blottis contre lui, et ce n'est qu'alors – dans les bras de mon mari – que je parviens enfin à maîtriser mes tremblements.

Il ne m'a toujours pas répondu. Quand je me sens suffisamment forte pour encaisser tout ce qu'il a à me dire, je lève la tête.

— Tu ne m'as toujours pas expliqué. Qu'est-il arrivé ?

Il soupire, comme si c'était la dernière chose dont il voulait parler, mais il hoche la tête. Plus pour lui que pour moi. Comme s'il s'ordonnait mentalement de faire quelque chose qu'il n'a aucune envie de faire. Enfin, il se tourne vers moi, posant ma main contre son torse.

— C'est ma faute.

— Quoi ? Comment ?

— Cette garce, Gabby. Felicia. Qui que ce soit, putain. Je lui ai parlé.

Je secoue la tête, un peu hébétée – à cause de la substance, ou de ses paroles, peut-être, je n'en suis pas sûre.

— Plus tôt, juste après mon départ, j'ai essayé de lui envoyer un autre texto. Cette fois, elle a répondu. Elle a dit qu'elle voulait qu'on se rencontre tout de suite. Je lui ai expliqué que je n'étais pas là et nous avons convenu de nous retrouver à une heure. En bas, au bar.

Je consulte le réveil. Il est midi dix.

Je dois paraître déphasée, parce que Ryan explique :

— Elle savait que j'étais absent. Très probablement, elle

surveillait l'hôtel et le savait déjà, mais je l'ai confirmé dans notre échange.

Sa voix est tendue, froide comme de l'acier.

— Elle est entrée ici et elle t'a droguée. Jamie, tu avais froid. Je savais que quelque chose n'allait pas quand j'ai appelé et que tu n'as pas répondu. Et puis, j'ai vu ton visage...

Il frissonne.

— Je jure devant Dieu que je vais retrouver cette garce et la faire payer.

— Hunter, non. Rien de ce que tu as dit ne prouve que c'était Gabby.

— Chaton, bébé, tes pensées sont emmêlées.

Il est moins froid, tout à coup. Sa tendresse est telle que j'en ai les larmes aux yeux.

Je prends une inspiration frémissante, puis secoue la tête.

— J'ai sans doute les pensées en vrac, tu as raison. J'ai été agressée et exposée, touchée et manipulée.

Je referme les bras autour de mon buste. Mes mots rendent la situation trop réelle.

— J'aurais pu être violée, Ryan. Bon sang, j'aurais pu être tuée.

Je marque une pause, puis, péniblement, je prends de longues bouffées d'air. Tout ce que je viens de dire est vrai, et cette vérité m'assomme, me donne envie de donner des coups de pied, de crier et de frapper les murs, et en même temps, je voudrais me rouler en boule, me cacher et ne jamais ressortir. Mais je ne peux pas – aussi simple que ça, je ne *peux* pas – croire ce qu'il suggère.

— Tu penses que je protesterais si je pensais une seconde que ça pourrait être elle ?

J'ai siroté des bières au bord de la piscine avec Gabby. J'ai gardé son chat à la maison. Elle a eu la clé de notre appartement pendant un semestre entier. Elle m'a prêté de l'argent quand j'étais fauchée et m'a montré comment changer mes essuie-glace. Ce n'est pas une femme qui pourrait agresser une amie comme ça. Non, ce n'est pas Gabby.

— Tu as tort, répété-je. Ça ne peut pas être Gabby. Elle ne me ferait pas ça. Pas à moi. Ni à personne.

— Ça fait longtemps que tu ne l'as pas revue, dit-il d'un ton posé, la voix de la raison. Et tout bien considéré, c'est une sacrée actrice.

— Non, dis-je, déterminée à ne pas y croire.

Non par entêtement, mais parce que c'est impossible.

— Comment aurait-elle pu entrer, de toute façon ?

— Qui sait depuis combien de temps elle planifiait ça ? On peut accéder à cette chambre avec un passe comme en utilise le personnel de ménage. En plus, la porte n'était pas fermée à clé de l'intérieur.

À ces mots, il sourit un peu.

— Sauf si tu as enfreint les règles en te levant.

Mes joues s'embrasent alors que je jette un œil au docteur Fields, certaine qu'il comprend parfaitement les non-dits de cette conversation particulière.

— Je n'ai pas triché, dis-je, laconique.

— Je sais.

Ryan respire. Je peux voir la colère émaner de lui. Une colère brute et contenue, envers lui-même surtout, parce qu'il s'estime fautif. C'est le genre de fureur qu'il est capable de retenir pendant un certain temps, mais qui finira par éclater.

— C'était elle, reprend-il. Je lui ai quasiment annoncé que tu étais seule, puis je l'ai ouvertement invitée à entrer, à t'injecter quelque chose et à repartir.

— Non.

— *Si*, rétorque-t-il.

J'entends la colère dans sa voix.

— Jamie, écoute-moi. Je l'ai appelée Felicia dans la conversation. Et elle ne m'a pas corrigé.

— Non. Non, ça n'a aucun sens. Rien n'a de sens.

— Il y a d'autres preuves, dit-il, d'une voix qui me noue les

entrailles. On a récupéré son téléphone portable. Elle l'a abandonné, mais on a réussi à le retrouver.

Je secoue la tête.

— Et alors ?

— Alors, on l'a piraté. Le téléphone avait son numéro principal
et ses numéros virtuels. Elle nous envoyait des messages depuis le
même appareil. Baxter y a jeté un œil. Il y avait tout. Le premier
texto pour me donner rendez-vous, l'autre avec toi pour vos retrouvailles au café, un autre pour moi dans la voiture. Des numéros
différents. Un seul téléphone.

J'ai envie de pleurer.

— Je ne comprends pas. Que ce soit Gabby ou Felicia, pourquoi
m'endormir ? Ça m'a rendue patraque, d'accord, mais si tu avais été
absent toute la journée, j'aurais fini par me réveiller tout seule.
Non ?

Je regarde le docteur et il hoche la tête.

— Alors, quel intérêt ?

— Un avertissement. Mais clairement, je ne vois pas où elle veut
en venir.

CHAPITRE QUATORZE

Rien de tout cela n'a de sens, c'est ce que je dis à Ryan quand il revient dans la chambre après avoir raccompagné le docteur Fields.

— Je trouve aussi.

Son intonation est sèche, dure, aussi tranchante qu'une lame. Il est terrifié pour moi, et en colère contre lui-même. Ce qui refait immédiatement surface.

— Si j'ai raison et qu'elle était une espionne de mèche avec les dissidents qui ont tué Mikal, alors elle sait comment fonctionne le système.

— Et donc, qu'est-ce que ça signifie ?

— Je veux dire qu'elle sait très bien que je peux faire appel à des ressources pour l'aider, obtenir tout ce dont elle a besoin pour disparaître à nouveau. Mais elle doit savoir que je ne suis pas franchement motivé à l'aider après le coup qu'elle m'a fait, il y a toutes ces années. Elle pense peut-être que j'ai besoin d'une incitation. Elle doit savoir que je suis prêt à tout pour te protéger. Absolument tout, putain ! Et elle a peut-être raison.

Je déglutis, car bien sûr, je sais que c'est vrai. Et cette certitude me donne une impression de sécurité en dépit des circonstances.

— Alors, mon amie Gabby était Felicia.

Je n'aime pas ça, mais d'après le téléphone, il faut croire que c'est vrai.

— Pourquoi ses études d'histoire ? Pourquoi son métier de prof, maintenant ?

— Le milieu universitaire est un bon endroit pour faire profil bas. Si elle est toujours active dans le renseignement, c'est une excellente couverture. Et aux États-Unis ? C'est beaucoup plus vaste, idéal pour se cacher en cas de besoin, sans passeport requis.

Je ramène mes genoux contre ma poitrine. Chacun de ses arguments a du sens, mais je ne peux que secouer la tête.

— Je ne veux pas y croire.

Il soupire.

— Je sais, chaton.

Il rejoint la cafetière pour me préparer une tasse. Il l'apporte, puis s'assied sur le bord du lit en face de moi alors que je le sirote lentement. Je n'en sens même pas le goût, mais j'apprécie que le café chasse le froid qui m'engourdit toujours.

Le docteur Fields dit que c'est un effet résiduel du sédatif, mais je sais qu'il a tort. C'est la peur, et elle coule dans mes veines comme de l'eau. Quelqu'un est entré dans notre chambre. Quelqu'un est entré dans mon corps.

Un autre spasme violent me traverse et je renverse du café sur les draps immaculés de l'hôtel avant de pousser un juron. C'est toujours comme ça, ces derniers temps. Je suis calme à un instant T, ou en colère éventuellement. Et l'instant d'après, je suis envahie par la peur.

— Ça va aller.

Sa voix est chaude et apaisante alors qu'il reprend doucement la tasse. Il la pose, puis s'assied à côté de moi, son bras autour de mon épaule.

— Non, ça ne va pas, insisté-je. Rien ne va en ce moment.

Il pose un doigt sous mon menton, puis incline ma tête jusqu'à ce que je le regarde dans les yeux.

— Ça va, soutient-il.

Sa conviction me coupe le souffle.

J'acquiesce, parce qu'en effet. *Oui.* Malgré tout, nous allons bien. Et ensemble, nous surmonterons cette épreuve.

Je me demande bien comment.

— Allons au salon, propose Ryan. Je vais appeler le personnel pour avoir des draps propres.

— Ça va. Ce ne sont que des gouttes.

Il s'avance sur le lit et prend mon visage entre ses paumes, les yeux dans les miens.

— Je suis tellement, tellement désolé.

— Ce n'est pas ta faute.

— Vraiment ? Bon Dieu, Jamie, je ne sais plus.

— Qu'est-ce que tu veux dire ? Parce que tu lui as laissé savoir, sans le faire exprès, que tu n'étais pas dans ta chambre ? Ce n'est pas pour autant que c'est ta faute.

— Je n'en suis pas sûr. Mais ce n'était pas à ça que je pensais.

— Alors, quoi ?

Il secoue la tête, les mains devant son visage comme s'il essayait de fixer ses idées sans y parvenir.

Il soupire en quittant le lit, passant les doigts dans ses cheveux noirs coupés court. Il reste debout au pied du lit. Je ne l'ai jamais vu aussi malheureux.

— Hunter ? Tu me fais peur. Et quand on sait que j'avais déjà peur, ça en dit long.

Ses lèvres se pincent et il acquiesce.

— Je n'aurais jamais dû t'autoriser à rester ici. Je savais… bon sang, j'étais *certain* que cette histoire avec Felicia pouvait vite dégénérer. Mais je t'ai vue dans ce bar, ta voix à mon oreille et des projets érotiques pleins la tête. Chaton, tu sais très bien que je n'ai pas raisonné à ce moment-là. Il n'y avait que toi. Rien que toi.

— Je ne comprends toujours pas.

— Je sais, fait-il en soupirant. Le problème, c'est que moi non plus. Mais quand une femme revient dans ta vie après plus d'une décennie pour demander ton aide…

J'essaye d'y réfléchir, d'oublier la Gabby que je connais et de penser à ce qu'il dit.

— Tu penses qu'elle est instable ? Que tu aurais dû t'attendre à ce qu'elle me fasse du mal parce que j'ai pris sa place, et que ça ne correspond pas à la fiction dans son esprit ?

— Non. Non, pas exactement.

Il prend une inspiration et je pense qu'il va continuer. Au lieu de quoi, il déclare :

— J'ai besoin d'un verre. Et je ne sais même pas si je peux t'en proposer un parce que...

Il s'interrompt avec une expression dégoûtée.

— Hunter...

Je rejoins le pied du lit, les bras tendus. Je suis nue, et je vois ses yeux me parcourir avec un étrange mélange de tristesse et d'excitation.

— Tu es à moi, bon sang. N'est-ce pas ?

— Oui. Toujours. Tu le sais.

Ses doigts remontent sur mon corps, depuis ma hanche, puis la courbe de ma taille, et plus haut, jusqu'à ma poitrine.

Toute tremblante, je prends une vive inspiration. Une passion grondante vient apaiser ma peur persistante, alors que mon corps prend vie sous l'effet du désir. Il passe son pouce sur mon mamelon, puis se penche et dépose le plus tendre, le plus doux des baisers sur mes lèvres.

— Tu es à moi, répète-t-il. Et je prends soin de ce qui m'appartient.

Je ferme les yeux en comprenant soudain ce qu'il sous-entend. Comme si je voyais clair dans ses craintes et ses appréhensions.

— Je vais bien.

J'éloigne sa main de mon sein et la porte à mes lèvres pour lui embrasser la paume.

— Je suis là, et je suis en sécurité. Elle n'a fait que m'endormir.

Il lève la tête et croise mon regard. Le sien est déterminé, implacable.

— Mais ça aurait pu être bien pire.

— Tu ne pouvais pas prévoir.

— Jamie, c'est exactement ce que je veux dire.

Il ferme les yeux, presse ses doigts contre sa tempe, puis se retourne et entre dans le salon. Il se sert un verre de whisky, qu'il vide en entier. Je m'empresse d'enfiler le peignoir de l'hôtel et je le suis, arrivant sur sa droite alors qu'il s'en verse un autre.

— Moi aussi ?

— Bien sûr, pourquoi pas ? Si ça se trouve, je fais encore une connerie, et le docteur Fields va m'appeler pour me dire qu'il a reçu les résultats du laboratoire et que tu dois éviter l'alcool pendant un certain temps.

Je le regarde. Le chagrin sur son visage me brise le cœur.

— Oh, Hunter.

Je m'assieds derrière lui et passe mes bras autour de sa taille.

— Tu ne m'as pas laissé tomber. Je sais que tu m'aimes. Je sais que tu me protégeras toujours.

— Je mourrais pour toi, murmure-t-il.

Je sens des larmes dans mes yeux.

— Je le sais aussi, dis-je, une boule dans la gorge. Mais n'y pense même pas.

Il se retourne dans mes bras pour me faire face, une main sur ma nuque tandis que l'autre s'aventure à l'intérieur de mon peignoir. Aussitôt, mon corps s'enflamme, follement excité. Il écarte les pans du tissu éponge, effleurant le galbe de mes seins à chaque mouvement. Puis tout doucement, avec une lenteur aussi merveilleuse qu'insoutenable, ses doigts descendent de plus en plus bas, traçant un chemin langoureux jusqu'à atteindre mon sexe épilé.

Je me mords la lèvre, prévoyant déjà des sensations explosives. Brusquement, je sursaute lorsque son téléphone annonce l'arrivée d'un message.

— *Merde !*

Sa voix est basse, à peine audible, mais elle fait écho à mes sentiments. Je sens mon cœur se serrer en réaction à la chaleur de sa voix.

Il sort son téléphone, pourtant je décide de poursuivre ce qu'il a amorcé, ondulant des hanches en appuyant mon doigt là où le sien se trouvait quelques instants auparavant, avant de le glisser sur ma vulve humide.

— Coquine, dit-il en rangeant son téléphone.

Il me tire par la main, m'entraînant vers le canapé malgré mes protestations.

— C'était Baxter ?

Je sais que Hunter a demandé à son adjoint de regarder la surveillance vidéo de l'ascenseur pour localiser Gabby, avant ou après son passage dans notre chambre. Comme j'espère toujours qu'elle n'est pas coupable, je me dis qu'avec un peu de chance, elle n'y apparaîtra pas.

— C'était le docteur Fields. Il avait raison. Juste un sédatif, rapidement éliminé par ton métabolisme.

— Tant mieux. Tu peux me servir un verre.

Je m'attends à ce qu'il me suggère de patienter jusqu'au lendemain, mais il rit tout bas et retourne vers le mini-bar. Compte tenu des circonstances, il doit estimer que j'en ai besoin.

Pendant qu'il me sert, je me redresse et referme le peignoir autour de ma taille. J'ai beau mourir d'envie de sentir les mains de Hunter sur moi, en ce moment, je tiens surtout à savoir ce qui se passe.

— Tu sais comment prouver que Felicia est Gabby ? Si elle refuse de l'avouer, je veux dire.

— J'espère que l'ADN de Randall suffira. S'il a conservé des matières biologiques, cela devrait être facile à tester.

— Et dans le cas contraire ?

— C'est toujours possible. Felicia avait une tache de naissance.

Je hausse les sourcils.

— Ah oui ? dis-je, légèrement amusée. Et où était située cette tache de naissance ?

— Jamie.

— Non, vraiment. Ça m'intéresse.

— Sur sa poitrine, me dit-il avec franchise.

— Ah.

J'ouvre à nouveau le peignoir, exposant mes propres seins.

— Ici, par exemple ?

J'effleure le haut de ma poitrine, qui serait à découvert dans un simple T-shirt décolleté.

— Non.

— Là ?

Mon doigt descend de quelques centimètres vers mon mamelon. Cette fois, une tenue qui en dévoilerait autant serait très osée.

— Jamie...

— Ou peut-être ici.

Je souligne le tour de mon aréole et regarde Ryan déglutir.

— C'est un endroit intéressant pour une tache de naissance, dis-je. Ce serait gentil de sa part de te le montrer pour confirmation.

— Jamie, s'il te plaît.

Il pose mon verre sur la table.

— Tu sais que je...

J'éclate de rire, puis lui prends les deux mains et l'attire sur le canapé à côté de moi. Aussitôt, je le chevauche, mon peignoir toujours ouvert. Je prends sa main et la referme sur ma poitrine, soupirant de plaisir sous sa peau chaude.

— Je t'aime, dit-il, écartant sa main de mon sein pour la remplacer par sa bouche.

Je me cambre, une main sur son épaule. De l'autre, je tire sur la ceinture du peignoir, l'ouvrant complètement. Je suis nue en dessous, et alors que je m'avance, je sens son sexe rigide se tendre un peu plus dans son pantalon. Je me trémousse, impatiente de le sentir – de *nous* sentir. J'aimerais oublier toute cette folie, même si ce n'est que pour un instant.

Surtout, je veux sentir Hunter en moi. Je veux qu'il prenne possession de mon corps. Je veux me sentir en sécurité.

Cette dernière pensée me vient spontanément, et bien qu'elle soit vraie, elle déclenche une nouvelle vague d'interrogations. J'aimerais les écarter pour me laisser aller à la chaleur et à mon envie de fougue et de passion, mais le questionnement franchit mes lèvres presque malgré moi.

— Je ne comprends toujours pas pourquoi elle refait surface, dis-je alors que Hunter s'avance pour m'embrasser.

Sa bouche est ferme sur la mienne.

— Je... j'ai... quelques réflexions... à ce sujet, dit-il, haletant entre deux assauts de mes lèvres.

Il s'écarte assez longtemps pour me regarder et ajouter :

— Mais ça ne peut pas attendre qu'on ait fait l'amour ?

J'acquiesce, tout étourdie. Il empoigne mes fesses à une main, soutenant mon dos de l'autre en se levant du canapé. J'enroule mes jambes autour de lui et il me porte jusqu'à la chambre, puis me laisse tomber en riant sur le lit. Il ne perd pas de temps à se déshabiller, grimpant aussitôt sur moi.

— Chaton, murmure-t-il.

Au même moment, son téléphone professionnel sonne et il lâche un juron.

— Mets-le sur haut-parleur, demandé-je. Parce qu'on sait tous les deux que c'est à propos de Felicia, ou que c'est elle.

Le souffle court, il décroche :

— Ici Hunter.

— C'est Baxter. J'ai passé en revue les vidéos de ton étage au moment de l'agression de Jamie, et nous avons trouvé quelque chose. Nous avons des images de l'intrus qui manipule la serrure et qui entre.

— Et ?

— L'intrus n'était pas une femme. C'est un homme, sans conteste.

CHAPITRE QUINZE

Hunter ordonne à Baxter de monter dans la suite avant de raccrocher. Pendant un instant, il ne dit rien. Puis il quitte la chambre. J'hésite. J'ai envie de le suivre, mais peut-être a-t-il besoin d'être seul. *Oh, et puis merde*, me dis-je. Parce qu'en dépit de tout, je sais qu'il a besoin de moi.

Je le trouve debout devant la porte fermée du balcon, à regarder les toits de Londres. Je m'avance derrière lui et passe mes bras autour de sa taille. Pendant un moment, il reste là, immobile. Puis il pose ses mains sur les miennes.

— Ce n'était pas Gabby, dis-je.

— Non, peut-être pas. Ou alors, si. Et elle – *Felicia* – a envoyé un homme dans la chambre.

— Bon sang, Ryan.

Je le relâche et reste à côté de lui, inclinée pour pouvoir voir son visage et son reflet dans la vitre.

— Je te crois, d'accord. C'était Felicia, elle a disparu, puis elle est revenue sous l'identité de Gabby.

Ça ne me plaît pas, mais je ne peux pas le contester. Pas après l'histoire du téléphone.

— Quand même, il y a sans doute plus que ça.

— C'est-à-dire ?

Je hausse les épaules avant de m'éloigner dans le salon, m'arrêtant au bord de la table basse.

— Peut-être qu'elle n'était pas dans les services secrets. Peut-être qu'elle a survécu. Peut-être qu'elle était amnésique et qu'elle n'a retrouvé sa mémoire que récemment. Imagine que les dissidents l'aient traquée. Je ne sais pas. Enfin, ce que je dis, c'est qu'elle n'est peut-être pas une espionne insensible. C'est peut-être simplement une fille qui a essayé de se créer une nouvelle vie.

— Jamie...

Il me rejoint en secouant la tête.

— Ne sois pas condescendant avec moi. Je pourrais très bien avoir raison. Enfin, c'est une possibilité, non ?

— Oui, c'est une possibilité. Mais j'ignore si c'est la vérité.

Je prends une grande inspiration, heureuse d'avoir gagné ne serait-ce que cette petite concession.

— Je sais que tu ne me crois pas, mais je suis certaine que Gabby ne me ferait pas de mal. Et maintenant, nous savons que ce n'était pas elle.

— Pas directement, mais ça ne veut pas dire qu'elle n'a pas tiré les ficelles.

— Non, dis-je en secouant la tête. *Non.*

La colère revient en force, mais je ne sais pas si c'est contre lui ou contre celui qui m'a injecté le sédatif. Aucune importance. Honnêtement, ça fait du bien de l'évacuer.

— Je la *connais*. Mais tu veux la faire entrer dans ce moule de Felicia que tu as construit. C'est toi qui as inventé ce personnage de Felicia l'espionne, et tu dépeins Gabby de manière négative pour pouvoir effacer une partie de ta culpabilité. Parce que si elle a tout manigancé à l'époque, ça veut dire que rien de tout ça n'était ta faute.

Il tressaille, et aussitôt, je recule. Je n'en reviens pas d'avoir vraiment dit ça.

— Ryan, je...

J'ignore comment terminer ma phrase. Ça n'a pas d'importance, de toute façon, parce qu'il est devenu livide. Je le vois se détourner de moi pour entrer dans la chambre.

Merde.

J'attends un instant, en proie à mille hésitations, mais finalement je le rejoins. Il est assis au bord du lit, la tête basse, le front posé sur le bout des doigts.

— Hunter.

Ma voix est faible, à peine audible, et il lève vers moi un visage inexpressif. Ses yeux, cependant, sont empreints de douleur, et j'aimerais pouvoir revenir sur mes paroles, tout arranger.

Il prend une profonde inspiration et me tend une main. Je me déteste en ce moment, mais je la prends avec réticence et il m'attire dans ses bras, franchissant le gouffre qui semblait s'être ouvert entre nous.

— Je suis désolée, murmuré-je. Je ne voulais pas. Je suis frustrée, j'ai peur, et...

— *Non.* Tu as raison. Pendant longtemps, j'ai pensé que je n'avais pas été à la hauteur. Elle m'avait fait confiance et je n'avais pas réussi à la sauver. Mais s'il s'agissait d'une extraction, alors je ne lui ai pas fait défaut. Elle m'a manipulé, je ne l'ai pas laissé tomber.

— Non, en effet.

— Enfin, cela n'a plus aucune importance maintenant. Honnêtement, ça aurait été mieux si je lui avais tiré une balle dans la tête il y a toutes ces années.

Je fronce les sourcils, à la fois troublée par ses mots et le tranchant de sa voix.

— Je ne te suis pas.

— Quand tout a commencé, je t'ai dit que tu devrais partir. Qu'à un moment donné, elle essayerait de t'utiliser comme levier. Tu te rappelles ?

J'acquiesce. C'est vrai, j'ai refusé de m'en aller.

— Eh bien, si elle est ici maintenant, c'est parce que je n'ai pas pu voir ce qu'elle était vraiment. Je ne l'ai pas arrêtée à l'époque, quand j'en avais l'occasion. Et maintenant, elle est revenue, ou elle a envoyé quelqu'un, pour me montrer à quel point c'est facile de t'atteindre.

— Tu m'as dit tout à l'heure que tu ne savais pas où elle voulait en venir.

— Je commence à comprendre, dit-il.

Il évite mon regard, les yeux dans le vague, comme s'il voyait les réponses se dérouler devant lui.

— Tout a commencé il y a moins d'une semaine, quand elle m'a contacté pour me demander de l'aide. Soit les choses ont changé, soit c'est sa façon de dire que je n'ai pas d'autre choix que de l'aider.

Son regard devient sévère.

— Le plan n'a pas fonctionné. Au contraire, ça n'a fait que me rendre dangereux.

Je lui tire les mains pour qu'il se lève, puis je passe mes bras autour de sa taille, les yeux dans ses yeux d'un bleu de glace.

— Tu n'étais pas dangereux avant ?

Il rencontre mon regard et esquisse un petit sourire.

— Oh, que si. Et si Felicia se souvient de notre temps passé ensemble, elle le sait très bien.

Un frisson me parcourt et je le serre un peu plus fort, ma tête contre son torse.

— C'est le plus difficile, n'est-ce pas ? Tu l'aimais ? Enfin, c'était plus qu'un simple travail pour toi. Et ça ne fait qu'empirer les choses.

J'ai beau avoir les yeux fermés, je le sens hocher la tête.

— C'est vrai. Elle était vive d'esprit, c'était agréable de discuter avec elle. Et je croyais que c'était une innocente piégée en enfer. Mon Dieu, quand on l'a jetée dans ce fleuve...

Il s'écarte, mais la douleur de sa voix persiste dans l'air.

— Je suis désolée, dis-je, même si je sais que cela n'aide pas.

Il pose un baiser sur mon crâne, puis soupire.

— Je croyais être un meilleur juge de la nature humaine, mais je n'ai jamais pensé qu'elle jouait avec moi, qu'elle m'utilisait pour s'enfuir. D'ailleurs, qu'elle m'utilisait tout court.

Je lève les yeux et constate qu'il fronce furieusement les sourcils.

— J'ai peut-être merdé avant et je n'ai pas vu la vérité, mais c'était il y a longtemps. Et peu importe ce qui se passe maintenant, elle a intérêt à ne pas entraîner ma femme là-dedans.

— Sauf que j'y suis déjà, là-dedans. Je connais Gabby.

Je me renfrogne.

— Disons que Gabby est innocente – je sais que tu ne le crois pas, mais imaginons une seconde.

Il hoche la tête.

— Si Felicia sort du froid...

— *Vient du froid*, rectifie-t-il. Comment peux-tu ignorer ça ? Le bouquin ? Le film ?

J'agite la main au-dessus de ma tête dans un geste évasif.

— John le Carré. *L'espion qui venait du froid.* Tu as vu tous les films qui existent.

— J'ai bien dû en rater un ou deux, je pense. Ce que je veux dire, c'est que si elle sort du silence, elle a bien eu besoin d'une identité, non ? Elle a peut-être jeté son dévolu sur celle de Gabby parce qu'elles se ressemblent. Imagine qu'elle ait trouvé sa photo quelque part et qu'elle se soit dit : ah, tiens, je pourrais être cette fille. Peut-être que ta Felicia est justement la personne dont Gabby a peur.

— Ça ressemble à l'intrigue d'un film.

Je ne peux retenir un éclat de rire.

— Tu oublies que les textos de Gabby et ceux de Felicia proviennent du même téléphone, ajoute-t-il.

— Oh, et puis zut.

Je passe les doigts dans mes cheveux tout en réfléchissant, mais je n'ai pas de réponses.

J'en profite pour enfiler un vieux pyjama. Des vêtements confortables, car j'ai passé une sacrée journée, et même si Hunter est là maintenant, je me sens toujours vulnérable. Puis je remets le peignoir par-dessus. Une couche supplémentaire contre un monde duquel même Ryan ne peut pas toujours me protéger.

— Faut-il appeler les flics ? Ou quel que soit le nom des forces de l'ordre à Londres ?

Ryan secoue la tête.

— Pas encore. Pas avant d'avoir compris exactement ce qui se passe. S'il y a une histoire d'espionnage là-dessous, je veux avoir une marge de manœuvre. Je ne veux pas être limité si ta sécurité est en jeu.

J'acquiesce, comprenant ce qu'il veut dire. Si la police intervient, il y a des règles. Avec Stark Sécurité, en revanche, on peut toujours agir dans l'ombre.

— Je comprends, dis-je. Et j'ai une autre question. Une idée, en fait. Si Felicia n'était pas censée sortir du silence – *venir du froid*, si tu préfères –, si quelqu'un voulait qu'elle disparaisse à nouveau ?

— J'y ai pensé. Felicia est une espionne. Elle refait surface. Mais certaines personnes ne sont pas contentes et souhaitent sa mort. Alors, elles t'agressent en espérant nous faire croire que Felicia est derrière tout ça. Elles me mettent bien en colère pour que je fasse le sale boulot à leur place, que je termine ce que le fleuve était censé accomplir la première fois.

— Exact. Ces gens-là penseraient que tu veux la tuer.

Cette fois, mon esprit passe en revue chaque thriller hollywoodien que j'ai pu voir dans ma vie, chaque scénario que j'ai lu.

— Et qu'ils peuvent t'y inciter.

— C'est une théorie, admet Ryan. Alambiquée, peut-être, mais ce ne serait pas la première fois qu'une théorie tirée par les cheveux s'avère la bonne.

Je referme les bras autour de moi.

— Mais s'ils avaient voulu que tu sortes de tes gonds au point de t'en prendre à Liam Neeson, ils m'auraient tuée.

Un frisson secoue mon corps.

— Ryan, tout ça…

Quelqu'un frappe à la porte et il me prend les mains.

— Je sais, chaton. Mais nous allons surmonter ça, n'est-ce pas ?

— Oui, bien sûr.

C'est vrai, je n'en doute pas. Parce que même si tout est bizarre, sans queue ni tête, je fais confiance à Hunter. Toujours.

— Viens, dit-il en m'entraînant dans le salon. Voyons ce que Baxter va nous dire.

Je prends place sur le canapé avec Ryan pendant que Baxter s'installe dans un fauteuil en face de nous. Il approche de la trentaine, avec un visage quelconque qu'il faut avoir vu plusieurs fois avant de s'en souvenir. Contrairement à Ryan, dont les traits remarquables lui confèrent une apparence imposante, Baxter est un homme ordinaire. Mais ses yeux sont intelligents, sa bouche expressive, presque sensuelle. Et de temps en temps, une adorable fossette creuse sa joue, me laissant supposer qu'il devait s'en tirer après n'importe quelle bêtise, à l'école, quand il était enfant.

Je ne connais pas son expérience, mais je sais que Ryan cherche activement à le recruter pour Stark Sécurité, même si, en apparence, Baxter se contente de l'équipe de l'entreprise. Mais il doit être bon, parce que mon mari n'est pas du genre à proposer aux tire-au-flanc d'intégrer Stark Sécurité.

Ce qui veut dire que Baxter a suivi une formation – privée ou militaire, difficile à dire. Ce dont je suis certaine, c'est qu'il a les compétences requises, et je lui suis reconnaissante de faire partie de l'équipe.

— Alors ? lui dis-je. Comment savez-vous que mon agresseur était un homme ?

— Nous connaissons l'heure approximative de l'agression en fonction des déplacements de Ryan et de ce que le docteur Fields nous a dit sur l'effet du sédatif dans le corps. Il était donc relativement simple de consulter la vidéosurveillance de l'hôtel. Mieux encore, nous avons un visage. Il a regardé directement l'une des caméras cachées.

Mon regard alterne entre les deux hommes.

— J'ai du mal à y croire. Enfin, si quelqu'un est venu avec l'intention de faire une chose pareille, il ferait attention aux caméras de sécurité, non ? Il garderait la tête baissée...

— C'est ce qu'il a fait, dit Baxter. Il avait un chapeau dans l'ascenseur et la tête basse. Nous n'avons jamais vu son visage. Depuis le moment où il est entré dans le hall jusqu'à ce qu'il s'approche de votre porte. Mais c'est à ce moment-là qu'il a levé les yeux, une seule fois, et l'une des caméras du couloir a obtenu un bel aperçu.

— Vous savez qui c'est ? demandé-je.

Ryan regarde Baxter, qui secoue la tête.

— Pas encore. Mais j'ai envoyé la photo à l'Agence, ajoute-t-il, faisant référence à Stark Sécurité.

Il me tend son téléphone. L'homme est assez éloigné pour ne pas être trop déformé par l'objectif fish-eye, mais je ne le reconnais pas. C'est une photo en noir et blanc, et ses cheveux paraissent clairs, certainement blonds. Il a des sourcils épais et un visage rond avec un menton pointu. Il n'est pas particulièrement séduisant, mais pas laid non plus. En gros, c'est le genre d'homme susceptible de passer inaperçu. Si je l'ai déjà vu, il ne me dit absolument rien.

— Denny le fait passer par la reconnaissance faciale, explique Baxter en parlant de l'un des agents de Stark Sécurité à Los Angeles. Espérons qu'elle obtiendra une correspondance.

— Espérons-le, répété-je.

Je me penche contre Ryan, qui passe son bras autour de moi.

— En attendant, qu'est-ce qu'on fait ? demandé-je avant de froncer les sourcils. Au fait, tu n'avais pas rendez-vous avec Felicia ? Ou Gabby ? Ou... enfin, bref, tu penses qu'elle viendra ?

— C'est possible. Ne serait-ce que pour paraître moins complice de ce qui t'est arrivé. Mais elle n'est pas encore là.

— Tu en es sûr ?

Il hoche la tête.

— J'ai demandé à la sécurité de l'hôtel de garder l'œil ouvert. Aucun signe pour le moment.

— Oh. Alors, ça la rend sans doute encore plus coupable, n'est-ce pas ?

Il ne répond pas et je soupire. Son silence est suffisamment éloquent.

— Comment la retrouver, maintenant ?

— Sans numéro de téléphone, tout ce qu'on peut faire, c'est attendre.

— J'ai d'autres infos, dit Baxter en soupirant, visiblement frustré. J'ai retrouvé l'avocate de la famille et l'exécutrice testamentaire de Randall. Elle s'appelle Marjorie Smythe.

— C'était rapide.

— Je n'ai pas eu de réponse, mais je lui ai demandé de m'appeler dès que possible. Je lui ai dit que c'était urgent.

— Croisons les doigts.

Aussitôt, je fais un bond lorsque la sonnette retentit dans la suite.

Ryan se lève et se précipite vers la porte.

Quant à moi, je détale dans la chambre pour me changer, enfiler un jean et un T-shirt. Je ne suis qu'à moitié habillée quand la porte claque bruyamment. Je sursaute avant de passer mon T-shirt sans soutien-gorge pour retourner au plus vite dans la pièce principale. Au même moment, une femme commence à crier. Ou du moins, elle essaye, car son cri est brusquement interrompu et j'entends un corps heurter le mur.

J'atteins le hall d'entrée en même temps que Baxter. Ce dernier continue, mais moi, je me fige devant le spectacle qui s'offre à moi : Ryan plaqué contre Gabby – Felicia ? –, le bras autour de son cou, le visage tordu de fureur.

— C'est la fin, Felicia, exige-t-il d'une voix dure. Il est temps de nous dire ce qui se passe.

—————

CHAPITRE SEIZE

— Putain de merde, grogne Hunter.

Sa grande main sur la gorge de Gabby, il la presse contre la porte maintenant fermée, non loin d'un agent de sécurité de l'hôtel.

Je lâche un petit cri et Baxter, à côté de moi, fait un pas en avant. Mais Hunter détourne un moment son regard de la femme pour nous lancer un coup d'œil dissuasif. Je me fige et Baxter, qui n'est pas en reste, suspend lui aussi son mouvement. Nous savons tous les deux qu'en cet instant, mon mari est très dangereux.

Lentement, il se tourne vers l'agent de sécurité.

— Où l'avez-vous trouvée ?

— Dans le couloir, monsieur.

Il se retourne vers Gabby, son expression aussi dure que l'acier.

— Tu crois pouvoir me menacer ? Attaquer ma femme ? reprend Hunter d'une voix si basse et menaçante que j'en ai la chair de poule. Crois-tu vraiment pouvoir faire ce genre de choses sans conséquence ? Ça fait peut-être plus d'une décennie, Felicia, mais j'aurais cru que ta mémoire était en meilleur état. Tu aurais dû savoir ce que je ferais pour protéger ce qui m'appartient.

Sa poigne n'est pas assez ferme pour l'empêcher de déglutir, et je vois sa gorge tressauter et les larmes lui monter aux yeux.

— Ryan, dit Baxter avec indulgence. Laisse-la parler.

Ryan jette un coup d'œil à Baxter, toujours en furie. Puis il se tourne et son regard s'adoucit lorsqu'il rencontre le mien. Un moment passe avant qu'il ne reporte son attention vers Gabby.

— Tu veux parler ? D'accord. Mais je ne veux plus entendre dire que tu as besoin de mon aide. Oublie ça. C'est fini. Je veux des réponses et je les veux maintenant, sinon je jure devant Dieu que je te briserai le cou.

Je le crois. Hunter n'est pas le genre d'homme qui blesserait une femme, mais là, c'est différent. Cette fois, c'est moi qu'il protège, et je sais très bien qu'il fera tout ce qui est nécessaire pour me garder en sécurité. Le fait qu'elle soit une femme, peut-être même mon amie, ne représente aucun problème. S'il croit vraiment que le seul moyen de s'assurer ma sécurité, c'est de la tuer, il le fera aussi, sans la moindre hésitation.

En ce moment, cependant, je crains qu'il ne lui fasse du mal par pure fureur. Je vois bien que son caractère s'échauffe plus elle garde le silence. Cette idée me fait peur et me refroidit tout de suite. En règle générale, Hunter fait preuve d'une maîtrise de soi hors du commun. Mais là, il est au bord du précipice, sur le point de perdre le contrôle, et je sais que c'est par rapport à moi.

— Hunter, dis-je à mi-voix. Elle ne peut pas répondre.

Il faut un moment, mais mes paroles finissent par faire leur effet et il relâche la pression autour de son cou.

— Parle, dit-il.

Ses épaules se détendent sensiblement et elle prend une inspiration avant d'acquiescer.

— Pourquoi es-tu ici, Felicia ?

Elle s'humecte les lèvres.

— On allait se retrouver au bar, dit-elle en me regardant, manifestement terrifiée. Je n'ai fait que venir parce qu'on avait rendez-vous en bas. On était censés discuter.

— À propos de quoi, exactement ? De la personne que tu as engagée pour droguer ma femme ?

Quand elle secoue la tête, elle me fait penser à un lapin terrorisé.

— Ça va, Gabby, lui dis-je d'une voix douce. Parle, maintenant.

Elle me fait un petit sourire, ses yeux emplis de gratitude.

— C'est exactement ça, dit-elle. Je suis Gabriella Anderson. Pas Felicia. Je jure sur la mémoire de mon père – de mes *deux* pères – que je ne suis pas Felicia Cartwright.

———

Pendant un instant, personne ne parle.

Puis je vois le visage de Ryan se contracter et son bras bouger. Je m'empresse de le retenir avant qu'il ne puisse à nouveau la pousser contre le mur.

— Non, dis-je. Laisse-la parler. Gabby, va t'asseoir là-bas.

Je désigne le coin salon et elle se précipite dans cette direction, m'adressant au passage un sourire reconnaissant.

— C'est bon, fait Ryan en dégageant son bras.

Je le dévisage, méfiante, avant de reculer enfin. Il s'est calmé, sa fureur réduite à une mauvaise humeur apparente.

— Écoute d'abord, lui dis-je. Les questions ensuite. Promis ?

— Non, bougonne-t-il avant de se diriger vers elle, me laissant en retrait pendant que Baxter renvoie l'agent de sécurité.

Il prend place sur le fauteuil en face du canapé tandis que je m'assieds à côté de Gabby. Je suis probablement stupide de lui faire confiance, pourtant c'est comme ça. Je la crois. En cet instant, elle me paraît tellement malheureuse et apeurée.

— J'écoute, dit Ryan avec circonspection, une pointe d'impatience dans la voix.

— Je ne suis pas Felicia, répète-t-elle. Je m'appelle Gabriella Anderson. Je suis sa sœur jumelle.

Ma propre stupeur se reflète sur le visage de Baxter. Je m'attends à découvrir la même émotion sur celui de Ryan, mais il demeure impassible.

— Ça ne prend pas avec moi, dit-il. Felicia était fille unique.

— Non, mais elle le croyait. Moi aussi, je pensais être enfant unique.

Elle parle d'une voix stable en le regardant dans les yeux.

— Et si tu arrêtes de m'interrompre, je vais te dire ce que je sais.

Il écarquille légèrement les yeux. Je suis sans doute la seule à le remarquer, mais je vois bien qu'il est impressionné par son attitude. Il ne dit rien pendant un instant, puis il demande :

— Est-elle réellement morte ?

— Oui. Ou du moins, je pense. C'est ce que m'a dit mon père. En fait, ce qu'il m'a dit, c'est que si ma sœur n'était pas morte, ça voulait dire que tu avais simulé sa mort. J'imagine que ce n'est pas le cas ?

Ryan secoue la tête.

— Non.

Ce simple mot est lourd de regrets.

Gabby prend une inspiration et hoche la tête en le regardant, son expression compatissante.

— C'est ce que je pensais, murmure-t-elle. Mais j'espérais que peut-être...

Elle secoue la tête comme pour se débarrasser d'une toile d'araignée.

— Bref, papa m'a parlé de ce que tu as fait pour elle. Je suppose que Randall lui a tout raconté. Mon père a dit que si quelqu'un essayait de... eh bien, si on essayait de me faire du mal, tu m'aiderais.

— Pourquoi essayerait-on de te faire du mal ?

Elle déglutit.

— Je ne sais pas.

— Comment sais-tu que je ne suis pas du mauvais côté ?

— Je... je n'étais pas sûre au début, dit-elle. Mais maintenant... honnêtement, si tu comptais me tuer, je parie que je serais déjà morte.

— *Hmm.*

Un muscle tressaute dans la joue de Hunter et je vois presque les questions tournoyer dans son esprit : si elle n'est pas Felicia, pourquoi ne l'a-t-elle pas mentionné dès leur premier rendez-vous ? Pourquoi a-t-elle envoyé un texto signé *F* ? Pourquoi a-t-elle répondu à ce prénom dans leur dernier échange par messages ? Et pourquoi ignore-t-elle ce qui la met en danger ?

Ce n'est pas ce qu'il demande, cependant. Au lieu de quoi, il dit :

— Pourquoi pensais-tu que tu étais fille unique ?

Au même instant, Baxter se lève avant qu'elle ne puisse répondre.

— J'aimerais entendre cette histoire, mais je ferais mieux d'aller vérifier la progression de notre petite recherche informatique.

Il me faut une seconde pour me souvenir qu'ils effectuent un contrôle de reconnaissance faciale sur l'homme qui m'a injecté le sédatif. Je lance alors à Baxter un sourire reconnaissant, espérant qu'il comprendra. J'aime mieux ne pas parler de cette histoire en présence de Gabby. Au cas où elle ne serait pas aussi innocente que je l'espère.

— Bonne idée, dit Ryan. Tiens-moi au courant quand tu auras du nouveau.

Baxter hoche la tête. Dès qu'il est sorti de la pièce, l'attention de Ryan se reporte vers Gabby.

— Tu dis que tu es la jumelle de Felicia, mais tu croyais être fille unique, insiste-t-il. Explique-nous. D'ailleurs, si tu commençais par le début ?

— D'accord. Voilà. Bon, c'est assez spécial. Mais le fait est que je ne connaissais même pas l'existence de Felicia il y a encore quelques semaines. Le père de Felicia, Randall Cartwright, était marié à ma mère. Son nom est Allison. Apparemment, elle a eu une liaison avec le meilleur ami de Randall, Jeff Anderson.

— Jeff est ton père ?

Elle acquiesce.

— Et Allison est tombée enceinte, ajouté-je.

— Exactement. Des jumelles.

Elle prend une profonde inspiration.

— Randall était un homme riche qui avait horreur des scandales. Il était furieux contre mon père – c'est lui qui me l'a dit, je n'ai jamais rencontré Randall –, alors il a coupé les liens avec lui. Mais ma mère, *notre* mère, est morte après nous avoir donné naissance. En fait, ils ne savaient pas lequel des deux était le géniteur. Alors, ils nous ont séparées. Je suis allée avec Jeff aux États-Unis et Felicia est restée avec Randall à Londres.

— Pourquoi n'ont-ils pas demandé un test de paternité ?

— J'ai posé cette question à mon père, avant que... Enfin, bref. Il m'a dit que Randall ne voulait pas savoir. Je crois qu'il avait peur que nous ne soyons pas les siennes. Ou Felicia, du moins. Moi, il m'avait pratiquement abandonnée.

— Et tu ne l'as jamais su ? demande Ryan.

Elle secoue la tête.

— Je ne le sais que depuis quelques semaines. Mon père, Jeff, était en voiture avec moi. C'était il y a un mois. Il était sur les nerfs, un peu à cran. Il disait qu'on avait besoin de vacances, tous les deux, et qu'il nous avait réservé un chalet. Je suis en congé sabbatique, c'était une excellente occasion de faire mes recherches et de m'organiser pour le livre que j'écris. Un traité sur des manuscrits importants qui... Enfin, bref. On devait y rester quelques mois.

— Des mois ?

— Oui, mais ça ne s'est pas fait. On... eh bien, on a eu un terrible accident et on n'est jamais arrivés à destination. À cause d'un chauffard qui roulait à une vitesse ahurissante, on a quitté la route.

— En état d'ivresse ? demandé-je.

— C'est ce que je pensais, mais plus tard, papa a dit que c'était intentionnel. Je ne sais pas. La seule chose que...

— Respire, dit gentiment Ryan. Et dis-nous tout ce qui s'est passé, étape par étape.

— Bon, d'accord. Moi, je n'ai pas eu grand-chose. Juste des

ecchymoses et une entorse au poignet. Vraiment, j'ai eu une chance exceptionnelle. Mais mon père...

Elle ne termine pas, prenant le temps de s'essuyer les yeux.

— Il était mal en point. C'était très grave. Il n'a même pas tenu jusqu'à l'hôpital. Il m'a dit...

Son souffle reste suspendu alors qu'un sanglot secoue son corps.

— Il m'a dit qu'il m'aimait, mais qu'il n'était pas mon père. Il m'a raconté toute l'histoire, puis a ajouté qu'il était resté en contact avec certains membres du personnel de Randall pendant toutes ces années. Il voulait garder un œil sur Felicia. Après tout, à l'époque, il ignorait si elle était la sienne ou pas.

— Donc il avait appris sa mort.

Elle acquiesce.

— En plus, les journaux en ont parlé. Mais il n'y avait aucun détail. Rien à ton sujet, je veux dire, ajoute-t-elle en regardant Ryan. En tout cas, sa mort l'a ébranlé et il a fait effectuer un test de paternité. Moi, je croyais que le prélèvement était dans le cadre d'une recherche sur un site généalogique. Et il s'est avéré que notre père était Randall. Mais il ne m'a rien dit à ce moment-là. Est-ce que je pourrais avoir un peu d'eau ?

— Bien sûr.

Je me lève pour aller en chercher pendant qu'elle continue.

— Il a contacté Randall pour le lui dire. J'imagine qu'il pensait que ça pourrait apaiser son chagrin de le savoir. Mais il n'a jamais pris contact avec moi. D'après papa, ils ne se sont plus jamais adressé la parole ensuite. Avant l'arrivée de l'ambulance, il a eu le temps de me dire que j'étais en danger.

— En danger, comment ça ?

Elle secoue la tête.

— Il ne me l'a pas dit. Il faut que vous sachiez que je passe beaucoup de choses sous silence. Il souffrait, à ce moment-là, et il perdait souvent connaissance. Il parlait, mais ce n'était pas toujours cohérent. Je pense que la seule chose qui le tenait, c'était son inquiétude pour moi. C'était difficile de comprendre ce qu'il disait. Sans compter que moi aussi, j'avais peur et j'étais mal. Mais deux ou trois choses se sont démarquées. Il a dit que Randall avait un avocat personnel. Un ami. Et que je devais lui parler. Il a dit que c'était vital. Il a même utilisé ce mot précis.

— Comment s'appelle-t-il ?

— Il ne me l'a pas dit.

Je reviens avec l'eau, puis m'assieds sur l'accoudoir du fauteuil de Ryan.

Elle prend une gorgée avant de continuer.

— Je le lui ai demandé, encore et encore, mais... je crois qu'il ne s'en souvenait pas. Il a seulement dit que je devais parler à l'avocat, que je devais faire attention, et surtout que je devais te trouver, ajoute-t-elle en regardant Ryan. Que tu ferais pour moi ce que tu as fait pour Felicia. Et puis... et puis, il est mort.

Une larme roule sur sa joue et elle ferme les yeux avant de continuer.

— Je ne savais pas comment te trouver, alors j'ai commencé avec Google. Et ce n'était pas difficile. Tu y étais. Le plus fou, c'est que j'ai appris que vous étiez mariés, tous les deux, ajoute-t-elle en me faisant un signe de tête. J'ai trouvé le numéro de Nikki et je l'ai appelée pour lui dire que j'avais envie de te faire une surprise. Et je lui ai demandé le numéro professionnel de Ryan pour pouvoir organiser des retrouvailles à ma façon.

— Pourquoi ne pas m'avoir appelée ? demandé-je.

— C'était une coïncidence si étrange. Je me sentais mal à l'aise. Ça faisait des années. Et puis, j'avais vu en ligne que Ryan était à Londres, et j'étais là, moi aussi. J'étais venue après l'accident, en me disant que la personne qui nous avait fait quitter la route ne s'attendrait pas à ce que j'aille me cacher de l'autre côté de l'océan.

Elle vide le reste de son eau.

— En plus, je voulais voir l'endroit où je suis née.

— Tu es allée à l'ancienne maison de Randall, dit Ryan sur le ton de l'affirmation. Tu as parlé à ton oncle ?

— Je voulais. J'y ai pensé. Mais je me suis dégonflée.

Je hoche la tête en signe de compréhension, puis j'essaye de nous remettre sur le fil de la conversation.

— Donc, tu as obtenu de la part de Nikki le numéro professionnel de Ryan et tu lui as envoyé un texto, c'est ça ?

— C'est ça. J'étais terrifiée. J'étais sûre que quelqu'un me suivait, et quand un intrus est entré par effraction au *bed and breakfast* où je logeais, j'ai cédé à la panique. Je me suis trouvé un hôtel discret, et c'est à ce moment-là que j'ai eu le cran d'envoyer un texto à Ryan.

Elle hausse les épaules.

— Je savais que c'était un téléphone professionnel, alors je n'étais pas certaine que les textos fonctionneraient. Mais j'ai quand même essayé parce que j'avais trop peur d'appeler.

Son regard alterne entre Ryan et moi.

— Mais tu as répondu, et ça m'a tellement soulagée ! On devait se rencontrer dans ce pub.

— Dans le texto, tu m'as dit que je t'avais déjà aidée. Pourquoi ?

— Je ne pensais pas que tu viendrais pour une inconnue. Et si tu pensais que j'étais Felicia quand tu me verrais pour la première fois, il y avait des chances que tu restes un peu.

— Sauf que tu n'étais pas là.

Elle déglutit.

— Je me suis débinée.

— Pourquoi ? demandé-je.

— À cause de ce que papa m'a dit. Que tu ferais la même chose pour moi que pour Felicia. Je... il m'avait dit que tu étais allé là-bas pour tenter de la sauver, et que tu l'avais même épousée pour ça. Mais il n'allait pas bien, à cause de son état. Il y avait tant de sang...

Nous lui laissons un moment pour se ressaisir, puis je l'encourage doucement :

— Vas-y.

— J'avais peur. Les dernières choses qu'il m'a dites, c'est : *retrouve l'avocat, va voir le mari de Felicia et sois prudente.* Ça m'a troublée, parce qu'il venait de me dire que tu l'avais aidée. Peut-être que j'avais mal compris et qu'il essayait de me mettre en garde. Et si tu avais fait du mal à Felicia ? Si c'était toi, le danger en question ?

— C'est pour ça que tu m'as posé un lapin, commente Ryan.

— J'ai laissé un mot.

Elle hausse les épaules.

— Plus tard, j'ai rappelé Nikki, et c'est à ce moment-là que j'ai appris l'arrivée de Jamie. Je me suis dit que j'allais entrer en contact avec elle pour tâter le terrain. Savoir s'il y avait une chance que tu m'aides.

— Tu oublies que tu as essayé de me faire revenir au pub. Le jour même où tu as retrouvé Jamie au café. Pourquoi m'as-tu laissé en plan encore une fois ? Et pourquoi as-tu signé ce texto avec un F pour Felicia ?

Gabby fronce les sourcils.

— Mais... Quoi ? Je n'ai pas fait ça.

— Ne te fous *pas* de moi, l'avertit Ryan avant de sortir son téléphone.

Il affiche le texto que j'ai vu, celui qui m'a mise dans tous mes états, et le lui montre.

En le lisant, elle ouvre de grands yeux ronds, puis elle nous regarde, tous les deux, se recroquevillant sur elle-même comme un petit animal traqué.

— Je n'ai pas envoyé ça, dit-elle. Je le jure.

Elle cherche le petit sac à dos qu'elle utilise probablement comme sac à main.

— Tiens. Tu peux regarder toi-même. Je... *oh.* J'ai oublié. Celui-ci est neuf.

— Bien essayé, dit Ryan. Mais on a retrouvé ton ancien téléphone.

Il le sort de sa poche intérieure et ouvre la messagerie ainsi que l'appli de duplication de numéros.

— Tu as envoyé un texto à Jamie à partir du numéro de télé-phone principal. Et avec moi, tu as utilisé un numéro virtuel.

— Oui. Et alors ? Je te l'ai dit. J'étais prudente. Qu'est-ce qui ne va pas ?

Je me tourne vers Ryan, qui fait défiler les messages.

— C'est vrai, il n'y est pas. Les autres textos que nous avons échangés y sont, mais pas celui-là. Je...

Il laisse sa phrase en suspens avant de lever la tête pour la regarder dans les yeux.

— Tu as très bien pu le supprimer avant de jeter le téléphone.

— Je ne sais même pas de quoi on parle, rétorque-t-elle.

Cela dit, il ne l'écoute plus, retranché dans ses propres pensées.

Au bout d'un moment, il lève enfin les yeux.

— Tout à l'heure, dans notre échange écrit, je t'ai appelée Felicia.

Elle acquiesce.

— Pourquoi tu ne m'as pas corrigé ?

— C'est toi qui m'as envoyé un texto en premier. Je ne voulais pas changer de sujet. Je tenais à m'assurer que tu allais m'aider. Je regrettais d'être partie, la première fois. Mais sur le moment, je n'étais pas encore prête.

— Tu n'as jamais envoyé de texto en te faisant spécifiquement passer pour Felicia ?

— Je le jure, non.

Ses yeux sont hagards. À l'évidence, elle est très sérieuse. Je retiens mon souffle, incertaine de l'orientation que prend cette conversation.

— Je ne sais pas comment tu as reçu ce message, mais...

— Ce n'est rien, dit-il en regardant directement Gabby. Moi, je le sais.

CHAPITRE DIX-SEPT

— C'est vrai ? demanda Jamie en le fixant du regard. Comment ?

— Quelqu'un a cloné son téléphone ou usurpé un numéro. Ça n'a rien de difficile.

— Vraiment ? fit Gabby, son nez froncé avec dégoût. Je me doutais que tu étais en mesure de me localiser – à cause de ton travail, je veux dire –, mais je n'y ai jamais pensé. C'est vraiment ce que tu crois ?

— Si on essaye de te faire du mal, il vaut mieux partir du principe que l'ennemi ne manque pas de ressources. Tu as eu de la chance.

— Mais alors, la vraie question, intervint Jamie, c'est *pourquoi* ?

Gabby haussa les épaules.

— J'aimerais bien savoir. Dieu sait que j'y ai réfléchi sous tous les angles depuis dimanche, quand j'ai compris qu'on essayait de me tuer. Je désespère de comprendre pourquoi. Après tout, j'ai lu un tas de polars.

Jamie tendit le doigt vers elle.

— Voilà la Gabby dont je me souviens. Un esprit affûté avec une pointe de sarcasme.

— Je ne me suis pas sentie très sarcastique, ces derniers temps.

Mais Randall avait une fortune et je sais que l'argent rend les gens fous. Cela dit, ce serait un mobile absolument insensé, puisque je n'ai pas hérité d'un sou. Croyez-moi, si je nageais soudain dans les millions, je le saurais.

— Tu penses à d'autres raisons ? demanda Ryan.

Elle le regarda dans les yeux en hochant la tête.

— Oui. Et je m'en excuse d'avance. C'est certainement dingue et je ne veux pas raviver des souvenirs, mais je me demande s'il est possible qu'une personne revenue du passé s'imagine que je suis Felicia et soit mécontente, parce qu'elle est censée être morte. C'est fou, je le sais bien, mais j'ai lu beaucoup de thrillers, aussi.

Ryan jeta un coup d'œil vers Jamie, qui lui répondit par un sourire.

— Quoi ? fit Gabby.

— Ce n'est pas dingue, expliqua Jamie. J'y ai pensé.

— Mais vous l'avez exclu ?

Jamie ouvrit la bouche, puis la referma. Elle leva un sourcil interrogateur.

— Donc vous n'avez *pas* exclu cette théorie, reprit Gabby.

— En partie, précisa Ryan. Mais pas complètement. Je n'exclus absolument rien. Pas encore.

Elle les regarda tour à tour, les sourcils froncés.

— Ma sœur était-elle une espionne ?

— Non, dit Ryan. Enfin, je ne l'ai jamais pensé avant de te rencontrer. C'était une fille gentille et intelligente. Je l'aimais bien.

Il sourit à ce souvenir.

— Je l'aimais beaucoup, même. Pour ce que ça vaut.

— C'est très important, figure-toi, dit-elle d'un ton affable, avec un sourire larmoyant. Je te remercie.

— Je ne sais pas ce que nous allons découvrir sur le long terme, reprit Ryan. Mais la femme que j'ai connue était quelqu'un de bien.

Gabby hocha la tête avant de soupirer.

— C'est bizarre. Je ne sais pas si je veux que ce soit par rapport à elle ou à moi. Si c'est elle, alors ça veut certainement dire qu'elle n'était pas le genre de femme que je voudrais en tant que sœur. Mais au moins, cette histoire pourrait se terminer quand la personne qui la pourchasse se rendra compte de son erreur. Si c'est moi, par contre, j'ai une cible perpétuelle dans le dos.

Sur ce, elle se leva et s'étira.

— Je peux utiliser vos toilettes ?

Jamie lui montra la direction, puis quitta l'accoudoir du fauteuil pour s'asseoir sur la table basse en face de Ryan.

— Tu la crois, dit-elle.

Ce n'était pas une question.

— Oui.

— Tant mieux. Moi aussi.

— Passe-moi son sac à dos.

— Quoi ?

— Je la crois, dit-il. Mais je ne suis pas stupide.

— Ryan, enfin. Je...

— N'insiste pas, Jamie. Quelqu'un t'a injecté un sédatif. Et si elle reste ici, je veux pouvoir lui faire confiance.

Elle ramassa le sac à dos et le lui lança.

— Si elle reste ici ?

— Oui, si on la renvoyait à son hôtel et qu'il lui arrivait quelque chose, on ne se le pardonnerait jamais. Voilà pourquoi j'aimerais vérifier.

Il posa le sac à côté de la table.

— Mais je vais au moins lui faire la courtoisie de lui demander la permission.

— Merci, dit Jamie avant de poser un tendre baiser sur sa joue. Je t'aime.

— Je sais.

Un instant plus tard, Gabby revint, ses yeux un peu rouges et gonflés.

— Eh, fit Jamie. Tout va bien se passer.

— Vraiment ?

— Ryan te croit.

— Oui, mais il veut quand même vérifier mes affaires. Vas-y, fais-le.

De la tête, elle désigna son sac à dos.

— Cette suite a une acoustique intéressante.

Il éclata de rire, mais vérifia quand même avant de lui rendre son sac.

— Je voulais en avoir le cœur net.

— Je comprends. Ça ne me dérange pas que tu sois minutieux. Surtout si tu es de mon côté.

— C'est le cas, déclara résolument Jamie.

— Je suis contente. Parce que le coupable n'a pas fini de me traquer, j'imagine ?

— J'en ai bien peur, fit Ryan. La mauvaise nouvelle, c'est que je pense que c'est en rapport avec toi. Pas Felicia. Tout ce qui se passe tourne autour de toi.

— Ryan !

Il tendit la main et serra celle de Jamie.

— Je sais, mais c'est le plus vraisemblable.

— Pourquoi ? demanda Gabby. Qu'est-ce qui te fait dire ça ?

— J'ai pensé à Felicia. J'ai beaucoup pensé à elle en te regardant. Je crois sincèrement qu'elle n'a dupé personne. C'était peut-être une supposition avant que je sache que tu n'étais pas elle, mais maintenant ? Non. Je ne peux pas me raccrocher à l'illusion qu'elle est une espionne...

Il s'interrompit pour hausser les épaules.

— Mais... fit Jamie avant de jeter un coup d'œil nerveux vers Gabby.

— Quoi ? répondit-elle en les regardant. Qu'est-ce qui ne va pas ?

Jamie fronça les sourcils, tournée vers Ryan.

— Mais alors, pourquoi t'ont-ils laissé la vie sauve dans le train ? Tu as dit que ça soutenait la théorie selon laquelle l'attaque du train était un coup monté pour une extraction.

— Ça soutient cette théorie, concéda-t-il, mais ça ne prouve rien. Plus j'y pense, plus je me dis que j'ai eu de la chance, tout bêtement. Le train était au milieu du pont et la frontière n'était pas loin. Après tout, ils voulaient peut-être laisser un survivant. Quelqu'un qui retourne auprès de Randall et verse du sel sur ses plaies. À moins qu'ils soient juste paresseux, estimant que j'allais me vider de mon sang.

Il croisa son regard.

— La vérité, c'est que je ne saurai jamais pourquoi j'ai survécu. Peut-être parce que je devais te rencontrer, ajouta-t-il en passant son pouce sur la joue de Jamie. Au final, la seule chose dont je suis certain, c'est que j'ai fait défaut à Felicia. Et si je me raccroche à cette histoire selon laquelle c'était une espionne, eh bien, ce n'est qu'une façon malhonnête de me débarrasser de ma culpabilité.

Il se leva, les mains dans ses poches, rassemblant visiblement ses pensées.

— Peut-être qu'un autre agent de sécurité n'aurait pas eu plus de succès que moi, mais voilà, j'étais en première ligne, et j'ai échoué. Avec toi, Gabby, je vais y arriver. C'est une promesse.

Il se tourna et croisa le regard de sa femme.

— Je tiens mes promesses, n'est-ce pas, chaton ?

— Oui, dit-elle, les yeux pleins d'amour. Toujours.

— Merci, dit Gabby en essuyant une larme. Bon, je ne voudrais pas casser l'ambiance, mais ça te dérangerait de m'expliquer comment ?

———

— Je jure devant Dieu que je vais découvrir qui est derrière ça, déclara Ryan à Jamie. J'apprécie Gabby, et de toute manière, j'ai l'impression que je dois à Felicia de prendre soin de la sœur qu'elle avait sans le savoir.

Il venait de fermer la porte derrière Baxter et Gabby. Ryan avait l'intention d'envoyer son adjoint tout seul récupérer la valise roulante qu'elle avait laissée à son hôtel, mais Gabby avait insisté pour l'accompagner.

— Je suis contente que tu la croies.

— Oui, lui assura-t-il. Toi, tu n'as jamais douté.

— Une confiance aveugle, déclara Jamie. Bien sûr, j'ai douté un peu, mais je m'en suis voulu.

Elle jeta un coup d'œil vers la porte derrière elle.

— Ça va aller, n'est-ce pas ?

— Oui. Baxter ne va pas la quitter d'une semelle.

— Et ensuite, elle restera ici avec nous jusqu'à ce que cette histoire soit tirée au clair.

— C'est bien le plan.

Ils venaient de terminer d'en discuter. Gabby allait rester avec eux pendant les prochains jours, tandis que Baxter et Ryan feraient tout leur possible pour débusquer la menace – et l'éradiquer.

Bien sûr, il avait dû appeler Damien, aussi. Baxter et lui étaient tous deux venus à Londres pour superviser divers problèmes liés à la sécurité de la Stark Tower et de l'hôtel. La protection de Gabby n'était clairement pas à l'ordre du jour de Stark International. Ryan ne s'attendait pas à ce que son ami s'y oppose, et il avait raison. Ryan et Baxter pouvaient toujours chapeauter les mises à jour de sécurité. Et en même temps – du moins, il l'espérait –, ils allaient sauver cette femme innocente.

— Quoi ? demanda-t-il en remarquant le regard de Jamie, qui prenait sa lèvre inférieure entre ses dents, la tête penchée.

— Rien.

Elle lui tendit la main, mais il la regardait avec méfiance.

— Quoi ? répéta-t-il.

Elle se contenta d'avancer la main avec plus de force jusqu'à ce qu'il cède et la prenne.

— Tu es quelqu'un de bien, dit-elle avant de se tourner, l'entraînant vers le balcon où elle désigna le sofa. Assieds-toi.

— Tiens, tiens, la femme que j'aime sait ce qu'elle veut.

— Je suis très heureuse de l'entendre, dit-elle.

Campée devant lui, elle retira lentement son T-shirt. Elle le laissa tomber sur le carrelage extérieur, le sourire aux lèvres. Elle ne portait pas de soutien-gorge. Il le savait, évidemment, mais en la voyant maintenant, avec son jean épousant ses courbes, ses tétons dressés et son visage empreint d'espièglerie et de langueur... il en perdait tous ses moyens.

— Que fais-tu, chaton ?

— Nous sommes seuls. Tu as eu une journée longue et stressante, et ce n'est même pas l'heure du dîner. Je me disais qu'un peu de passion ne te ferait pas de mal.

— C'est vraiment ce que tu t'es dit ? demanda-t-il en posant les bras sur le dossier du canapé.

— Hmm, hmm, opina-t-elle.

Mais c'était plus que ça, bien sûr. Il s'agissait de culpabilité. Jamie voyait en lui et savait ce qu'il combattait. Elle ne pouvait pas réparer le passé, mais elle pouvait toujours lui offrir quelque chose dans le présent.

Bon sang, il l'adorait entre autres pour ça !

Elle se délesta de son jean et de sa culotte, puis resta debout devant lui, entièrement nue. Rien ne dissimulait la vue derrière elle, et Londres s'étendait sous ses yeux, la grande roue tournant lentement devant le ciel bleu magnifique.

Pourtant, ce spectacle paraissait bien terne par rapport à celui qu'elle lui offrait.

Elle s'approcha et pressa le bout de ses doigts sur ses lèvres, lui imposant le silence sans dire un mot. Puis elle se pencha et ouvrit son pantalon pour libérer son sexe déjà rigide comme de l'acier. Elle le caressa lentement, les yeux sur les siens. Peu à peu, les braises omniprésentes entre eux se ravivèrent, formant une véritable flambée.

Il ouvrit la bouche pour parler, mais elle secoua la tête et le chevaucha, ses mains sur ses épaules alors qu'elle amorçait un mouvement de va-et-vient. Sa vulve lisse caressa sa verge dans une friction qui faillit le faire basculer.

Sans ralentir le rythme, elle lâcha ses épaules pour poser les mains sur ses propres seins, se pinçant les mamelons tout en gémissant, produisant toutes sortes de bruits torrides. Attisé, Ryan se sentit durcir encore plus, si tant est que ce soit possible.

Son envie fut décuplée lorsqu'elle glissa une main vers le bas, vers son clitoris. Elle commença lentement, suivant le mouvement chaloupé de ses hanches. Au fur et à mesure, elle accéléra le rythme, ondulant du bassin tout en gémissant et en se touchant frénétiquement. Bientôt, ils furent tous les deux au bord du gouffre, si proches de l'extase qu'il sut qu'il allait la perdre d'une seconde à l'autre. Il avait beau mourir d'envie de la pénétrer, elle lui offrait un spectacle incroyable.

— C'est ça, dit-elle. Je veux que tu jouisses comme ça. Je veux t'y emmener.

Sans cesser de parler, elle referma les doigts autour de son sexe rigide. Il ne lui fallut que deux coups de poignet pour le faire exploser. Le ciel s'ouvrit et il rejeta la tête en arrière, éjaculant sur les cuisses de Jamie et son propre pantalon.

Dans un état de béatitude absolue, il la vit tomber à genoux et lui lécher la queue jusqu'à ce qu'elle soit propre avant de le regarder d'un air espiègle. Là, entièrement nue, à genoux, son menton enduit de sperme, elle sourit et lui dit :

— Parfois, j'aime bien dominer un peu.

Putain, il adorait cette femme !

CHAPITRE DIX-HUIT

Dès que Baxter et Gabby reviennent, Hunter les installe dans notre nouveau quartier général. Il s'avère que la chambre adjacente est libre, disponible pour les clients qui souhaiteraient agrandir leur suite – ou, dans le cas de notre appartement-terrasse, obtenir une chambre supplémentaire. Les lieux sont immenses, avec une cuisine, un coin salon qui comprend un canapé-lit et une table gigantesque utile pour des conférences ou de grands dîners.

Nous avons ainsi une autre suite, plus classique : une chambre avec un lit king-size, une salle de bain et une vue imprenable sur Londres.

— Ce sera ta chambre, dit Ryan à Gabby en indiquant le lit. Baxter va s'installer dans le salon, sur le canapé. Il te protégera, je te le garantis. Et tu sais où nous sommes, Jamie et moi.

Elle adresse à Baxter un sourire timide et murmure un merci.

— Ravi de pouvoir t'aider, répond ce dernier.

C'est peut-être mon imagination, mais j'ai comme l'impression qu'il rougit.

Je n'ai pas le temps d'explorer cette possibilité, cependant, car les deux hommes s'en vont pour aller s'assurer que tout avance bien du côté des affaires de Stark International.

Pendant que Gabby déballe ses affaires, j'en profite pour monter à l'étage. Je n'y suis presque jamais allée et c'est vraiment impressionnant. Avec un piano à queue, un bar incroyable et une immense table qui doit également servir pour les réunions et conférences. Il y a aussi un salon en contrebas avec une salle de divertissement haut de gamme. Je suis agréablement surprise, à tel point que j'ai presque envie de m'y installer pour me détendre avec un film.

Au lieu de ça, je songe à mes objectifs hollywoodiens et je m'installe à la table surdimensionnée pour envoyer un petit e-mail à Carson Donnelly, le réalisateur qui m'a proposé un projet. Je ne veux absolument pas gâcher mes chances, mais il est hors de question que je rentre à la maison avant d'avoir la certitude que Gabby est en sécurité et que toute cette histoire est bel et bien derrière nous.

Comme je ne souhaite pas me lancer dans un récit détaillé des événements, scénario plus vrai que nature, je prétexte une urgence familiale, précisant que je suis disposée à échanger par e-mail ou par téléphone.

Puis je croise les doigts.

J'appelle aussi Nikki et lui donne un bref résumé de la situation. Après avoir parlé à Damien avec Baxter, Ryan m'a dit que je pouvais mettre Nikki dans la confidence. Cela dit, je suis certaine que Damien lui en a déjà parlé. Malgré tout, je tiens à lui donner mon point de vue. Je lui promets que je demanderai à Gabby de l'appeler.

Une fois ces formalités accomplies, je m'absorbe dans le travail, dressant les grandes lignes de ma dernière interview de star. J'avais déjà écrit à Matthew pour lui faire savoir succinctement que c'était de la folie, ici à Londres. Plutôt que de visionner les images ensemble, nous travaillons séparément, puis nous comparerons nos notes.

Je passe chaque plan au peigne fin, inscrivant un million de remarques détaillées qui risquent de rendre l'équipe de montage complètement folle, mais qui donneront une véritable valeur ajoutée à l'émission. Je suis encore concentrée quand Gabby me rejoint avec son propre ordinateur.

— Je préfère la recherche sur papier, commente-t-elle en s'installant, mais comme j'ai quitté les États-Unis précipitamment, je n'ai pas eu le temps de rassembler quoi que ce soit. Heureusement, j'ai scanné ou photographié presque toutes mes recherches, mais maintenant, je dois les lire sur mon petit écran.

Elle désigne la tablette qu'elle a installée à côté de son ordinateur.

— Fais-toi plaisir, dis-je en lui montrant la télévision gigantesque. Projette tous tes documents là-haut.

— Oh, bonne idée.

Elle jette un œil vers le bar et se tourne vers moi avec un sourire.

— Il doit être bien approvisionné.

— Certainement.

— Tu ne trouves pas que ce serait dommage de projeter mes fichiers JPEG et mes PDF flous sur un si bel écran ?

— Sans aucun doute.

Voilà qui explique comment nous nous retrouvons affalées devant la télévision avec du vin, du pop-corn, des bonbons et *Magic Mike* lorsque Baxter nous trouve.

— Dites donc, ça travaille dur par ici.

— Très drôle, dis-je en lui lançant une boîte de bonbons à la menthe.

— Je donne à cet hôtel cinq étoiles, annonce Gabby. Il y a un plateau de sucreries format cinéma sous la télé. C'est génial.

Baxter s'assied sur le canapé en ricanant et ouvre l'emballage du bonbon.

— Mettez la vidéo en pause et je vous ferai un topo.

C'est ce que nous faisons, sans grande conviction – c'est une scène super, et ni elle ni moi n'avons envie de revenir à la réalité. Cependant, les informations nous concernent.

— Pour l'instant, chou blanc avec la reconnaissance faciale, dit-il. Mais le programme n'a pas fini, ce sera terminé demain matin. On croise les doigts.

— Vous avez essayé avec William et sa famille, non ?

— Oui, répond Baxter. Nous avons utilisé plusieurs images trouvées en ligne pour en être absolument certains. Mais rien.

Je croise les yeux de Gabby et je lance :

— Dommage, mais au moins, j'espère que ça veut dire que ta famille biologique n'essaye pas de te tuer.

Elle entrechoque son verre de vin avec le mien.

— Trinquons.

— Content de voir que vous prenez bien la nouvelle, dit Baxter. Mais au lieu de rayer les coupables éventuels, je préférerais retrouver le connard qui t'a fait ça.

— Attends, dit Gabby. Fait quoi ?

Son regard alterne entre Baxter et moi.

— Au fait, avec quel visage vous cherchez une correspondance ?

Je grimace en prenant conscience qu'elle n'est pas au courant pour l'homme qui est entré dans ma chambre.

— On ne sait pas.

La voix de Ryan se fait entendre derrière moi alors qu'il gravit les dernières marches.

— Mais quand on le trouvera, il va falloir me retenir de le tuer.

Gabby se tourne vers lui. Elle le dévisage un moment, puis reporte son attention sur moi, à côté d'elle.

— Bon, dis-moi tout.

Je n'en ai pas envie. Je suis encore sous le choc de ce qui m'est arrivé. Si Gabby avait été sur ce lit à ma place, je crains qu'il ait opté pour une dose mortelle. Ou qu'il lui ait tordu le cou.

Pourtant, maintenant, elle me regarde avec une telle confiance, un tel espoir, que je ne peux me résoudre à lui cacher quoi que ce soit. Après tout, une femme avertie en vaut deux. De toute façon, elle mérite de savoir à quoi elle est confrontée.

— Elle peut encaisser, dit Ryan au même moment, comprenant visiblement où mon esprit s'est égaré.

Il se concentre sur Gabby.

— Si tu ressembles à ta sœur, je te promets que tu es capable de gérer bien plus que tu ne le penses.

— Bon à savoir, dit-elle.

Il hoche la tête.

— Même si ce n'était pas le cas, je t'aiderais, évidemment, mais j'ai connu Felicia et je suis sûr que c'est ce qu'elle voudrait.

C'est une façon comme une autre d'expier.

Il ne le précise pas, mais je suis certaine que c'est ce qu'il pense. Et même si je n'aime pas me dire qu'il croit avoir besoin d'expiation, je suis étrangement satisfaite que cette chance – cette femme – ait débarqué dans nos vies.

Gabby acquiesce lentement.

— J'aurais aimé la connaître. Je veux dire, nous sommes identiques, alors pourquoi pas ? Mais...

Elle laisse sa phrase en suspens et essuie ses yeux humides.

— Quoi qu'il en soit, ce n'est pas le but. Donc, quel visage cherchez-vous ? Celui de la personne qui me traque ?

— Il était là, annoncé-je sans ambages. Ou quelqu'un, en tout cas. C'était très probablement lui.

— Ici ? fait-elle en désignant la pièce.

— À l'hôtel, dis-je avant d'inspirer. Enfin, oui. Il était là aussi. Dans notre chambre. Aujourd'hui. Ce matin.

Je resserre les bras autour de mon buste pour me réconforter. Tout est encore très récent, tout embrouillé dans la tête. Ce n'était pas plus tard que ce matin ? Comment est-ce possible ?

— Oh, mon Dieu. Comment ça se fait ?

— Il... eh bien, Ryan était sorti et je somnolais. Il est entré et m'a droguée.

Je ne sais pas quand Ryan nous a rejointes sur le canapé ni quand je me suis déplacée, toujours est-il que je suis recroquevillée sur ses genoux, à présent, ses bras autour de moi.

— Comment est-il entré ?

— Il a dupliqué la clé d'une femme de chambre. Et je peux t'assurer que ça ne se reproduira plus jamais dans une propriété Stark.

— Oh, fait-elle avant d'expirer vivement. Waouh. Je suis contente que tu me le dises. Et en même temps, pas vraiment. Enfin, heureusement que tu m'aides. Je te remercie.

— C'est bien normal, dit Ryan. Mais ce n'est pas seulement toi. Ce n'est même pas seulement Felicia. Ce fils de pute a agressé ma femme. Maintenant, c'est notre ennemi autant que le tien. Ce qui signifie que nous allons t'aider, que tu le veuilles ou non.

— Crois-moi, c'est ce que je souhaite. Vous pouvez me montrer l'homme en question ? Je le connais peut-être.

— Bien sûr, dit Ryan.

— Je l'ai sur mon téléphone, intervient Baxter. Attends.

Ryan secoue la tête, visiblement agacé.

— Tout évolue assez rapidement. On aurait déjà dû le faire.

— Il n'y a pas si longtemps, tu me plaquais contre le mur avec ton bras autour de mon cou. Tu ne peux pas penser à tout.

Il grimace et tend ensuite le téléphone que Baxter lui passe.

— Il te dit quelque chose ?

Elle l'examine, mais secoue la tête.

— Absolument pas. La casquette ne doit pas aider le programme de reconnaissance faciale.

— Non, ça le ralentit, explique Baxter. Mais nous y arriverons.

Gabby croise son regard, puis se tourne vers moi.

— J'aime son assurance, dit-elle.

Une fois de plus, je jurerais voir Baxter rougir.

— Je peux laisser mon matériel informatique ici ? Je reviendrai demain matin.

— Bien sûr, dit Ryan. Tu vas te coucher ?

— Oui, mais ça m'étonnerait que je dorme.

Baxter se racle la gorge et lui propose de regarder un film avec elle si elle a besoin de se changer les idées. L'esprit mal placé, je baisse les yeux et pince les lèvres pour ne pas leur suggérer une autre activité pour se changer les idées.

— Perverse, me chuchote Ryan alors que nous redescendons tous ensemble, quelques instants plus tard.

— Je ne sais pas de quoi tu parles, dis-je tout simplement.

Nous prenons congé. Dès que la porte communicante se ferme derrière eux, je prends les mains de mon mari dans les miennes.

— Tu crois que ça va aller ? Sincèrement ?

— On y veillera.

Il me lâche la main et pose une paume sur ma joue.

— Pour ce soir, en tout cas, sache que Baxter a un excellent contact avec les gens. Il va la rassurer. Et maintenant, dis-moi comment tu vas.

Je soupire, laissant aller ma tête contre la chaleur de sa paume.

— Eh bien, je suis dans une meilleure situation qu'elle. Au moins, il n'y a pas de cible dans mon dos.

Je fronce les sourcils et regarde Hunter, ses yeux d'un bleu de glace.

— N'est-ce pas ?

— Tant que je la protégerai, dit-il d'une voix sombre, tu es une cible potentielle. Ce sédatif n'était qu'un avertissement.

— Oh. Génial.

Je prends une longue inspiration.

— Eh bien, heureusement que le noir, le blanc et le rouge, ça me va bien. Parce qu'elle ne peut pas se passer de ton aide.

— C'est pour ça que je t'aime.

Sa voix douce me fait l'effet d'une caresse.

— Tu fais semblant d'être dure.

— Je fais semblant.

Je me mords la lèvre inférieure comme si je réfléchissais.

— Oui, on peut le dire, ajouté-je.

Il secoue la tête, un petit sourire au coin des lèvres.

— Non. Tu fais semblant aux yeux du monde, mais c'est à double aveugle. La vérité, c'est que tu es une vraie dure. Une coquille coriace autour d'une petite femme douce comme de la guimauve.

Je fronce le nez.

— De la guimauve ? C'est le mieux que tu puisses trouver ?

— J'ai eu une dure journée, dit-il en riant. Choisis les métaphores à ma place.

Je hausse une épaule.

— Je ne sais pas. Je me sens mal pour ce qui lui est arrivé. C'est encore plus difficile parce que j'aime beaucoup cette fille. Je l'ai toujours appréciée.

— Moi aussi, je l'aime bien. C'est terrible. Et… ajoute-t-il en inclinant mon menton pour que je le regarde droit dans les yeux. Je n'aime pas que tu te retrouves entre deux feux.

Des cloches d'avertissement résonnent dans mes oreilles et je secoue la tête.

— Oh, non. Je ne te quitte pas maintenant. Hors de question.

— Jamie…

— Non. Je suis en sécurité avec toi. Et je ne quitte pas Gabby.

Je me rapproche, passant mes bras autour de sa taille.

— C'est comme ça, Hunter. Accepte-le. D'ailleurs, ajouté-je, j'ai mon utilité.

Je me serre contre lui. Son rire se réverbère jusque dans ma poitrine.

— Vraiment ?

— Oh, très certainement. Par exemple, là, tu as l'air stressé. Ce n'est pas bon.

Je glisse mes mains vers le bas et les referme sur ses fesses, avançant les hanches contre les siennes. Aussitôt, je le sens durcir.

— Je suis très douée pour t'aider à te détendre.

— Clairement.

À leur tour, ses mains empoignent mon postérieur, me plaquant encore plus contre lui.

Je m'attelle au bouton de son pantalon.

— Je pense qu'il est temps de libérer un peu toute cette tension.

— Chaton, dit-il alors que je commence à baisser sa fermeture éclair. J'aime ta façon de penser.

CHAPITRE DIX-NEUF

Ryan est déjà habillé et il est presque sorti de la chambre au moment où je me réveille.

Quand il se penche et m'embrasse, je lâche un grognement qui n'est pas tout à fait humain. Je ne suis pas du matin.

— Je retourne voir William, annonce-t-il. Il sera peut-être plus clair aujourd'hui.

Je m'efforce de mieux me réveiller et je m'assieds. J'aimerais bien recevoir du café par intraveineuse.

— On croise les doigts.

Il s'avance devant le miroir en pied et ajuste la cravate de son costume gris anthracite. Il est vraiment canon ! Nos regards se croisent dans la glace et il secoue légèrement la tête.

— Non, je suis pressé. On ne froissera pas mon costume.

— Rabat-joie.

— Bien sûr, William pourrait être notre coupable, poursuit-il sans relever ma remarque. Pas personnellement, puisqu'il ne va pas bien physiquement, mais...

— Mais il pourrait être le cerveau, terminé-je à sa place.

— C'est possible.

J'acquiesce.

— C'est cohérent. Celui qui a usurpé le numéro de téléphone connaissait Felicia. Assez pour mentionner un train.

— C'est vrai, mais ça ne veut pas dire grand-chose. Ma mission n'était pas secrète, et moi non plus. Randall a dit à tout le monde qu'il envoyait quelqu'un pour sauver sa fille, et j'ai même appris, plus tard, qu'il avait raconté ce qui lui était arrivé. Ça ne me surprendrait pas que l'histoire ait fait le tour de sa famille et de son entreprise.

Je fais la grimace, invoquant les dieux du sarcasme pour ajouter :

— Voilà qui réduit considérablement la liste de suspects.

— Il faudrait connaître le mobile. À qui profiterait le crime ?

— Aucune idée.

Le problème, bien sûr, c'est que Gabby non plus n'en sait rien.

Il sirote son café en faisant défiler les e-mails sur son téléphone, s'assurant sans doute qu'il n'y a aucune crise à gérer au travail avant de se lancer dans ce que j'appelle *Le Projet Gabby*.

— Baxter a confirmé que William louait la maison, mais il semblerait qu'il la loue à une fiducie appelée *Inheritance Trust*.

— Qu'est-ce que ça veut dire ?

— Qu'il ne possède pas la maison à son nom, mais ça ne nous apprend pas grand-chose. On peut mettre des actifs dans des fiducies pour de nombreuses raisons. Par exemple, on possède quelques biens immobiliers en fiducie, toi et moi.

— Ah bon ?

— Eh bien, techniquement, moi, puisque je les ai achetés avant notre mariage, dit-il avant de me sourire. Mais je veux bien partager si tu te montres très, très gentille avec moi.

Je pouffe.

— Marché conclu. Comment comptes-tu en savoir plus sur la fiducie ?

— Baxter va... *merde.*

La raison de ce juron, c'est un texto qui vient de lui parvenir.

— Que se passe-t-il ?

— Marjorie Smythe. Elle est morte.

— Qui ?

— L'avocate qui a travaillé sur le testament de Randall. D'après Baxter, elle a été heurtée par une voiture hier. Délit de fuite. Son assistante a dit à Baxter qu'elle essayerait de nous trouver plus de détails sur le testament, mais ça pourrait prendre un certain temps. Apparemment, elle est nouvelle et le cabinet était en plein déménagement. C'est un peu chaotique.

— Oh. Alors… ?

— On va devoir attendre d'en savoir plus sur la fiducie. Bon sang !

— En quoi une fiducie pourrait-elle avoir un rapport avec Gabby ? Tout est réglé, non ? La succession est close, enfin, je veux dire, tous les biens du défunt ont été répartis entre les héritiers. N'est-ce pas ?

— C'est ce que je pensais, et c'est ce que la presse suggère à propos de la mort de Randall. Mais j'espérais que Madame Smythe pourrait nous le confirmer.

— Peut-être que l'avocat personnel que tu essayes de retrouver sait quelque chose. Ou William, d'ailleurs. Si tu es persuadé qu'il n'est pas le méchant de cette histoire, tu pourras lui poser la question sans détour.

— Mon instinct me dit qu'il est innocent, avoue Ryan. Je sens qu'il aimait vraiment Felicia. Il m'a dit qu'il croyait la voir, quelquefois. Ça… attends.

— Quoi ?

Il commence à faire les cent pas et je m'empresse de me lever. J'ai envie de l'interroger, mais je ne voudrais pas entraver le fil de ses pensées.

— William a dit qu'il adorait Felicia. Qu'il s'imaginait même la voir chez certaines femmes qui lui ressemblaient. Plus récemment, il projetait non seulement son visage sur d'autres femmes, mais il la *voyait* réellement. Elle était devant sa maison, sur le trottoir de l'autre côté de la rue.

— Gabby nous a dit qu'elle y était allée.

Il hoche la tête.

— Sa femme lui a dit qu'il se faisait des idées. Elle a regardé, elle aussi, et elle lui a juré qu'il n'y avait personne là dehors. C'est vrai que William n'a plus les idées très claires.

— Mais que...

Ryan lève un doigt pour m'imposer le silence.

— Et il a dit qu'il n'aurait pas pu aimer cette fille encore plus qu'il ne l'aimait déjà, même s'il y en avait deux.

Je dois faire un effort phénoménal pour garder le silence, mais je vois bien qu'il veut en venir quelque part.

Si ce n'est qu'il ne dit rien d'autre. Au lieu de quoi, il ouvre le placard et parcourt ses vestes de costume. Il retrouve celle qu'il portait la veille et fouille dans ses poches, pour en sortir un morceau de papier plié.

— Il m'a donné ça. Le numéro de téléphone d'un agent immobilier dans le Somerset.

— Pourquoi ?

— Je te l'ai dit. Il est un peu confus dans sa tête.

Il croise mon regard et ajoute :

— Ou pas...

Je lui fais signe d'en venir au fait.

— Au début, j'ai pensé que c'était peut-être le numéro de l'avocat. Mais quand j'ai réalisé que ce numéro ne donnait rien, je me suis dit que ce devait être un délire de vieillard. Maintenant, je me demande...

Il déplie le papier tout en parlant et je le regarde écarquiller les yeux.

— Putain, souffle-t-il. Comment ai-je pu rater ça ?

Il me tend la feuille, et alors qu'il commence à s'affairer sur son téléphone, je baisse les yeux. Il y a un numéro griffonné en haut – celui qu'il a essayé sans succès, j'imagine. Mais à part ça, c'est une grille de mots croisés achevée. Sauf que... Je me rends compte que ce n'est pas le cas.

Les mots remplissent les cases, mais ils ne semblent pas correspondre aux définitions. Je les écume, essayant de comprendre la révélation que semble avoir eue Ryan. Peut-être un indice dans les lettres ?

Enfin, je le vois, moi aussi. La plupart des cases sont pleines de mots aléatoires, mais deux réponses correspondent à des noms. *Martin* à la sixième ligne. Et *Meeks* à la vingt et unième colonne.

— Malin comme un singe, murmuré-je.

Ryan croise mon regard et désigne son téléphone. Il est sur haut-parleur et j'entends la sonnerie à l'autre bout de la ligne.

— Martin Meeks.

Oh, mon Dieu, articulé-je en silence. Ryan acquiesce avant de répondre :

— Monsieur Meeks. Je m'appelle Ryan Hunter. Je suis...

— Je sais qui vous êtes, Monsieur Hunter. Randall a beaucoup apprécié tout ce que vous avez fait pour lui.

— Je suis content de l'entendre. J'appelle pour sa fille.

— Felicia ?

— Non. J'appelle pour Gabriella.

Il y a une pause sur la ligne.

— Continuez.

— Avant sa mort, son père – enfin, Jeff Anderson – lui a conseillé de vous appeler. J'imagine qu'il parlait de vous.

— Je vois.

Encore une longue pause.

— Elle est là ? A-t-elle déjà rencontré l'avocate responsable du testament ?

— Madame Smythe est décédée. Mais non. Elle n'a parlé à personne. Elle est... elle fait profil bas.

— Je vois.

D'après le ton de sa voix, je pense qu'il comprend.

— Il y a des choses qu'elle devrait savoir. Puis-je lui parler ?

J'ai déjà quitté le lit quand Ryan m'adresse un signe de tête, et je me précipite de l'autre côté de la suite pour frapper à la porte.

Baxter l'ouvre, visiblement perplexe. Je lui demande d'aller cher-cher Gabby et il ouvre la deuxième porte communicante avant de lui crier de sortir de la salle de bain. Je constate que le lit n'est pas défait. Les draps du canapé-lit de Baxter, en revanche, sont complè-tement froissés.

Je rencontre son regard pendant que nous attendons, et je vois le rouge lui monter aux joues. Un instant plus tard, Gabby émerge en peignoir. Sa bouche forme un O de surprise lorsqu'elle me voit.

— Comme si j'allais te juger, dis-je en lui prenant le bras. Viens. Nous avons l'avocat au téléphone pour toi.

— Oh !

Ils me suivent tous les deux et nous retrouvons Ryan qui vient à notre rencontre. Nous nous asseyons tous sur le canapé tandis que Ryan met le téléphone sur la table basse.

— Elle est ici, dit-il.

— Gabriella ?

Sa voix grésille légèrement sur le haut-parleur.

— Je m'appelle Martin Meeks. Je suis avocat, un ami de votre père. Je comprends que vous n'avez encore parlé à personne du testament de Randall Cartwright ?

Elle fronce les sourcils.

— Non. Pourquoi ? Il n'avait rien à voir avec moi. Randall ne m'a jamais tendu la main après que mon père l'a contacté pour lui transmettre les résultats du test ADN. Il n'a jamais pris contact avec moi. Enfin, j'imagine que vous le savez déjà.

— En effet, oui. En ce qui concerne ce que vous me dites, je vous réponds oui.

Gabby me regarde et je hausse les épaules.

— Qu'est-ce que ça veut dire ? demande-t-elle.

Il y a une pause, puis Martin se racle la gorge et dit :

— Une partie de ce que je dois vous confier relève du public. D'autres informations sont plus personnelles. Mais j'aimerais avoir la confirmation que vous êtes bien qui vous affirmez être. J'aimerais vous poser quelques questions que Monsieur Cartwright a définies. Vous voulez bien ?

Elle a l'air franchement déconcertée. Je ne suis pas étonnée. Moi aussi, ça me surprend. J'attire son regard pour lui faire comprendre que je ne suis pas plus avancée qu'elle. Elle grimace, mais elle hoche la tête.

— Bien sûr. Allez-y.

— Qui était le meilleur ami de Monsieur Anderson quand il était jeune ?

— Randall Cartwright.

— Et qui était le troisième membre de leur groupe d'amis ?

— Je... je ne sais pas. Je ne savais rien de tout cela juste avant la mort de mon père. C'était brutal, un accident de voiture. Il ne m'a rien dit.

— Je vois. Eh bien, cela prendra un peu plus de temps, alors. La vérité, si vous êtes Gabriella, c'est qu'il ne reste plus beaucoup de temps.

— Avant quoi ? j'interviens, incapable de garder ma bouche fermée.

— Excusez-moi, qui êtes-vous ?

— Attendez ! fait Gabriella en se penchant. L'amie en question était une femme ?

Martin garde le silence.

— J'ai raison, n'est-ce pas ? Lorraine. Elle s'appelait Lorraine.

Pendant un moment, le silence s'attarde, puis Monsieur Meeks répond :

— Oui, Mademoiselle Anderson. C'était en effet son prénom.

— Mais comment le sais-tu ? demandé-je.

— C'est mon deuxième prénom. J'en ai horreur, mais papa a toujours dit que ce prénom était important pour lui. Alors, ça m'a marquée.

— Que se passe-t-il ? s'enquiert Ryan. La vie de Mademoiselle Anderson est en danger. Elle a répondu à vos questions. Maintenant, à vous de répondre aux nôtres.

— Juste après la mort de Felicia, Randall a changé son testament pour léguer l'intégralité de ses biens à William, son demi-frère.

Je croise les yeux de Ryan. Voilà qui explique pourquoi William dispose de la maison. Il a probablement fondé sa propre fiducie.

— Après la modification de son testament, Randall a reçu un message de Monsieur Anderson.

— À propos du test de paternité, explique Gabby. Papa m'a dit qu'il avait annoncé à Randall que Felicia et moi étions biologiquement ses filles. Mais comme je l'ai dit, il ne m'a jamais contactée.

— Je ne peux pas en parler. Mais je peux vous dire qu'une fois qu'il a appris votre existence, Randall a de nouveau changé son testament. Toute sa succession revient à son descendant le plus proche. Si personne ne vient présenter de réclamation pour la succession dans un délai d'un an, William hérite de tout.

— Et en attendant, la propriété est détenue en fiducie, conclut Ryan sur un ton qui laisse entendre que les pièces du puzzle s'enclenchent dans sa tête.

Quant à Gabby, elle semble sous le choc.

— Quand expire ce délai d'un an ?

— Mademoiselle Anderson devra se manifester d'ici la fin de la journée de lundi, déclare Monsieur Meeks avant de décrire la procédure à suivre. Comprenez-vous les modalités ?

— Je crois que oui, répond-elle en regardant Baxter, qui acquiesce.

— Une fois que vous aurez officiellement fait une réclamation, votre identité sera vérifiée. Vous étiez de vraies jumelles, bien sûr. Mais Randall voulait vous faciliter les choses au cas où vous souhaiteriez faire cette réclamation. J'ai fait entreposer des échantillons de ses tissus auprès de divers organismes Cyro afin que l'ADN puisse être confirmé.

— D'accord.

Gabby n'est pas capable d'en dire plus. Elle a l'air encore sous le choc.

— Je suis ravi que vous ayez pris contact avec moi, déclare Monsieur Meeks. Et je sais que votre père, tous les deux, d'ailleurs, seraient ravis, eux aussi.

Nous raccrochons et Gabby nous regarde, hébétée.

— Pourquoi papa ne me l'a pas dit il y a un an ?

— Il ne savait peut-être pas que le testament avait été modifié pour inclure ses enfants, et pas uniquement Felicia, dit Ryan. Ou alors, il s'est dit que le domaine serait un fardeau pour toi. On ne le saura sans doute jamais.

— Peut-être qu'il n'a appris l'existence du testament que récemment, suggéré-je. Vers le moment où il a commencé à craindre que quelqu'un essaye de te faire du mal.

— Mon oncle, tu veux dire.

Sa voix est pleine d'amertume.

— Peut-être que papa savait que ce n'était pas une famille dont je voudrais faire partie.

— Ce n'est pas William, déclare Ryan. Puisque c'est lui qui m'a glissé ce numéro. Mais je pense qu'il est temps d'avoir une petite discussion avec sa femme.

CHAPITRE VINGT

Le taxi s'arrêta devant la maison de William juste au moment où Ryan mettait fin à son appel. Il glissa son téléphone dans sa poche et sortit sur le trottoir, juste à temps pour regarder la porte d'entrée s'ouvrir. La gouvernante qui l'avait accueilli lors de sa visite précédente apparut avec une valise. C'est alors qu'il remarqua la Rolls-Royce stationnée à quelques mètres de là, dont le moteur tournait au ralenti.

— William est-il disponible ?

Elle secoua la tête.

— Je suis désolée, monsieur. Il se repose. Il vient de prendre son médicament. J'ai bien peur qu'il ne se porte pas très bien.

Ryan jeta un coup d'œil à la valise et un sentiment d'urgence monta en lui.

— Vous partez ?

— Oui. La famille va à la campagne. Madame Atkinson espère que l'air frais sera meilleur pour Monsieur William.

— Et Madame Atkinson. Est-elle disponible ?

— Non, monsieur. Elle fait ses valises.

— Pas de problème. J'attendrai dans le hall d'entrée. C'est important.

Elle le regarda, bouche bée, mais il se tourna vers la maison et continua son chemin. Comme Ryan le savait bien, agir comme si l'on avait de l'autorité était souvent aussi efficace que d'en avoir réellement.

Quand il atteignit la porte, il se retourna et constata avec plaisir que la gouvernante n'était pas derrière lui, mais avait continué vers la Rolls Royce.

Tant mieux.

Il entra, puis traversa le vestibule jusqu'à la bibliothèque. Il n'avait aucune intention d'attendre Carolyn Atkinson. Il avait besoin de parler à William, et il espérait que le vieil homme serait toujours cohérent.

Il avait envie de se donner un coup de pied pour ne pas en avoir pris conscience plus tôt. Tant qu'il ignorait la clause de survie d'un an, il n'avait pas fait le lien. Maintenant, cependant, il comprenait.

Carolyn Atkinson avait un plan. Garder son mari en vie suffisamment longtemps pour hériter pleinement de la succession. Mais il devait être assommé par les médicaments pour ne pas tout gâcher en révélant l'existence de Gabby. Ou, pire encore, en essayant de la contacter.

Compte tenu de l'indice des mots croisés, William avait encore l'esprit bien aiguisé la dernière fois que Ryan était venu le voir, mais il craignait que la gouvernante n'ait signalé sa visite – et que les doses aient été augmentées. Avec un peu de chance, une fois qu'il ne serait plus sous l'emprise de ce qu'on lui administrait, ses facultés reviendraient.

Sa femme, Carolyn, devait être la bénéficiaire de William, ce qui signifiait qu'une fois la succession définitivement entérinée, sa vie serait également en danger. Carolyn attendrait simplement un laps de temps raisonnable, puis elle augmenterait la dose, l'étoufferait dans son sommeil ou l'enverrait faire du somnambulisme bien opportun sous un train.

Pour Ryan, maintenant qu'il avait compris cela, s'il ne l'empêchait pas, la mort de l'oncle de Gabby – l'oncle qui avait tant aimé Felicia – pèserait sur sa conscience.

Il espérait que William serait en pleine possession de ses moyens, du moins suffisamment pour partir avec lui de son plein gré. Quoi qu'il en soit, il l'emmènerait loin d'ici.

En arrivant dans la bibliothèque, cependant, tous ses espoirs retombèrent. Le vieil homme était assis sur le même fauteuil, et même s'il s'était écoulé peu de temps depuis sa dernière visite, il avait l'air ratatiné sous sa couverture. Il fit claquer ses lèvres et un filet de bave coula au coin de sa bouche.

Il paraissait endormi, mais ses yeux étaient grands ouverts, fixés quelque part au-dessus de la tête de Ryan.

— William ?

Sa voix était un murmure. Il n'obtint aucune réponse.

— William ?

Ryan s'approcha et vit le petit gobelet de papier sur le sol à côté de lui. Apparemment, il venait de recevoir sa dose – certainement plus élevée que d'habitude, en prévision du trajet en voiture.

— Venez, monsieur, dit-il en avançant pour soulever le poids mort de l'homme. Nous allons prendre un peu d'air frais.

William écarquilla les yeux et, d'une voix basse et éraillée, il chuchota :

— Que je vienne ?

— Oui. Oui, monsieur. Nous allons partir. Venez.

Puisqu'il n'y avait pas de fauteuil roulant, il en déduisit que l'homme était capable de marcher. Il se pencha pour passer un bras autour de ses épaules, mais au même moment, William lui attrapa les cheveux pour prendre appui sur lui.

Ryan ne s'attendait pas à ce geste. Il eut du mal à retrouver l'équilibre, mais heureusement, William s'empara de sa lourde canne, et avec plus de force que Ryan ne l'aurait cru chez un homme dans son état, il fendit l'air devant lui, manquant sa tête de quelques centimètres seulement.

Ryan entendit un bruit sourd et se retourna à temps pour voir

Carolyn Atkinson s'effondrer au sol. Dans le fauteuil, William ricana, puis regarda Ryan, les yeux toujours voilés mais la parole étonnamment claire.

— Quelle garce.

— Monsieur... Comment ?

William sourit, puis enfonça sa main dans l'interstice entre le coussin et l'accoudoir du fauteuil. Quand elle réapparut, sa paume était pleine de pilules.

— J'en ai caché autant que possible. Je vous l'aurais bien dit l'autre jour, mais je n'ai jamais fait confiance à Jennifer, la femme de chambre. Et maintenant ? Eh bien, Carolyn nous espionnait. *Ah, ah, ah.*

Il souleva sa canne et la pointa de nouveau vers la femme qui avait du mal à se relever.

— Je vous emprunte ceci, fit Ryan en s'emparant de l'arme de fortune pour appuyer son extrémité en caoutchouc sur la poitrine de la femme, la maintenant immobile.

— Madame Atkinson ! s'écria au même moment la gouvernante en accourant. Il y a un agent de police ici, et...

— Jennifer, dit Ryan alors que le policier entrait derrière elle. Asseyez-vous. Je suis sûr que ce cher Higgins aura beaucoup de questions à vous poser. Monsieur l'agent, vous tombez à pic. J'aimerais vous présenter Monsieur William Atkinson. Je pense que vous serez très intéressé par ce qu'il a à dire.

— Certainement, monsieur, déclara Higgins alors qu'un autre agent et un sergent arrivaient.

Carolyn Atkinson blêmit de fureur.

— L'inspecteur en chef est dehors, monsieur.

— Je vais aller le voir, dit Ryan avant de tapoter l'épaule de William. Vous êtes entre de bonnes mains. Je reviens vite. Ensuite, il y a quelqu'un que j'aimerais vous présenter.

Il laissa William avec l'agent de police et sortit du manoir. Il avait eu raison, le vieil homme était maintenant en sécurité et l'intuition qui avait motivé son coup de fil à Higgins – qu'il connaissait bien puisque la Stark Tower de Londres relevait de la circonscription de son département de police – ne s'était pas avérée complètement fausse.

Il fit signe à l'inspecteur en chef Gregson, puis leva un doigt pour lui indiquer de patienter tandis que son téléphone sonnait, affichant le nom de Baxter.

— Il est là, déclara Baxter d'une voix forte et victorieuse. Le fils de pute est ici, dans l'hôtel.

Ryan rencontra le regard de Gregson et les deux hommes se dirigèrent vers la voiture de l'inspecteur.

— Retiens-le, ordonna Ryan. Je suis en route.

CHAPITRE VINGT-ET-UN

— Il est là, s'écrie Baxter au téléphone, triomphant, les yeux écarquillés par le frisson de la traque. Le fils de pute est ici, dans l'hôtel.

Il écoute, puis acquiesce.

— Ça ira.

Une fraction de seconde après, il me regarde et hoche la tête.

— Ryan est en route.

— Dieu merci, dis-je en m'asseyant devant la table cirée, ma tasse de café chaude dans les mains.

— Qui est là ? demande Gabby.

Elle est penchée dans l'embrasure de la porte, fraîchement douchée, en short et en débardeur. Je remarque le gros effort que fait Baxter pour ne pas regarder dans sa direction.

— Désolée d'avoir mis une éternité. J'avais besoin d'une longue douche chaude.

Je jette un coup d'œil vers Baxter avant de la regarder en levant les sourcils, amusée :

— Un petit souci ?

Sa bouche frémit et elle répond :

— Oups, quelques-uns, dit-elle avec un immense sourire.

Baxter, qui me tourne le dos, se retourne.

— Quoi ? demande-t-il.

Mais j'agite la main dans un geste évasif tandis que Gabby répète :

— Qui est là ?

— Le fils de pute qui a drogué Jamie, dit Bax, rencontrant mon regard alors qu'un tremblement me traverse.

Je veux qu'on l'arrête, mais je n'aime pas l'idée d'être près de ce type. Et même le dernier étage de l'hôtel me semble trop proche du hall d'entrée.

— C'est super, non ? demande Gabby. Vous pouvez le retenir et appeler les flics, enfin nous allons savoir qui c'est.

— Et pour qui il travaille. Même si ce doit être Carolyn Atkinson, j'imagine. Ryan a-t-il dit ce qui s'est passé là-bas ?

Baxter secoue la tête.

— Non, mais il arrive. Il nous expliquera tout à ce moment-là. En attendant, patientons.

Il consulte son téléphone, où je sais qu'il reçoit constamment des nouvelles, par textos et par messages vocaux, de l'équipe de sécurité de l'hôtel.

— Ryan est avec l'inspecteur en chef. Une équipe est au manoir. Carolyn est en détention, William sous soins médicaux.

Il lève les yeux de l'écran.

— Voilà pour les infos.

— Je n'en reviens pas que ce soit presque terminé, dit Gabby.

Une tasse de café dans les mains, elle prend une longue gorgée, puis soupire.

— Nous allons pincer ce salaud, dit Baxter. Il confirmera que Carolyn l'a embauché, ou peut-être l'a fait chanter, pour qu'il injecte un sédatif à Jamie et, certainement, pour qu'il s'en prenne aussi à Gabby. Nous allons pouvoir tourner la page.

— Ce serait incroyable, dit-elle. Mais sommes-nous absolument certains que c'est bien ce type ? C'est vrai, pourquoi reviendrait-il ?

— Il ne doit pas savoir que nous avons sa photo, ni même que nous le cherchons. Ce qui signifie que nous avons le dessus.

Je regarde Baxter.

— N'est-ce pas ?

Il hoche la tête, puis rejoint Gabby.

— Et il ne sait absolument pas que nous avons assigné plusieurs agents à tous les moniteurs de la salle de sécurité pour guetter son retour éventuel.

— Mais ça n'explique toujours pas pourquoi il est revenu.

Baxter la regarde dans les yeux.

— Tu as entendu ce que Meeks a dit au sujet du testament. Le temps presse.

— Oh, mon Dieu, souffle-t-elle, soudain livide. Évidemment. Il est là pour moi.

— Il ne t'aura pas.

Je suis catégorique.

— Non, renchérit Baxter. Hors de question. Il prévoit sans doute de surveiller la chambre. Attendre que tu ailles faire du shopping, que tu ailles au spa ou je ne sais quoi. À ce moment-là, il passera à l'action, il t'attrapera et... bye, bye, lady.

Elle pouffe.

— Tu essayes de faire britannique, là ?

— Mouais, répond-il en haussant les épaules. Mais la BBC ne veut pas de moi, alors je dois me contenter de travailler pour son mari, dit-il en me désignant, un sourire aux lèvres.

Quand son téléphone émet un tintement, il baisse les yeux et recule.

— C'est le moment.

— Le moment ? demandé-je avant de répondre toute seule à ma question. Vous savez où il est exactement et vous allez le pincer ?

— Il vient d'être arrêté, dit Baxter. Ryan a donné le feu vert à l'équipe, qui l'a intercepté quand nous avons commencé cette conversation. Notre mystérieux infiltré attend dans le bureau de Ryan.

Gabby et moi le regardons s'éloigner dans la pièce pour aller passer un coup de fil.

— Ils l'ont arrêté parce qu'il rôdait, dit-il en revenant. Des femmes se plaignaient de sa présence, et apparemment, il n'a pas de chambre à l'hôtel.

— C'est parfait, dis-je.

— Donc, il est enfermé et Carolyn est en détention. Ryan est en route. Tout devrait être plié dans une heure.

Il tend le doigt vers nous et ajoute :

— Mais restez ici, cela dit. Je descends pour discuter avec notre gars.

Nous acquiesçons, et dès qu'il disparaît, je tire le verrou de la porte.

— J'ai bien besoin d'un verre. Et toi ?

— Oh, oui ! s'exclame Gabby avant de me suivre au mini-bar.

Quand j'attrape un paquet de cookies dans le panier de bienvenue offert par l'hôtel, je constate que Ryan a laissé son téléphone personnel à côté. Je lève les yeux au ciel. Il conserve en permanence son téléphone professionnel sur lui, mais je ne cesse de retrouver l'autre un peu partout dans notre maison. Il me dit toujours qu'il va combiner les deux numéros sur un seul appareil, mais il ne l'a pas encore fait.

Je lance le paquet à Gabby et elle le saisit au vol. Ensuite, je nous verse à chacune un scotch et la suis jusqu'au canapé, où nous nous asseyons. Avec nos jambes repliées à l'identique, nous devons ressembler à deux serre-livres.

— Bon, et maintenant ? fait-elle.

— Ryan est doué pour faire parler les suspects. Il va lui tirer les vers du nez, découvrir si quelqu'un d'autre est impliqué, puis mettre hors d'état de nuire Carolyn et ses éventuels complices. Par ailleurs, je suis certaine que les forces de l'ordre et l'ambassade sont aussi sur le coup.

— D'accord. Et combien de temps ça va prendre, d'après toi ?

Je hausse les épaules.

— Une quinzaine de minutes ? Une heure ? Plus ? Tout dépend de la bonne volonté de l'accusé.

Elle me lance un regard peiné et je grimace.

— Je sais, lui dis-je. L'attente, c'est le pire. Tu voudrais qu'on regarde un film, quelque chose ?

Gabby me répond en riant. C'est un vrai rire, authentique et réconfortant.

— C'est un moment normal. Et en ce moment, j'adore tout ce qui est normal.

Elle attrape la télécommande sur la table basse et affiche un service de streaming. Nous avons commencé *Pitch Perfect* depuis une vingtaine de minutes quand mon téléphone sonne. Elle appuie sur pause.

C'est un message de Ryan : *Dernières nouvelles : Tout va bien. On a tout bouclé. Restez dans la chambre. J'arrive bientôt. Je t'aime.*

Je pose mon téléphone, mais avant de relancer le film, Gabby me regarde.

— Tu sais le pire ? Je me fiche de l'argent. Enfin, Carolyn est ma tante, non ? Pourquoi tout ce foin ? On aurait pu partager. J'aurais peut-être même proposé à William d'en prendre la plupart. D'ailleurs, je vais sans doute le faire. Je ne connaissais pas Randall et mes finances vont bien. Avec du recul, ce serait même la décision parfaite. Tout ce que je veux, c'est quelque chose de Randall, qui me rappelle qu'il a pensé à moi. Comme un souvenir, ou même des actions dans sa société, tu vois ?

— Je vois, lui dis-je. Est-ce que tu sais quel genre d'entreprise dirigeait Randall ?

Jeff n'a peut-être pas eu l'occasion de lui expliquer comment son père biologique a fait fortune. Une fortune dont elle va hériter.

— Je me suis renseignée pendant le vol. Un tas de trucs techno-logiques, mais plus récemment, la société s'est concentrée sur la technologie cellulaire. Les téléphones portables, ce genre de choses.

J'acquiesce.

— Oui, c'est ce que Ryan m'a dit. Armement et communication.

Je regarde mon propre téléphone, puis je fronce les sourcils.

— Quoi ?

— Je ne sais pas trop. Quelque chose...

Je hausse les épaules sans terminer ma phrase.

— Non, une pensée un peu insaisissable.

Elle me regarde, dans l'expectative, mais je reste assise en secouant la tête, frustrée.

— Ce n'est pas grave, ça te reviendra quand tu n'y penseras pas.

Elle appuie sur la télécommande pour continuer le film.

Nous sommes presque au grand final quand j'entends le déclic distinctif d'une clé magnétique à la porte. Je jette un coup d'œil vers l'entrée, mais il n'y a aucune lumière témoin, aucun mouvement de la poignée. Le déclic, je m'en rends compte, ne provient pas de cette pièce.

Baxter.

Il doit déjà être de retour, et comme il a la clé de la salle de conférence adjacente et de la suite de Gabby, de l'autre côté, il aura choisi l'une de ces entrées. Je me lève, m'attendant déjà à ce qu'il nous appelle quand la chaînette de sécurité se tendra, empêchant la porte de s'ouvrir de plus de quelques centimètres. Cela dit, même si j'ai verrouillé la porte de l'appartement-terrasse, ni Gabby ni moi n'avons pensé à fermer celles des chambres communicantes.

Baxter n'a pas besoin de moi pour ouvrir, mais je continue quand même dans cette direction en espérant que Ryan sera avec lui. Je suis à mi-chemin quand je m'arrête net.

Le texto que Ryan m'a envoyé était sous le nom de Mari.

C'est sous ce nom que j'ai enregistré son numéro personnel dans mes contacts. Au début, c'était une blague entre nous, et j'ai fini par le garder. Son numéro professionnel est enregistré à *Hunter*.

Ce qui signifie que le message nous demandant, à Gabby et moi, de rester sur place, provenait du téléphone personnel de Ryan. Or l'appareil en question se trouve sur le mini-bar, à côté du panier de bienvenue.

Je me souviens du numéro cloné de Gabby. Et maintenant, c'est celui de Ryan qui a été usurpé.

Bon sang, l'entreprise de Randall est spécialisée en technologie cellulaire !

Merde.

Je me tourne vers Gabby, le cœur battant. Avant qu'elle puisse me demander quel est le problème, je pose un doigt sur mes lèvres. Puis je tends la main et lui fais signe de me rejoindre en silence.

Elle écarquille les yeux, apeurée, mais elle s'exécute. Dès qu'elle est à côté de moi, je lui prends la main et nous nous dirigeons ensemble vers la porte.

Elle m'a comprise et nous pressons le pas, sans un bruit. Je tâte le loquet en regrettant de ne pas avoir laissé le film tourner. Au moins, le chant a cappella aurait masqué le son.

Je viens de réussir à tirer le verrou et je suis sur le point d'ouvrir la porte quand j'entends un léger tapotement derrière moi. Je ne sais pas ce que c'est – un pas, peut-être ? – mais mon instinct entre en jeu et je saute sur Gabby, la fauchant au moment où un coup de feu retentit. Je m'engourdis et mes oreilles sifflent, mais j'entends le cri de Gabby, mêlé au grondement dans ma tête, semblable aux vagues de l'océan.

En même temps, je vois des éclats de sang sur le mur à côté de la porte et j'entends mon propre cri dans la pièce.

Je tourne la tête pour voir Gabby. Elle est toujours debout, mais elle semble sur le point de s'effondrer. Je la rattrape et l'attire vers le carrelage. Ce faisant, je me rends compte que le sang provient de son bras.

La terreur s'empare de moi, mais dans ce moment de flottement, je constate que le sang ne gicle pas, ce qui signifie que son bras ne doit pas être trop abîmé. Aucune artère n'a été touchée, j'imagine. En lui sautant dessus, j'ai peut-être empêché la balle de toucher sa poitrine.

Tout se déroule au ralenti, comme une fraction de seconde dans un film. Puis le temps reprend son cours normal lorsque nous heurtons violemment le sol. Je m'avance sur son corps immobile, seulement secoué par des sanglots.

Le choc, je pense. *Nous sommes toutes les deux sous le choc.*

Au moins, je sais que la balle ne l'a pas tuée. Et comme notre agresseur n'était qu'à quelques mètres de l'autre côté de la pièce et que nous avions le dos tourné avant d'entendre le bruit de ses pas, il ne doit pas être un tueur professionnel.

C'est là que je comprends, que tout prend un sens dans ma tête.

Patrick. Le fils de William. Un médecin capable de fournir un sédatif pour moi et des médicaments pour William. Un jeune homme qui a grandi en présence de son oncle technophile.

Il allait être évincé au profit d'une cousine dont il ignorait l'existence. Il devait être très énervé, tout comme sa mère.

Je lève la tête et mon intuition se confirme quand je découvre le visage de l'homme que je n'ai vu qu'une seule fois en photo.

Le monde est trouble alors que j'essaye de me relever. Mes oreilles bourdonnent encore. Je suis terrifiée et mes entrailles se nouent malgré moi. Mais la pensée qui me vient à l'esprit ? Nous ne sommes pas dans un film et ce gars a tiré de prime abord, sans nous exposer son plan machiavélique au préalable pour nous faire savoir ce qu'il s'apprêtait à faire.

Maintenant, je me rends compte qu'il va recommencer, et cette fois, je ne serai pas plus rapide qu'une balle. Je le vois brandir son pistolet. Il ricane. L'instant d'après, je ne vois rien du tout parce que je me jette à terre, protégeant Gabby de mon corps comme si j'étais une sorte d'armure magique capable de nous sauver toutes les deux.

Je me prépare mentalement, puis j'entends le coup de feu.

Je tressaille, m'attendant à une douleur ravageuse, peut-être même à l'obscurité. Dans mon esprit, il n'y a plus que Ryan et les regrets. Comment puis-je m'en aller sans lui dire au revoir ?

Mais il n'y a aucune douleur. Au lieu de ça, j'entends le sifflement d'une balle. Proche, terriblement proche, et un *crac* sec. Il me faut un moment avant de réaliser que la balle a traversé la cloison sèche et s'est enfoncée dans le montant.

Je lève les yeux et vois Ryan se jeter au sol, Patrick sous son corps, le pistolet encore tendu.

Ils atteignent le plancher et un autre coup de feu retentit. Cette fois, je suis sûre que c'est la fin. Mais je me trompe.

Toujours pas de douleur. Aucun bruit. Il n'y a rien à ma conscience, à l'exception du grondement dans mes oreilles, puis, comme sous l'eau, j'entends mon prénom.

— Jamie. Jamie. Jamie.

J'aimerais bouger, mais je ne peux pas. Et si c'était un piège ? Si Patrick voulait que je le regarde dans les yeux au moment où il me tuerait ? S'il voulait me coller une balle dans la tête avant d'emmener Gabby pour lui faire des atrocités ?

Et si Patrick était la dernière personne que je voyais de ma vie ?

Je crois que je ne le supporterais pas.

C'est alors que me parvient le mot le plus doux du monde. J'entends la voix de Ryan :

— Chaton.

Et à ce moment-là, je prends conscience de mon erreur, de ma stupidité. Parce qu'il ne m'aurait jamais écrit *Je t'aime* dans ce texto. Mon Ryan aurait dit *Je t'aime, chaton*.

———

J'ai dû perdre connaissance, car je me réveille dans le noir en entendant des bruits que je n'arrive pas à identifier. Des bruissements. Des voix. Du mouvement.

— Ouvre les yeux, chaton.

Le soulagement inonde mon corps et je m'efforce d'ouvrir les paupières pour découvrir Ryan qui me sourit. Il y a aussi un autre visage. Un homme roux au teint rubicond, qui tient mon bras enveloppé dans un brassard de tensiomètre.

— Tout va bien, dit Ryan alors que le roux acquiesce et retire le brassard. C'est fini.

— Je me suis évanouie ?

— On ne peut pas te le reprocher. Cette balle dans le mur a raté ta tête de quelques millimètres.

Mon estomac se retourne, mais je me ressaisis.

— Et Gabby ?

— Ça ira. Les ambulanciers l'ont emmenée à l'hôpital, pour plus de sûreté. Baxter l'accompagne. Mais elle n'avait qu'une blessure superficielle. Ils la garderont toute la nuit en observation, sous surveillance de mes hommes et de la police londonienne. Enfin, c'est une simple précaution, ajoute-t-il, sans doute en réponse à mon expression alarmée. Patrick est mort et Carolyn est en garde à vue avec le type qu'ils ont embauché, qui raconte tout ce qu'il sait. Il s'appelle John et il a un casier long comme le bras. D'après lui, il a été victime de chantage pour faire le sale boulot de Patrick, le médecin. Ce dernier lui a fourni la substance, mais c'est John qui est entré par effraction et qui te l'a injectée.

— C'est pour ça que la reconnaissance faciale n'a pas trouvé Patrick.

Ryan acquiesce.

— Et c'est pour ça qu'il est revenu, cette fois avec lui. Ils allaient manquer de temps, et ils ont dû paniquer. Ils ne savaient pas si nous avions identifié leur mec, mais Patrick l'a accompagné au cas où. Quand nous avons attrapé John en bas, le médecin a pris le relais. Il portait un chapeau, des lunettes noires, et il gardait la tête basse.

— Et Carolyn ?

— Les autorités locales l'ont arrêtée. Elle prétend que son fils l'a menacée et qu'il était hors de contrôle. Je ne la crois pas, et les forces de l'ordre non plus. Nous sommes certains à quatre-vingt-dix-neuf pour cent qu'ils étaient de mèche, avec John, mais nous travaillons actuellement à ce dernier pour cent.

— Et Baxter ? Il va bien ?

— Oui, il était juste derrière moi quand j'ai projeté Patrick au sol. Il t'a rejointe avant moi.

— Je suis contente qu'il soit en sécurité.

— Et moi, je suis content que tu ailles bien. Mon Dieu, chaton, si...

Il secoue la tête.

— Non, il n'y a pas de *si*. Tu es vivante et tout va bien.

— Nous allons bien, tous les deux, dis-je en lui serrant la main.

— Qu'est-il arrivé exactement ? Gabby n'était pas en état de parler quand ils l'ont emmenée.

Je lui raconte l'histoire, notamment le moment où j'ai compris qu'il n'était pas à l'origine du texto.

Il grimace.

— C'est décidé. J'aurai un seul téléphone pour les deux numéros. Dès la fin de la journée.

— Ça peut attendre demain, protesté-je. Tu n'auras pas à m'envoyer de messages aujourd'hui, parce que tu restes à côté de moi.

— Oui, dit-il. Je reste.

Je me rends compte que tout le monde a quitté la pièce et que je me retrouve seule avec Ryan dans la chambre. Aussitôt que j'en prends conscience, les vannes cèdent. Un énorme sanglot monte dans ma gorge, et avec un frisson, je referme les bras autour de mon mari et je m'accroche à lui.

— J'ai eu terriblement peur, murmuré-je.

— Je sais, dit-il en me caressant les cheveux. Mon Dieu, chaton, je sais.

Je perçois sa tension et je comprends ce sentiment. Je le laisse m'étreindre un peu plus longtemps, mais au bout d'un moment, je m'écarte. Je dois voir ses yeux. Et il doit voir les miens.

— Ce n'est pas ta faute, lui dis-je.

— Vraiment ? On aurait dû creuser la piste de Patrick.

— Tu l'as fait. Il était en Belgique. Et ce n'était pas l'homme qui m'avait administré le sédatif. Pas directement.

Il balaye ma remarque.

— J'aurais dû poster des gardes armés à ta porte.

— Bon sang, Hunter, ne t'inflige pas ça. Tu ne m'as pas fait le moindre mal, au contraire, tu m'as sauvée. Si tu n'étais pas venu quand tu l'as fait, si tu n'avais pas tué…

Sa bouche se pose violemment sur la mienne, m'imposant le silence. Le baiser est long et affirmé, et j'y réagis instantanément, mon corps vibrant du besoin de prouver que je suis vivant. Lui aussi. La seule façon de vraiment guérir, c'est ensemble.

— Hunter, chuchoté-je, interrompant le baiser juste assez longtemps pour souffler son nom.

Il ne répond pas, m'allongeant sur le lit en retirant lentement ses vêtements avant de me débarrasser des miens.

Mon corps est en feu et j'en ai désespérément envie, mais il nous taquine tous les deux par la lenteur de ses mouvements. La tendresse de ses caresses, la douceur de ses baisers sur mes lèvres, mon menton, ma poitrine, partout.

Je tremble, laissant ses attentions effacer toute ma peur, jusqu'à ce que chaque cellule de mon corps soit emplie de sa présence. De son amour, son désir, son besoin. Parce qu'alors, il n'y a pas de place pour la peur, rien que la passion. Rien que l'amour.

Il me prend doucement, son corps ferme sur le mien, comme s'il me protégeait encore maintenant alors qu'il prend possession de moi. Je me cambre, implorant cette connexion entre nous, avide de ne faire qu'*un* avec lui.

— Je ne pouvais pas supporter de te perdre, murmure-t-il en ondulant du bassin.

— Tu ne peux pas me perdre, lui dis-je alors que mon âme monte en spirale vers le firmament. Nous formons deux moitiés d'un tout. Tu ne le sais pas ?

— Si, mais ce soir, j'ai besoin d'un rappel.

— Je suis à toi, dis-je en guise de promesse, alors même qu'il me fait basculer. Et je vais bien. Là, maintenant, je vais plus que bien.

Ma voix chevrote quand je termine ma phrase, et après ça, je ne peux plus parler du tout. Notre corps-à-corps était langoureux, jusqu'à présent, mais la passion ne tarde pas à prendre le dessus et il redouble de vigueur. Je me laisse emporter, moi aussi, mes ongles lui labourant le dos alors que j'essaye de le recevoir au plus profond de mon être pour, enfin, ne faire qu'un avec lui.

Un frisson violent le traverse et il crie mon nom. Je sens la force de son explosion ricocher à travers moi avec une intensité telle qu'elle me propulse, et je me disloque dans ses bras. Enfin, nous sommes enchevêtrés l'un dans l'autre, nos corps luisants de sueur. Aucun de nous ne sait où l'un se termine et où l'autre commence.

— Je t'aime, murmure-t-il. Et je te protégerai toujours.

— Je sais, lui dis-je en me blottissant contre lui – cet homme, ce miracle –, mon cœur rempli de la conscience qu'il est à moi.

Et, plus important encore, que je suis à lui.

CHAPITRE VINGT-DEUX

Une semaine plus tard

— Tu vas me manquer, dis-je à Gabby.

Ryan, Baxter et moi partageons des frites – des *chips*, comme on dit en Grande-Bretagne – et buvons du vin avant notre départ pour l'aéroport, Ryan et moi.

— Je n'aurais jamais cru, quand j'ai sauté dans cet avion pour venir surprendre mon mari, que l'aventure serait encore plus folle.

Je fronce les sourcils, jetant à Ryan un coup d'œil en coin.

— Je devrais peut-être arrêter tout ce jeu de séduction. C'est trop risqué.

— Les risques, c'est mon régime quotidien, dit-il en volant une frite dans mon assiette. Et vu que j'ai gagné une belle-sœur dans l'histoire, je n'ai aucun regret.

Gabby et lui échangent un sourire, et je sais qu'ils pensent tous les deux à Felicia. La sœur qu'elle n'a jamais connue. La femme qu'il n'a jamais vraiment eue.

Au bout d'un moment, elle prend une inspiration satisfaite, puis tend la main vers les nôtres, souriant à Baxter en face d'elle.

— Sérieusement, les amis, j'étais au fond du trou quand je suis arrivée ici. Mon père, le seul que j'ai connu, venait de mourir dans des circonstances affreuses. Et puis, tout à coup, je devais fuir et me cacher pour garder la vie sauve.

Je lui serre la main.

— Mais tu es en sécurité maintenant.

Elle acquiesce.

— Je sais. Crois-moi. Mais je ne comprends toujours pas pourquoi Carolyn et Patrick ont attendu si longtemps. Enfin, pourquoi ne pas me tuer dès qu'ils ont appris la clause de survie ?

— C'est en partie pour ça que je voulais te voir aujourd'hui, explique Ryan. À part pour te dire au revoir, bien sûr.

— Nous avons parlé à William hier, ajoute Baxter. Carolyn ignorait ton existence, au début.

Gabby prend une autre frite tandis que Ryan continue :

— Apparemment, ton oncle William est entré en contact avec ton père après la mort de Randall. Mais Jeff était en colère contre Randall de ne jamais t'avoir contactée. Malgré tout, il a dit à William qu'il allait te parler, et que c'était à toi de décider si tu voulais faire une réclamation.

Gabby secoue la tête.

— Il ne me l'a jamais dit. Mais il y a environ un an, on a discuté de ce qu'on ferait si on gagnait au loto. C'était une conversation très bizarre. Je lui ai dit que ce serait peut-être une malédiction plus qu'autre chose, en fin de compte.

— C'est peut-être ce qui a motivé son silence, explique Baxter. Parce que, quelque part, il a décidé de ne pas te le dire.

— En tout cas, il a changé d'avis, dit Gabby en regardant les deux hommes. Vous savez pourquoi ?

Ryan hoche la tête.

— William a appelé Jeff il y a quelques semaines et lui a demandé de reconsidérer la question. Il a dit que Randall avait gardé ses distances avec toi, mais que lui, il aimerait avoir une relation avec sa nièce et que cela devait commencer par une honnêteté parfaite.

Il prend une gorgée d'eau et poursuit :

— Mais William était déjà malade à l'époque, sous médicaments. Il m'a dit qu'après cette conversation, tout était devenu plus flou, que sa santé et son acuité mentale commençaient à se dégrader.

— Ils avaient modifié son traitement, commenté-je.

Ryan acquiesce.

— Il s'avère que Carolyn ne connaissait pas Gabby auparavant, mais elle a entendu la conversation. Et comme Jeff était prêt à t'en parler, Carolyn et Patrick ont tout mis en œuvre pour te rayer de l'équation.

— Waouh, fait Gabby. J'ai eu de la chance de survivre à l'accident de voiture. Et encore une fois, quand tu m'as sauvée. Au premier sens du terme. Je ne l'oublierai jamais.

— Si tu veux mon avis, tu ne pourras pas l'oublier, même si tu le voulais, dis-je.

Son front se plisse.

— Qu'est-ce que tu veux dire ?

— Je me suis entretenue au téléphone avec Matthew Holt, hier soir. Il aimerait racheter les droits de ton histoire. La tienne aussi, dis-je à Ryan. Et devinez qui va travailler avec lui pour la production du film ? Et peut-être, on croise les doigts, y avoir un rôle ?

— C'est génial, s'exclame Gabby en riant. Bizarre, mais super.

— Tu es sûre de ne pas vouloir revenir aux États-Unis pour le rencontrer ? Voir Nikki ? Elle meurt d'envie que tu lui racontes tout ça de vive voix.

— J'ai lu des articles sur Damien et elle, rétorque Gabby. Elle peut venir à Londres assez facilement si elle en a envie.

— C'est vrai, concédé-je.

— J'aimerais rester ici, m'installer. Vivre un peu, ajoute-t-elle en regardant Baxter. Et je voudrais faire la connaissance de mon oncle.

Gabby emménage avec William, et Monsieur Meeks gère le

changement de propriété par consentement. Ils deviennent copropriétaires de tous les biens dont Gabby a hérité.

— Il t'attend avec impatience, dit Ryan. Il est fou de joie de t'avoir avec lui, tout bien considéré.

Gabby hoche la tête et je sais que nous pensons tous la même chose. Ça n'a pas été facile pour William d'apprendre que sa femme et son fils avaient tous les deux conspiré pour essayer de tuer Gabby et, dans le même temps, l'assommer de médicaments. La présence de sa nièce n'effacera pas cette douleur, mais ça lui fera du bien.

Patrick est mort maintenant, bien sûr, mais Carolyn et l'ordure qui m'a injecté le sédatif sont en vie et en détention, écrasés sous le poids de nombreuses accusations, y compris celle de l'assassinat de Marjorie Smythe. Il s'avère que son accident n'en était pas un.

— Ça va ? demande Ryan à voix basse, penché vers moi.

— Oui, je suis un peu mélancolique, c'est tout. Je suis contente de rentrer à la maison, mais j'ai l'impression d'abandonner Gabby à nouveau.

— Cette fois, ce ne sera pas comme à l'époque de tes études, m'assure-t-il en souriant. On peut dire que vous faites partie de la même famille, après tout.

— C'est ça, dis-je en me laissant aller contre lui, son bras autour de mon épaule. En parlant de famille, je pensais... Même s'il n'est pas nécessaire de se marier à nouveau, ça te dirait une deuxième nuit de noces ? Le trajet sera long, et une nuit de noces dans les airs, ça me plaît bien.

— Chaton, je trouve que c'est une merveilleuse idée.

FIN

Découvrez le premier chapitre de Mon Ange Déchu

MON ANGE DÉCHU

**Charismatique. Sûr de lui.
Puissant. Autoritaire.**

Investisseur brillant qui change en or tout ce qu'il touche, Devlin Saint est parti d'un modeste héritage pour décrocher des milliards. À présent, il est à la tête de l'un des organismes de bienfaisance les plus en vue sur la scène internationale. C'est un homme déterminé à aider les plus démunis, à combattre l'injustice et à rendre le monde meilleur. C'est du moins une partie de la vérité.

Mais ce n'est pas toute la vérité.

Parce que Devlin Saint cache un secret redoutable. Et il est prêt à tout pour le protéger. Quand Ellie Holmes, journaliste d'investigation, s'intéresse à un meurtre non résolu, elle se retrouve empêtrée dans un nœud d'intrigues et de passion, tandis que Devlin se rapproche dangereusement. Mais alors qu'entre eux, l'intensité et la sensualité montent en flèche, les soupçons d'Ellie suivent la même courbe. Jusqu'à ce qu'elle en vienne à douter de l'authenticité de leur relation torride, craignant qu'il ne s'agisse que d'une façade derrière laquelle il cache des secrets sombres et tortueux.

MON ANGE DÉCHU
MON DOUX PÉCHÉ
MA CRUELLE RÉDEMPTION

———

CHAPITRE UN

Le vent me cingle le visage et le soleil de l'après-midi m'éblouit alors que je descends le long tronçon de Sunset Canyon Road, à plus de cent soixante à l'heure.

Mon cœur bat la chamade et mes paumes sont moites, mais ce n'est pas à cause de la vitesse. Au contraire, c'est exactement ce dont j'ai besoin. L'adrénaline. Le frisson. Je suis une vraie droguée, et ces sensations m'affectent comme une surconsommation de sucre chez un enfant en bas âge.

Honnêtement, je dois mobiliser toute ma volonté pour ne pas mettre ma Shelby Cobra 1965 à l'épreuve et faire monter son puissant moteur dans les tours.

Cela dit, je ne peux pas. Pas aujourd'hui. Pas ici.

Parce que je suis de retour, et mon retour à la maison a réveillé des papillons dans mon ventre. Chaque virage de cette route me rappelle des souvenirs. Des larmes m'obstruent la gorge et j'ai les entrailles nouées.

Bon sang.

J'écrase la pédale d'embrayage, appuie sur le frein et passe au point mort tout en décrivant une embardée sur la gauche. Les pneus protestent dans un crissement tandis que je fais demi-tour, m'engageant sur la voie inverse. L'arrière de la voiture décroche dans un dérapage, avant de s'arrêter pile en droite ligne. J'ai le souffle court, et honnêtement, je crois que ma Shelby aussi. C'est plus qu'une voiture pour moi, c'est la meilleure amie de toute une vie, et en temps normal, je ne la pousse pas autant.

Maintenant, cependant…

Eh bien, maintenant, elle est dangereusement proche du bord de la falaise, toute son aile du côté passager parallèle avec le vide. De là, j'ai une vue imprenable sur la côte, dans le lointain. Sans parler d'un magnifique aperçu du petit centre-ville en contrebas.

Je tire sur le frein à main, le cœur dans la gorge. Ce n'est qu'une fois certaine que nous n'irons pas dévaler à flanc de falaise que je coupe le moteur de la Shelby, essuie mes paumes moites sur mon jean et autorise mon corps à se détendre.

Bien le bonjour, Laguna Cortez.

Avec un soupir, je retire ma casquette de baseball, laissant mes boucles foncées rebondir librement autour de mon visage, jusque sur mes épaules.

— Ressaisis-toi, Ellie, murmuré-je avant de prendre une profonde inspiration.

Pas tant pour le courage – je n'ai pas peur de cette ville –, mais pour la maîtrise de mes nerfs. Parce que Laguna Cortez m'a déjà mise à terre, autrefois, et il va me falloir toutes mes forces pour arpenter à nouveau ses rues.

Encore une respiration, puis je sors de la voiture. Je rejoins le bas-côté de la route. Il n'y a pas de parapet, et de la terre ainsi que quelques pierres dévalent le talus lorsque je m'arrête tout au bord, presque en équilibre.

En dessous, des rochers dentelés dépassent des parois du canyon. Plus bas, les arêtes saillantes s'adoucissent pour former une pente douce avec des maisons diverses nichées parmi les rochers et les broussailles. Les toits de tuiles suivent la route sinueuse qui mène au quartier des arts. Lovés dans la vallée, encadrée sur trois côtés par des collines et des gorges, les lieux s'ouvrent sur la plus grande plage de la ville qui attire un flux constant de touristes et de locaux.

Pour tout le monde, Laguna Cortez est l'un des joyaux de la côte Pacifique. Une ville à l'atmosphère décontractée, avec un peu moins de soixante mille habitants et des kilomètres de plages de sable et de galets.

La plupart des gens donneraient leur bras droit pour vivre ici.

En ce qui me concerne, c'est l'enfer.

C'est ici que j'ai perdu mon cœur et ma virginité. Sans parler de tous mes proches. Mes parents. Mon oncle.

Et Alex.

Le garçon que j'aimais. L'homme qui m'a brisée.

Il ne reste plus personne ici, pour moi. Ma famille, tous sont morts. Et Alex est parti depuis longtemps.

Moi aussi, je me suis enfuie, impatiente d'échapper au poids du deuil et à l'aiguillon de la trahison. Je me suis juré de ne jamais remettre les pieds ici.

Et je croyais résolument que rien ne me ferait revenir.

Or à présent, dix ans plus tard, me revoilà, ramenée en enfer par les fantômes de mon passé.

MON ANGE DÉCHU

MON DOUX PÉCHÉ

MA CRUELLE RÉDEMPTION

À PROPOS DE L'AUTEUR

J. Kenner (alias Julie Kenner) est une auteure de best-sellers internationaux figurant aux classements des journaux *New York Times*, *USA Today*, *Publishers Weekly* et *Wall Street Journal*. Elle a écrit plus d'une centaine de romans, de romans courts et de nouvelles dans toutes sortes de genres littéraires.

Selon *Publishers Weekly*, JK est une auteure qui a un « don pour le dialogue et la création de personnages excentriques », et le *RT Bookclub* estime qu'elle a su « répondre aux besoins du marché en créant des antihéros scandaleusement attirants et dominateurs, et des femmes qui fondent pour eux. » Six fois finaliste de la prestigieuse récompense RITA (*Romance Writers of America*), JK a remporté son premier trophée RITA en 2014 pour son roman *Claim Me* (tome 2 de sa trilogie *Stark*) et le second en 2017 pour son roman *Wicked Dirty*. Elle a vendu des millions de livres, publiés dans plus de vingt langues.

Au cours de sa précédente carrière, JK a exercé comme avocate en Californie du Sud et au Texas. Elle vit actuellement dans le centre du Texas, avec son mari, ses deux filles et deux chats plutôt lunatiques.

Visitez son site web www.juliekenner.com pour en savoir plus et pour entrer en contact avec JK sur les réseaux sociaux !

Newsletter en français - http://jkenner.com/FR-NL

Newsletter en anglais - http://jkenner.com/JK_NL

www.jkenner.com